Las verbenas también lloran

Natalia Sáez

Las verbenas también lloran

Papel certificado por el Forest Stewardship Council®

Primera edición: febrero de 2025

© 2025, Natalia Sáez Achaerandio
© 2025, Penguin Random House Grupo Editorial, S. A. U.
Travessera de Gràcia, 47-49. 08021 Barcelona

Penguin Random House Grupo Editorial apoya la protección de la propiedad intelectual. La propiedad intelectual estimula la creatividad, defiende la diversidad en el ámbito de las ideas y el conocimiento, promueve la libre expresión y favorece una cultura viva. Gracias por comprar una edición autorizada de este libro y por respetar las leyes de propiedad intelectual al no reproducir ni distribuir ninguna parte de esta obra por ningún medio sin permiso. Al hacerlo está respaldando a los autores y permitiendo que PRHGE continúe publicando libros para todos los lectores. De conformidad con lo dispuesto en el artículo 67.3 del Real Decreto Ley 24/2021, de 2 de noviembre, PRHGE se reserva expresamente los derechos de reproducción y de uso de esta obra y de todos sus elementos mediante medios de lectura mecánica y otros medios adecuados a tal fin. Diríjase a CEDRO (Centro Español de Derechos Reprográficos, http://www.cedro.org) si necesita reproducir algún fragmento de esta obra.

Printed in Spain – Impreso en España

ISBN: 978-84-19835-55-0
Depósito legal: B-21.182-2024

Compuesto en Mirakel Studio, S. L. U.

Impreso en Rodesa
Villatuerta (Navarra)

SL35550

*A todas las mujeres que me han cuidado,
inspirado y acompañado.
Y a las que alguna vez he fallado, también.
Hay un poco de cada una de vosotras en este libro*

1
Un ave en el paraíso

«¿Por qué no vuelves y hablamos?». Las palabras de Nacho resonaban en su cabeza y acrecentaban la sensación de vértigo. Había llegado hacía poco a la ciudad y aquella conversación con su hermano no la estaba ayudando en absoluto. A punto estuvo de soltar un exabrupto, pues la situación se había complicado las últimas semanas, pero se contuvo...

—Solo quiero averiguar la verdad, Nacho —dijo, y en ese momento tuvo miedo de que se le quebrara la voz.

—Vale. ¿Y sería mucho pedir que llames a mamá un día de estos? —le preguntó su hermano con insistencia.

—Sería pedir demasiado, Nacho. Lo siento pero te tengo que dejar —mintió.

Cata colgó el teléfono y se dejó caer en la cama. Desde esa posición prestó una mirada atenta al nuevo espacio que iba a ocupar. El techo era alto y estaba decorado por unas preciosas molduras antiguas muy bien conservadas. Un casquillo manchado de pintura colgaba por encima de su cabeza. «Tengo que poner una lámpara cuanto antes», pensó. Cata siempre había sido la manitas de la casa. Y era la primera en ofrecerse como voluntaria cada vez que había que arreglar un enchufe o poner un cuadro. Todo lo relacionado con el bricolaje se le daba bien, y sobre todo la ayudaba a despejar la mente y siempre le reportaba algún que otro elogio, que nunca estaba de más. Todavía recordaba aquel cumpleaños en el que le regalaron una caja de herramientas con un montón de compartimentos llenos de útiles de ferretería. «Para mi manitas favorita», le había dicho su padre. Su PADRE. Y al recordarlo no pudo evitar sentir una mezcla de nostalgia y rabia. Un conglomerado de emociones mezcladas y muchas dudas.

Obvió la angustia que la asaltaba al pensar en su familia y se concentró en examinar con desidia el que iba a ser su nuevo entorno. El suelo estaba ocupado por una hilera de cajas que desde hacía dos semanas parecían hacer cola en el salón. Un desastre, sí, pero es que cada vez que pensaba en deshacerlas se autoboicoteaba con miles de excusas. «No sea que fracase y tenga que volver antes de lo previsto —pensaba—, así al menos no tendría que volver a empaquetarlo todo».

Y la apatía para con las cajas daba paso a unas ansias de curiosidad desmedida cuando se trataba de encontrar respuestas a los dilemas existenciales que le daban forma a cada uno de sus días desde hacía unas semanas. Motivada por esas ganas saltó de la cama y se dirigió al salón. Se acomodó a la mesa, se puso las gafas, abrió el portátil y tecleó un nombre para seguir con su búsqueda desde la página 10. Había perdido la cuenta de las veces que en los últimos días había tecleado «Iñaki García» en el ordenador. Al principio pensó que no podía ser tan difícil. Y en su primer día de investigación, todavía en Madrid, había encontrado nada menos que dos sujetos compatibles. Ilusionada, estudió sus trayectorias profesionales en LinkedIn y contactó con ellos haciéndose pasar por una reportera interesada en sus respectivos sectores: industria farmacológica y periodismo de automoción. Y como el ego es un monstruo insaciable, ambos accedieron encantados a una entrevista telefónica. En la primera, Cata se dio cuenta rápidamente de que era probable que su interlocutor no fuera él: tenía un acento argentino demasiado marcado. Efectivamente, sus padres habían emigrado a Buenos Aires cuando él tenía ocho años y no regresó a España hasta los cuarenta. Teniendo en cuenta su edad, quedaba descartado. Con el segundo, el suspense se alargó un poquito más: como la entrevista telefónica había ido tan bien y todos sus datos eran *a priori* compatibles, Cata se ofreció a visitarle en su oficina de Madrid para sacarle unas fotos para el artículo. Creía que al verle en persona sabría inmediatamente que era él. El hombre le resultó agradable, incluso familiar. Y ella tenía tantas ganas de dar con él que hasta le cogió cariño en los pocos minutos que llevaban juntos. Mientras miraba cada detalle de su despacho con la excusa de localizar la mejor luz, vio una foto de aquel Iñaki rodeado de seis niños y niñas de distintas edades.

—¿Son tus hijos? —preguntó con descaro.

—No —contestó con expresión seria—, son mis sobrinos. Yo no puedo tener hijos por un problema de salud, así que ellos son lo más parecido que tengo a un hijo y los trato como tal.

Decepcionada con la respuesta, hizo unas cuantas fotos para terminar con su paripé y tachó la opción de su cuaderno.

Como su primera búsqueda le había devuelto resultados con relativa rapidez, el baño de realidad llegó cuando empezó a profundizar. Enseguida se dio cuenta de que el apellido García no era un elemento muy distintivo en aquella ciudad. Nada distintivo, de hecho. Y aunque trataba de quitar de la quiniela a los menores de cincuenta años y a los fallecidos —era una optimista incurable—, empezaba a dudar de que lo fuera a encontrar en un plazo de tiempo razonable. Es decir, en vida. También se dio cuenta de que buscar desde Madrid iba a dificultar muchísimo la encomienda. Y es que por mucho que el candidato pudiera encajar por edad y apariencia, siempre haría falta, al menos, un encuentro presencial.

Sacó su cuaderno y tachó el número 10, el 11 y el 12. Volvió a mirar la pantalla mientras mordisqueaba la caperuza del bolígrafo. «¿Y si filtro por noticias locales? —pensó ilusionada ante su golpe de inspiración—. Lo mismo soy *Princesa por sorpresa*». Apretó ENTER y empezó a escanear titulares.

«Joven candidato a alcalde que aspira a repoblar su localidad». Tecleó su nombre y el cargo en otra pestaña: tenía cuarenta y dos años. «Con esa edad es imposible. Y casi mejor, un político sería un bajón».

«Fallece la leyenda del club rojiblanco». «¿Exfutbolista? No me pega. Además, con esa edad podría ser mi abuelo».

«El novio de la cantante confirma la crisis de la pareja». Un señor canoso y trajeado acompañaba a una chica de treinta y tantos en lo que parecía una entrega de premios. «Por la edad podría ser, pero ¿un *sugar daddy*? ¿En serio?». Abrió la noticia en una pestaña nueva. Ella era una cantante de raíces vascas, y él, un rico empresario. Vivían juntos en Barcelona entre concierto y concierto. A Cata le chirriaba un poco. Además, al ser famosillo sería bastante inaccesible y el que viviera en Barcelona tampoco facilitaba las cosas. Pero no quería precipitarse descartando opciones viables; al fin y al cabo, no le sobraban. Apuntó la posibilidad en el cuaderno y guardó la página en favoritos para volver a ella si no encontraba nada mejor.

Cata era terca como una mula y como no se le ocurría otra cosa que hacer continuó pasando páginas de resultados. Estaba decidida a seguir haciéndolo hasta que tuviera algún indicio. Un hilo desde el que tirar. Un halo de esperanza. Un buen candidato que le despejara incógnitas.

«Reabre la mítica Verbena del casco viejo». Clicó en la noticia de un periódico local. Una floristería familiar del centro de la ciudad volvía a abrir sus puertas tras un año de cierre. Un matrimonio había regentado el negocio, y, al parecer, con mucho éxito, hasta que la mujer enfermó. Cerraron para centrarse en su tratamiento, y finalmente ella falleció. En palabras de Iñaki García, el viudo: «Estamos tratando de recuperar nuestras vidas y volver a abrir esta floristería es parte del plan. Aunque no será lo mismo, es lo que ella hubiera querido. Vamos a intentar modernizarnos».

Cata abrió una nueva pestaña y tecleó: «La verbena casco viejo». Solo obtuvo de vuelta la localización de la tienda, un par de fotos de un local antiguo lleno de flores y un perfil de Instagram con una única publicación. «Ni página web. Muy modernizado todo, sí señor». Le dio a seguir al perfil, apuntó la dirección en su cuaderno y miró la hora en el móvil. «Ya tengo plan para mañana», pensó ilusionada. Lo más probable es que no fuera él, pero después de un mes de búsqueda incansable entre listines, buscadores y redes sociales, ahora tenía otro posible candidato.

El ruido de sus tripas llamó su atención: si algo acariciaba el alma de Cata era comer. Desde su llegada no había conseguido comer en condiciones, bien porque tenía la vajilla aún embalada, bien porque sus progenitores no eran lo que se dice amantes de la cocina, o quizá fuera un poco por las dos cosas, para qué mentir. Esquivó unas cuantas cajas y a punto estuvo de caer al tropezar con un par de zapatos en su camino a la cocina, pero consiguió mantener el equilibrio. Desde que había empezado a perder visión estaba desarrollando unas habilidades casi arácnidas para sujetarse a cualquier cosa que le evitara una caída dolorosa. Se acordó de las vitaminas. «Mierda, o me lo tomo en serio o me voy a arrepentir». Mientras buscaba en el móvil la farmacia más cercana, una canción muy familiar empezó a entrar por la ventana a todo volumen. Al otro lado del patio, en su mismo piso, una chica con una larga melena negra tomaba un té y se balanceaba al ritmo de la música. Parecía estar ensimismada. Un chico alto, atlético y de pelo negro y divinamente desaliñado la abrazó por detrás. La chica ni se inmutó. Él la besó en la mejilla, le dijo algo al oído y se fue.

Unas nubes grises y densas cubrían el cielo. La casa se había sumido en una luz tenue y plomiza que le impedía ver con claridad. Aún quedaban dos semanas para la entrada del otoño, pero en aquella ciudad el verano se despedía antes de tiempo. Encendió los focos y abrió todas las cajas que había en la cocina. Necesitaba platos, cubiertos y vasos. Y ya que estaba metida en faena, y haciendo caso omiso a su estómago, aprovechó para colocar los pequeños electrodomésticos, las sartenes y los accesorios varios que siempre compraba para luego no usarlos nunca. Dobló las cajas, las apiló y se dirigió hacia la puerta con ellas. No fue fácil salir de casa. Los cartones eran demasiado grandes, y Cata se negaba a dejarlos apoyados en el rellano. Bastante le había costado cogerlos como para tener que hacerlo una segunda vez. Habría sido mucho más fácil hacer varios viajes, pero eso hubiera retrasado su ansiada comida. Al ir a cerrar la puerta, liberó con sumo cuidado un brazo hasta el tirador.
—Eres nueva, ¿verdad?
Catapún, zas, zas. Cajas al suelo. «¡Joder!».
—Uy, perdona, creo que te he asustado. Soy Amaia, encantada.
Era la chica que había visto a través de la ventana de la cocina. Tal y como le había parecido entrever, era alta, esbelta, y su melena larga y brillante era digna de una sirena. Llevaba un vestido anudado a la cintura que acentuaba sus formas femeninas y voluptuosas.
—Hola, no te preocupes, era cuestión de tiempo que se me cayeran —contestó disimulando su enfado—. Soy Cata. Y sí, soy nueva, llegué hace un par de semanas.
—No eres de aquí, ¿no?
—No, soy de Madrid.
—¿Y qué te ha traído hasta aquí?
«¿Me ha tocado la cotilla del edificio o qué?», pensó Cata.
—Quería un cambio de aires... Más calidad de vida, ya sabes.

—¿A qué te dedicas?

—A la comunicación audiovisual —mintió en parte.

—Uy, qué *cool*. Pues nada, si necesitas algo ya sabes dónde estoy. ¡Agur!

«Anda que ofrece ayuda la tía».

Cata se despidió con la mano y una sonrisa forzada. Se giró con una mirada curiosa, como si esperara que los cartones se hubieran recogido solos por arte de magia. «Igual debería claudicar y hacer varios viajes», se dijo rindiéndose ante la evidencia.

Tras escoger las cajas que podía cargar cómodamente bajó hasta el patio. Al girar a la izquierda en dirección al portón de entrada se topó con una planta enorme que le bloqueaba el paso. Contrariada, decidió esperar unos segundos a su propietaria antes de dejar las cajas en el suelo y apartarla con sus propias manos. Nadie con un mínimo de educación habría dejado ahí esa planta por tiempo indefinido. Además, tenía pinta de pesar un quintal.

Resignada, aprovechó para disfrutar del patio. Una foto de aquel fue lo que le hizo escoger el piso cuando buscaba desde Madrid. El patio, el balcón y el baño con ventana. Le gustaron tanto que incluso perdonó que el edificio careciera de ascensor. Al fin y al cabo, con subir y bajar tres pisos al día se podría considerar que hacía ejercicio (especialmente ella, que nunca había pisado un gimnasio). Aquel patio tenía un encanto muy especial. Los muros, enfoscados en color blanco y marcados por el paso del tiempo, se alzaban hasta los pisos abuhardillados de la cuarta planta, salpicados por ventanas pequeñas de dormitorios secundarios y cuartos de servicio. Lo más llamativo eran las plantas: en las paredes habría colgadas al tresbolillo más de una treintena de macetas de terracota. De ellas colgaban helechos, cintas y tradescantias, otras lucían con flores como begonias o geranios. En el suelo, junto a los muros y erguidas como si fueran a pasar revista militar, grandes macetas de piedra y barro albergaban dos grandes monsteras de espectaculares hojas, una alocasia y varias plantas de porte más pequeño y casi monacal como aspidistras, hortensias, rosales y otras especies que Cata no acertó a identificar. A los lados, dos bancos de piedra y un viejo armario desvencijado que contendría mangueras, regaderas y otros útiles de jardinería. El suelo era de adoquines de colores que, cual *trencadís*, jugaban con la geometría y el color para formar una especie de flor de seis pétalos. Como era habitual en las construcciones tan antiguas —para las que era difícil encontrar piezas de repuesto tras tanto tiempo—, los adoquines nuevos, que en el fondo eran parches descarados, le daban un toque aún más auténtico y encantador. En el centro de la flor, una fuente de piedra parecía marcar la dirección de la circulación vecinal como si de una rotonda se tratara. Por desgracia, en lugar de estar en funcionamiento se había convertido en un almacén improvisado de macetas rotas y regaderas. Una pena, porque habría sido el remate perfecto para un espacio tan bucólico.

Terminado su momento contemplativo y reprendida una vez más por su estómago, Cata decidió que el tiempo de gracia para con su vecina había terminado. Apoyó las cajas en la fuente y se dirigió hacia la strelitzia para dejar hueco suficiente para abrir el portón.

—¡Ay, perdón! —Unos pasos se acercaron corriendo por detrás—. Espera, que la quito de en medio.

La planta se deslizó con suavidad hacia la izquierda, y tras ella apareció un chico de pelo castaño, patillas pronunciadas y ojos azul ultramar. Era guapo, sí, pero la magia, el verdadero chispazo, llegó con la expresión de su mirada al sonreír: su rostro se llenó de tanta luz y bondad que provocó un temblor en las piernas de Cata. «La virgen, qué fantasía de tío. Y yo con estas pintas», pensó con su habitual complejo de inferioridad.

—¡No te preocupes! Has llegado justo a tiempo. —Cata trataba de mostrar seguridad—. Qué bonita es.

—Gracias, me la ha regalado una amiga. Acabo de mudarme y no tengo ni idea de plantas, pero ella insiste en que una casa no es un hogar hasta que no tiene una dentro.

—Es una strelitzia, también llamada ave del paraíso, de mis favoritas —dijo acariciando sus hojas para evitar cualquier contacto visual con él, la ponía demasiado nerviosa—. Tu amiga ha elegido bien.

—¿Y sabrías decirme qué hacer con ella?

—Es fácil, ponla cerca de una ventana porque necesita mucha luz. Ah, y riégala cuando veas que la tierra está seca.

Los consejos de Cata impresionaron al desconocido.

—Pues muchas gracias por tu asesoramiento. ¿También vives aquí?

—Sí, en esta escalera, pero llevo poco tiempo.

—¿Y puedo saber en qué piso? —preguntó con una sonrisa encantadora—. Por si mi planta necesita auxilio, ya sabes.

Un calor asfixiante le subió desde los talones hasta las mejillas. Cata notó que se sonrojaba. ¿De verdad estaba tonteando con ella?

—Sí, en el 3.º B. Encantada de ayudar a tu planta cuando lo necesite. —Se sorprendió con su propia respuesta.

—Yo estoy aquí, en el 2.º A. —Señaló la misma escalera—. Soy informático, así que solo podría devolverte el favor con algún problema tecnológico. Eso sí, como teletrabajo desde casa me tienes disponible a cualquier hora del día. Soy un 7-Eleven.

«Yo por ti tiraría el ordenador por la ventana, querido».

—Bueno es saberlo. En fin, voy a seguir tirando cajas —dijo todavía acalorada.

—Claro, agur, vecina.

Algo cortado, pero sin perder la sonrisa, el chico se despidió de ella con la mano y se volvió hacia la planta. Cata, un poco avergonzada y agotada de tanto disimular, salió por la puerta sin mirar atrás. Ni siquiera sabía su nombre, pero era lo más parecido al hombre de su vida que había visto en años.

2

Una superviviente

Un agudo ladrido de perro despertó a Amaia de un profundo sueño. Rebuscó entre las cosas de la mesilla hasta encontrar el reloj y al ver la hora sonrió. Aún eran las once. Todo el día por delante. Sin compromisos ni obligaciones: el mejor de los planes. Chavela, en un salto ligero y ágil, se subió a su regazo para recordarle que necesitaba su desayuno.

—Ya voy, michina —le dijo mientras le acariciaba el lomo—, deja que me ponga algo de abrigo primero.

El final del verano presagiaba un otoño gris y húmedo. Aun no hacía frío, pero una lluvia fina y la brisa de la ría habían refrescado la mañana. Se puso un jersey de punto calado gris y unos calcetines gordos. Pese a las nubes, un resplandor brillante entraba a través de las ventanas de la cocina creando una atmósfera muy acogedora. Mientras decidía qué música poner, encendió una vela con olor a canela y rellenó el comedero de Chavela.

—Aquí tienes, bolita.

Amaia dedicaba un buen rato a su desayuno, y como de lunes a viernes siempre iba con prisas, las mañanas de los fines de semana eran sagradas. Le encantaba desayunar en su cocina —luminosa, antigua y con muebles de madera lacada en verde— y con sus tazas, de porcelana fina y pintadas a mano, un tesoro que compró en un mercadillo de antigüedades de Berlín. La cubertería dorada también. Sin duda, se le daba muy bien rebuscar en tiendas y rastros hasta encontrar verdaderas reliquias. Disfrutaba del olor a café recién hecho y a pan tostado mientras escuchaba música, y se quedaba un buen rato absorta en sus pensamientos y mirando al infinito. Visto así, cualquiera pensaría que Amaia era una persona tranquila y reflexiva, pero nada más lejos de la realidad: esos ratitos de paz eran la recarga necesaria para vivir la vida con intensidad y, sobre todo, sin filtros.

Encendió la cafetera y puso un vinilo de Sabina en el tocadiscos. Le dolía reconocerlo, pero estaba un poco melancólica. El final del verano nunca le había gustado; en su antigua vida significaba el fin de los días largos, los festivales, los viajes y las interminables horas de terraza en terraza. Necesitaba un poco de adrenalina para levantar el ánimo. Cogió el móvil. Una llamada y diez wasaps de Mario, cuatro de Aitor y uno de Oliver. Todos del día anterior. «Qué pereza», pensó mientras abría Bumble en busca de una nueva presa. Era una chica magnética, segura de sí misma, carismática y muy inteligente. Su cabello negro y largo realzaba sus facciones felinas y sus ojos verdes. Era una líder natural y un imán para los hombres, a los que usaba para divertirse a su antojo.

Amaia era arquitecta. Y muy buena, por cierto. Al terminar sus estudios, consiguió trabajo en un estudio, y su carrera se auguraba prometedora. Unos años más tarde, sin embargo, una crisis en el sector de la construcción obligó al estudio a cerrar. Lo que para otra persona habría sido un drama, Amaia lo tomó como un golpe de suerte, la excusa perfecta para trabajar y vivir en otros países, conocer gente nueva y, sobre todo, para hacer con su vida lo que le diera la gana, algo bastante imposible en el seno de una familia tradicional como la suya.

Se fue a vivir a Curitiba, Brasil. Fueron años muy divertidos y despreocupados: su única inquietud era tener el dinero suficiente para viajar y salir de fiesta. Y entre una cosa y otra, ligar. Ligar muchísimo. Hasta que sintió que su carrera profesional se estancaba. Fue entonces cuando decidió mudarse a Londres. Dos años más tarde, después de haber ascendido dentro de un importante estudio y haber mejorado su inglés, le ofrecieron un buen puesto en una firma muy prestigiosa en Estocolmo. Amaia no se lo pensó dos veces: en una semana ya estaba instalada en la capital sueca. Allí consiguió un equilibrio que nunca antes había logrado: un puesto reconocido y muy bien pagado y una vida social intensa pero más madura que la de su etapa en Brasil. En Estocolmo conoció a Sebastian: un alemán alto, rubio, inteligente, educado y cariñoso. Si de niña hubiera pedido un marido a los Reyes Magos, le habría descrito a él. Fue lo más parecido que había tenido nunca a un novio. Su relación duró más de tres años, e incluso se fueron a vivir juntos. Tanto se estabilizó su vida que Amaia terminó entrando en pánico. En el fondo, siempre había pensado que en algún momento regresaría a España. El problema era que ya había cumplido los cuarenta y la vuelta cada vez parecía más improbable. Además, Sebastian ya empezaba a hablar de hijos con demasiada insistencia.

Algunos lo llamaron huida hacia delante, pero para Amaia fue lo más honesto y valiente que había hecho nunca: dejó al alemán y regresó a la ciudad donde había estudiado. La ruptura no fue nada fácil. Tardó mucho tiempo en perdonarse por el daño que le hizo al único hombre al que había querido. De hecho, de vez en cuando la culpa volvía para recordarle que, si no quería herir a alguien, mejor quedarse en relaciones esporádicas.

La vuelta no fue la esperada. Sus amigos de la universidad, a los que siempre había considerado una segunda familia, habían cambiado. Nadie tenía tiempo libre, todo eran obligaciones, hijos, comidas sin sobremesa y conversaciones sobre temas que no le interesaban en absoluto. Y para colmo, el trabajo no era gran cosa: ni el puesto ni el sueldo se acercaban a los de Estocolmo.

Menos mal que Amaia era una superviviente. Estaba acostumbrada a pasar mucho tiempo sola y a ser feliz con su propia compañía, pero, además, como era muy sociable, en poco tiempo ya conocía a la mitad de su edificio y a los dueños de varios bares y restaurantes del barrio. También salía mucho con sus compañeros de trabajo. Se integraba bien en los grupos, ya lo había hecho en el pasado. No obstante, en esta ocasión ansiaba en secreto que no fueran amistades temporales. Necesitaba encontrar una cuadrilla a la que coger cariño sin necesidad de ponerle fecha de caducidad.

Un estruendo interrumpió la conversación que acababa de iniciar con un piloto de lo más interesante. Abrió la ventana de la cocina y se asomó para ver de dónde venía. Bego estaba en el patio. Varias macetas de barro la rodeaban hechas añicos.

—¡¿Estás bien?! —preguntó preocupada.

Bego levantó la cabeza tratando de localizar a Amaia.

—Sí, hija, perdona el susto. Quería coger una maceta y por no subirme a la escalera se me han caído todas. Vísteme despacio que tengo prisa, ya sabes.

—Espera, que bajo a ayudarte. ¡No hagas nada!

Amaia cogió una bolsa, el escobón y el recogedor, y bajó las escaleras a toda velocidad. Bego se había sentado en el banco de piedra y miraba el desastre que tenía delante.

—Menos mal que no te has hecho daño, por un momento he pensado que te habías caído. —Amaia, aliviada, se puso a barrer.

—Gracias por bajar. ¿Qué hacías en casa? ¿No habías quedado ayer con tu novio? —quiso saber su vecina mientras desenrollaba la manguera.

—Yo no tengo novio, Bego, ya lo sabes. Había quedado con Mario, pero cancelé el plan a última hora. Está un poco intensito, y no quiero que se ilusione más de la cuenta.

—Pues pobre chico. ¿No has pensado que sería mejor dejarle claro que no quieres nada?

—Se lo he explicado mil veces, y sigue llamándome. Será porque acepta mis reglas, ¿no crees?

—Pues también tienes razón, hija. Perdona, pero es que en mi época las relaciones eran muy distintas. Supongo que, por mucho que me cueste entenderlo, ahora lo hacéis todo de otra forma.

—Por cierto, ¿has visto a Vera? —Amaia cambió de tema—. Llevo días sin saber nada de ella.

—Me la encontré hace un par de días y parecía muy disgustada. Quise hablar un rato con ella, pero no hubo manera de tener una conversación lógica. No dejaba de decir: «No soy así, no fue su culpa, no sé qué me pasó». No entendí nada.

—¿Y si la llamamos a ver si quiere bajar un rato?

—No está. Este fin de semana se iba fuera con Leo y con los niños.

—Pues me dejas preocupada —dijo Amaia pensativa.

—Ya le preguntaremos, es mejor no elucubrar. Tú que eres alta, ¿podrías regar esas cintas?

Amaia se puso de puntillas y regó con delicadeza las plantas que colgaban de la pared. Las macetas de barro comenzaron a oscurecerse y el agua sobrante empezó a gotear sobre los baldosines del suelo.

—Si me voy una temporada, recuerda que esas plantas necesitan menos riego que el resto. Con lo que me ha costado que estén así de bonitas, no me gustaría que se murieran.

—¿Adónde te vas pues? ¡Si tus hijos no pueden vivir sin ti! —dijo con su sarcasmo habitual.

—Bueno, por ahora no me voy a ninguna parte, pero en cuanto acabe el divorcio de Nico me gustaría hacer algún viaje.

—Me parece fenomenal, que lo sepas. Prometo cuidar estas plantas como si fueran mías. Eso sí, que estén vivas a tu vuelta ya es otra cosa.

—Lo harías estupendamente, ¡confío plenamente en ti!

—Por cierto, ¡tenemos nueva vecina recién instalada!

—¿Ah, sí? ¿Y qué tal es? —preguntó Bego, curiosa, sin separar su mirada de las cintas.

—Pues… no sabría decirte. Se llama Cata y viene de Madrid. Un poco rarita ya me pareció.

—No seas mala. Le daremos una oportunidad, ¿vale?

—Oído cocina —dijo Amaia con tono gamberro—. Venga, si no tenemos nada más que hacer aquí te invito a un café en el Bogotá, ¿te apetece?

—Mucho, hija. Deja que suba a ponerme ropa limpia y nos vamos.

Mientras esperaba, Amaia cogió el móvil para retomar la conversación con el piloto sexy y uniformado que había contactado con ella esa misma mañana. Ante su última pregunta, que iba con doble sentido, él no solo no se había arrugado, sino que se la había devuelto con más descaro si cabe. Disfrutaba tanto de esos flirteos furtivos con desconocidos que se le escapó una sonrisa traviesa. Se le ocurrió una respuesta ingeniosa con la que subir aún más el tono de la conversación, pero una llamada interrumpió la magia. Era Mario. Otra vez Mario.

—Buenos días, ¿cómo estás?

—Estupendamente, ¿pues?

—No sé, ayer cancelaste nuestro plan a última hora, pensé que te había pasado algo. Y como encima no me coges el teléfono…, estaba preocupado. —Se le notaba molesto.

—Ya te dije que estaba cansada. La rehabilitación del mercado me tiene agotada. Necesitaba dormir doce horas seguidas como mínimo.

—Vale. Si es por eso te dejo tranquila. Además imagino que también te habrá bajado la regla. Si te apetece tarde de relax y cucharita en el sofá solo tienes que decírmelo. Yo me encargo del choco…

Mario le estaba proponiendo su plan favorito para las tardes de lluvia y menstruación, pero Amaia ya no escuchaba. Ni siquiera respiraba.

—¿Amaia? ¿Sigues ahí?

—Lo siento, Mario, hoy no puedo. Nos vemos el lunes. Agur.

Abrió el calendario de su móvil y repasó las notas del último mes. Según las fechas que había anotado, la regla ya tenía que haber llegado. Se sentó en el banco e inspiró despacio, como le habían enseñado en las clases de yoga. «¿De verdad estoy teniendo un retraso? Seguro que es por el estrés de la vuelta al trabajo», pensó. Las reglas de Amaia siempre habían tenido puntualidad británica. Además, salvo despistes muy puntuales, solía ser muy cuidadosa. Por ella, por su salud y por la de los demás. Quiso calmarse. «Pasados los cuarenta dicen que empiezan los desajustes. Ya llegará».

—¿Nos vamos?

Bego apareció en el momento más oportuno.

—En marcha.

3

Un pellizco en el corazón

—¿Has llamado al pediatra?

Vera leyó el mensaje de Leo en la pantalla del móvil mientras fregaba. Tenía treinta minutos para recoger la cocina, preparar la merienda, poner una lavadora y, si era posible, planchar los uniformes del día siguiente. Luego, ir a por los niños al colegio y emprender el camino de vuelta a casa, que a ritmo de un adulto eran diez minutos, y al paso de sus hijos, una semana. Podría decirse que la tarde se presentaba como una maratón en toda regla. Una no sabe lo elástica que es media hora hasta que es madre, así que apuntó la llamada al centro de salud en la lista de tareas de su agenda mental y siguió fregando, molesta. Bueno, más bien cabreada. «¿Y por qué coño no llamas tú si ya sabes que hay que hacerlo? —pensó—. ¿No ves que estoy hasta arriba?». Respiró hondo mientras dejaba que la sartén del día anterior pagara el pato con el estropajo. «Puf, tendría que explicarle lo de la secretaria borde y la maja. Tardo menos si lo hago yo». Resignada, escurrió la bayeta, cerró el grifo y mientras se secaba las manos se dirigió a la despensa para ver qué podía llevar de merienda. Sin tiempo para envenenarse, abrió uno tras otro los armarios en busca de algún ingrediente con el que hacer algo de magia en unos minutos.

Vera siempre cuidaba al máximo la alimentación de sus hijos: nada de procesados, ni de azúcares y, por supuesto, todo hecho en casa con ingredientes naturales. Y ahora que estaban retomando la rutina de la vuelta al cole, con más motivo si cabe. Abrió la nevera: había dos huevos y un poco de leche. Miró el reloj. Si se daba prisa podía hacer unas magdalenas. Le pediría algo de fruta a Bego. «Ella siempre tiene de todo». Mientras trazaba el plan de acción en su cabeza, el frigorífico, grande, pesado, se cerró de golpe, diseñado como estaba para ahorrar energía. Tan brusco fue el golpe que varios imanes, fotos y blocs de notas que había en la puerta cayeron al suelo.

Una sonrisa se le dibujó en la cara al coger la primera foto: Gala y Mateo muertos de risa vestidos de elfos delante del árbol de Navidad de su suegra. Aquel año, Vera se propuso hacerles el mejor disfraz de Navidad del cole. Estuvo meses buscando las telas, los patrones y los accesorios necesarios, e incluso se apuntó a un taller exprés de costura. Quedó tan orgullosa de su trabajo que los vistió de elfos todos los días durante dos semanas. Parecían dos arbolitos de Navidad. «¿En qué momento decidí colgar todas esas bolas al jersey? —se preguntó—. Aguantaron de semejante guisa todas las fiestas y encima con buena cara». Un tierno sentimiento de adoración conectó a Vera con sus hijos.

Detrás de aquella foto asomó otra: el nacimiento de Gala, el día en el que su vida cambió para siempre. Ella, muy sonriente, tumbada en la cama del hospital sostenía a la recién nacida en brazos. «Con lo mal que lo pasé y todavía tenía fuerzas para sonreír». Fue una cesárea de urgencia y Vera tardó meses en recuperarse. Su primer año de maternidad se podría resumir en mucho amor, una anemia severa, varias mastitis y cientos de noches en vela. Había conseguido reconciliarse con esa época y recordarla con cariño, pero cuando se preguntaba en secreto si volvería a pasar por todo lo vivido, la respuesta siempre era un rotundo no.

Al costado de aquel recuerdo apareció otro: su luna de miel. Se besaban en el puente de Brooklyn. Había dedicado semanas a preparar su maleta. Estudiaba minuciosamente el plan y el clima de cada día, y diseñaba looks perfectos para cada uno. Tenía que ser ropa apropiada y cómoda, pero con la que siempre se sintiera guapa y estilosa. Aquel día recorrieron a pie Nueva York hasta el anochecer y fueron a comer a la hamburguesería de moda del momento. Llevaba unos vaqueros ceñidos que marcaban su cintura fina y un top de croché y flecos que realzaba sus brazos estilizados. Siempre se quejaba de su —según ella— escaso pecho, pero viendo su figura ocho años y dos partos después, no entendía cómo pudo quejarse alguna vez de un cuerpo tan fuerte y trabajado. «Ojalá lo hubiera valorado más», pensó con tristeza.

El paseo por sus recuerdos se le hacía doloroso, así que amontonó como pudo el resto de las fotos y papeles y los dejó sobre la encimera. Como si alguien insistiera en mandarle una señal, una foto se deslizó del montón y volvió a caer al suelo. Pensó en ignorarla, pero no pudo. Era ella, en su última actuación, haciendo un perfecto *arabesque* sobre sus viejas puntas. Cerró los ojos y se trasladó al calor de los focos, a la sensación de ingravidez, al estruendo de los aplausos al terminar. Llevaba un exquisito maillot plateado y un tutú de plumas. Sintió nostalgia, dolor y culpa, una maraña de sentimientos muy difícil de gestionar. Nostalgia al recordar lo feliz que había sido; dolor por haber renunciado —si bien de forma voluntaria— a su carrera en su punto más álgido y culpa por estar infinitamente arrepentida de aquella decisión. Para colmo, cuando buscó un empleo compatible con la maternidad, sin estudios y sin experiencia, lo único que encontró fue un puesto como profesora en una academia de inglés, que estaba muy lejos de ser su vocación y que le resultaba aburrido y poco gratificante. Pero estaba bien pagado y tenía la flexibilidad horaria que ella necesitaba. ¿Qué más podía pedir?

Removida, escondió la foto entre las demás, cogió la bolsa de la merienda, los huevos y el cartón de leche. Tenía veinte minutos para hacer las magdalenas y salir pitando a por los niños. Llamó a la puerta de Bego.

—¿Quién es?

—Soy Vera. ¡Rápido, Bego, que no llego a por los niños!

—Ya estamos con las prisas —dijo Bego mientras abría la puerta—. ¿Qué tal estás? Tenía ganas de verte, después del otro día…

—Necesito fruta, ¿tienes plátanos o manzanas? —la interrumpió Vera—. Lo que tengas me viene bien.

—Sí, claro, pasa. Pero cuéntame, ¿estás mejor?

—Lo siento, Bego, pero es que no llego. Tengo quince minutos, diez ya en realidad, para hacer unas magdalenas decentes y recogerles.

Vera entró en la cocina y escaneó rápidamente la encimera. No se había equivocado: había de todo.

—Necesitas la batidora, ¿verdad? Pelo los plátanos y hacemos esas magdalenas en un santiamén, ya verás. La cita que tenía hoy con Humphrey Bogart se ha cancelado, así que no tengo nada mejor que hacer, tranquila. —Bego le guiñó un ojo—. Eso sí, ¿harías el favor de contarme qué te pasaba el otro día? —insistió.

—¿Qué día? —Vera se hacía la loca.

—Nos cruzamos en el patio cuando subías las maletas. Estabas muy disgustada, no podías ni hablar.

—¡Ah! Sí… —dijo con desgana tratando de quitarle importancia—. Nada, fue una bobada. Ya se me había olvidado.

—¿Estás segura? Ya sabes que si necesitas hablar…

—De verdad que no fue nada. —Hablar era precisamente lo que no quería—. Había tenido un mal día y se me fue un poco la olla. Sin más.

Los siguientes minutos transcurrieron en silencio. Batieron los ingredientes, vertieron la mezcla en los moldes y los metieron dos minutos en el microondas.

—¡Ya están! —exclamó Vera—. En cuanto dejen de quemar las meto en el táper y salgo volando.

Bego había preparado una bolsa de tela con dos botellas de agua y mandarinas. Sonriente acompañó a Vera hasta la puerta y se la ofreció.

Vera era la mayor de dos hermanos. Fue una niña feliz, tranquila, cariñosa y muy familiar hasta que, en su octavo cumpleaños, su padre los abandonó para rehacer su vida con otra mujer. Era muy pequeña para entender, pero hubo de madurar de golpe y de forma prematura. Su madre, sola ante el reto de sacar a sus dos hijos adelante, también tuvo que hacer muchos cambios. Se sobrepuso a la marcha de su marido, pero se volvió una mujer mucho más estricta e intransigente. Sin una figura paterna en casa, ella tendría que ser implacable en la educación de sus hijos si no quería que se echaran a perder. Buscó un segundo empleo con el que poder obtener unos ingresos extra. Como no podía permitirse pagar a una persona que vigilara a sus hijos, Vera cuidaba de su hermano. Mientras otros niños hacían deberes o jugaban, ella tenía que ordenar su cuarto, vestir a Fede, darle la merienda, prepararle la mochila. Un exceso de responsabilidad que arrastraría toda la vida. Sus notas eran impecables y su comportamiento también: bastantes problemas tenía su madre como para que sus hijos le dieran más. Vera siempre admiró y respetó a su madre por cuánto se había sacrificado por ellos y por la disciplina que les había inculcado. Si no hubiera sido por ella, probablemente nunca habría llegado a ser la bailarina que fue.

Vera nunca se había enfrentado a un vacío tan grande como el que sintió cuando su madre falleció mientras ella estudiaba su tercer curso en el conservatorio; ni siquiera cuando su padre quiso olvidarse de ellos. Tenía a su hermano y a sus amigos, pero por primera vez en su vida se sintió sola, sin un hogar al que volver cuando todo empezara a torcerse. Conocer a Leo poco tiempo después fue un apoyo indispensable y, sobre todo, un refugio donde guarecerse en los momentos de soledad.

Años después, cuando conoció a Bego, pensó que era una especie de ángel de la guarda que su madre le había mandado para cuidarla.

Vera dejó en pausa su frenética huida hacia el colegio para abrazar a Bego despacio, agradecida.

—Muchísimas gracias por todo —le dijo al oído—. No sé qué haría sin ti.

—Anda, anda. No seas zalamera. Yo solo quiero que estés bien.

—Descuida —la tranquilizó con un beso—. Eres la mejor.

Llegó al colegio sudando y despeinada, pero a juzgar por la cantidad de madres y padres que había en la puerta, a tiempo. En mitad de aquel bullicio se respiraba alegría, vida, felicidad. «¿Cómo lo harán?», se preguntó.

Mientras esperaba pacientemente en la cola para entrar al edificio, una voz gritó con fuerza su nombre. Era Silvia, una antigua compañera de danza. «Mierda», pensó. Vera la recordaba como una chica alegre y agradable, pero también un poco intensa y, por qué no decirlo, metomentodo. Le daba mucha pereza sentirse juzgada por haber dejado el baile. Aunque, pensándolo bien, la única que estaba juzgando aquí era ella. Silvia aún no había hecho más que saludar.

—Madre mía, Vera, ¡cuánto tiempo! Pero ¡si estás igual! ¿Cómo va todo?

—¡Hola, Silvia! —Forzó una sonrisa—. Pues todo muy bien, la verdad. ¿Y tú? La última vez que supe de ti estabas en Berlín.

—Sí, estuve varios años viviendo allí. La verdad es que éramos muy felices, pero llegó mi hijo y decidimos volver al terruño para estar más cerca de sus abuelos. Oye, qué casualidad que estén en el mismo colegio, ¿verdad?

—¿Y a qué te dedicas ahora? —preguntó Vera muy intrigada por la evolución de una vida tan paralela.

—Volví a la compañía. Ya sabes cómo es Matías: hace lo que sea necesario para ayudar. Empecé de apoyo en los ensayos y ahora he progresado tanto que hasta participo en las coreos. ¿Y tú? ¿Sigues bailando?

Vera sintió un pellizco en el corazón.

—No, ya no. Tuve dos hijos y quería pasar tiempo con ellos. Por desgracia el estilo de vida de una bailarina no es muy compatible con ser madre.

—Bueno, yo también soy madre y si te organizas bien nada es imposible. Hay muchas cosas que hacer en la compañía y seguro que alguna te daría la flexibilidad que necesitas.

El pellizco se transformó en un sentimiento que creía haber olvidado: ilusión.

—Además, tú eras la mejor, Vera. Si quisieras volver seguro que Matías te haría un hueco. Eras su consentida, y lo sabes.

Su cabeza maquinaba a tal velocidad que no era capaz de articular palabra.

—Bueno, tú piénsatelo. De madre a madre te lo digo de corazón: no hace falta renunciar del todo ni a una cosa ni a la otra. Si te apetece vente un día al local de ensayo. Normalmente estamos de diez a dos, pero Matías también está por las tardes.

—Lo pensaré. Gracias, Silvia, me alegro de verte.

Lo dijo de corazón. Y por primera vez en muchos años, Vera se sumó al bullicio lleno de vida, alegría y felicidad, y recogió a sus hijos esperanzada.

4

Una amante de las plantas

Bego se despertó sobresaltada. «¡Las siete de la mañana! Que me sigas haciendo madrugar desde ahí arriba manda narices, querido».

Se puso las zapatillas y la bata de flores. Tenía una larga jornada por delante y muy poco tiempo que perder. Se dirigió al salón. El sol de la mañana entraba tímido por el balcón e inundaba la estancia con una luz suave y reconfortante. Abrió el ventanal. La temperatura anticipaba una jornada casi veraniega. Sintonizó una emisora de música clásica.

Tomaba el mismo desayuno desde hacía cuarenta años: pan tostado con mantequilla y mermelada de naranja y café de su cafetera italiana, que siempre dejaba preparada la noche anterior. Eligió el mantel blanco bordado a mano y el florero de cristal con astromelias rosas, la taza de porcelana que compró durante su luna de miel en Portugal y la cucharilla de plata labrada; en el mango aún se adivinaban, en trazos finos y clásicos, las iniciales B y V. La brisa de la ría, la luz del sol, las flores y su desayuno eran la mejor manera de empezar el día.

Bego era una amante de las plantas y las flores. Siempre había soñado con vivir en una casita de estilo inglés con un jardín lleno de rosas. Cuando se lo confesó a Vicente, él le dijo: «Me aseguraré de que tengas flores frescas cada día de nuestra vida». Y lo cumplió, vaya si lo cumplió. Todas las semanas aparecía en casa con un ramo de flores de temporada y de cada viaje volvía con un jarrón más grande y caro que el anterior. El de las astromelias lo compró en Venecia. Bego había planeado visitar con él la ciudad italiana, pero dos días antes, su hijo Nico empezó con síntomas de varicela, así que canceló la escapada. Vicente volvió de Italia con un enorme jarrón de cristal de Murano y un ramo de peonías rosas. Aquel fue el primer florero de muchos. Bego, consciente de lo pesados y delicados que eran, le insistía: «No me compres nada a mí, trae algo para los niños, que les hace mucha ilusión». La respuesta siempre era la misma: «Eres tú la que te quedas aquí cuidando de ellos. Eres tú la que te lo mereces».

Llevaba un buen rato absorta en sus recuerdos mientras daba vueltas al café. Pasó el dedo por encima de las iniciales de la cucharilla. Aquella cubertería fue su único regalo de boda, una boda a la que nadie asistió. Bego tenía solo quince años cuando conoció a Vicente, pero se enamoró de inmediato. Al principio fue amistad inocente, pero pronto evolucionó a algo más sin ser conscientes del terremoto que su relación iba a provocar. Sus padres, al enterarse de que él era diez años mayor, montaron en cólera. Los de Vicente creían que Bego no era un buen partido porque su clase social y sus estudios eran muy superiores. Para evitar males mayores y apaciguar los ánimos estuvieron dos años sin verse, tiempo durante el cual se enviaban cartas a escondidas. Para cuando cumplió los dieciocho, Vicente ya tenía un trabajo estable y había ahorrado lo suficiente como para mantener una familia. Se escaparon y se casaron en secreto con una sola testigo: Regina, la tía materna de Vicente, la única persona que apoyaba su relación. Ella les regaló aquella cubertería. «Gracias por tanto allá donde estés», pensó mirando hacia arriba. Bego tardó años en comprender que lo que sus padres querían evitar era que, al casarse tan pronto, se viera obligada a renunciar a sus sueños antes de poder luchar por ellos. Ella siempre había querido ser diplomática para viajar, aprender idiomas y conocer otras culturas, pero no tuvo más remedio que olvidarse de su sueño cuando a los veinte años tuvo a su primer hijo, Nico. Después llegaron Álex y Tomás. Vicente, además, tenía una prometedora carrera como ingeniero, así que no les hacían falta más ingresos. Aunque durante un tiempo mantuvo la esperanza de estudiar y trabajar en algo que la llenara, por el bien familiar y el de sus hijos se quedó en casa. Fue muy feliz aquellos años y no se lamentaba de las decisiones tomadas, pero, en secreto, siempre se preguntaba qué habría sido de ella si hubiera hecho caso a sus padres y hubiera priorizado sus sueños.

El teléfono sonó desde el aparador.

—¿Dígame?

—Hola, *ama*, ¿te pillo bien?

—Siempre me pillas bien. Qué pasa, ¿no puedes venir a comer hoy?

—Claro que puedo, llevo toda la noche pensando en ese bacalao, ¡a ver qué te piensas!

—Pues tengo que ir a comprarlo, así que date prisa o vas a comer ensalada mixta.

—¿Puedo ir con Lydia?

—Claro, Tomás, ya sabes que puedes venir con ella siempre que quieras. Haré más bacalao, a ver si ya de una vez se convierte en mi nuera.

—*Ama*, ya sabes que somos amigos, no enredes.

—Si ya lo sé, pero déjame soñar despierta. ¿Algo más?

—Nada, eso es todo. Llegaremos sobre la una y media y te ayudamos con lo que falte.

—Vale, cariño, luego nos vemos pues.

Recogió el desayuno y se aseó lo más rápido que pudo. El mercado abría a las nueve y quería llegar la primera para pedir tranquila y elegir las mejores piezas.

Cogió el bolso, el carrito y la chaqueta, cerró la puerta con llave y bajó las escaleras agarrada a la barandilla. «Anda que ya me podían haber buscado una casa con ascensor», pensó contrariada.

—Aupa, Begoña, ¿ha visto los geranios? —dijo una voz desde el patio—. Yo creo que habría que podarlos cuanto antes o se van a echar a perder.

—Buenos días, Julián. Sí, lo sé, pero estos días no he tenido tiempo. De todas formas, aún hace calor, ¡no es tan urgente!

—Si quiere lo hago yo. Hasta que usted llegó era una de mis labores.

—No se moleste. Ya sabe que me gusta cuidar esas plantas como si fueran mías.

—Como quiera, Begoña. Que pase un buen día.

Salió a la calle algo molesta. Julián, el conserje, tenía razón: allí había mucho trabajo por hacer. A ella le encantaba dedicar horas a sus plantas y al patio, pero últimamente tenía demasiados compromisos. Era curioso: ahora que Vicente ya no estaba y que vivía lejos de sus amigas, estaba más ocupada que nunca. Había dejado los museos, el cine, las comidas con sobremesa, eso la frustraba. Ahora los días pasaban entre cocinar, cuidar a sus nietos y soñar despierta con su vida pasada una y otra vez. Menos mal que sus vecinas le inyectaban algo de su juventud de vez en cuando.

El día era húmedo y el sol acariciaba los edificios con una luz suave y dorada, algo empañada por una niebla casi imperceptible. Así eran sus días favoritos en aquella ciudad. Bajó las escaleras para pasear por el borde de la ría y se dejó envolver por el graznido de las gaviotas. Vicente siempre lo había detestado, pero a ella le encantaba. Le recordaba a su ciudad natal: Hondarribia. Cuando cumplió diez años, su familia se mudó a una pequeña localidad en La Rioja, de donde era Vicente. Este encontró su primer trabajo en Vitoria y, tras casarse, se mudaron a un piso en el centro de la ciudad. Bego tuvo que empezar de cero en una ciudad desconocida para ella, pero llena de nuevas posibilidades. Como era sociable y extrovertida, enseguida encontró una cuadrilla de amigas con las que compartir confidencias, tardes de parque y recetas caseras. Cuando sus hijos llegaron a la etapa universitaria, salieron de Vitoria para no volver. Pese al síndrome del nido vacío, llevaba una vida social tan ajetreada que sobrellevó bien su marcha. Siempre tenía alguna exposición que ver o alguna revancha que librar al continental. Todo cambió cuando Vicente falleció. Sus hijos no veían con buenos ojos que se quedara sola en Vitoria. «Así podremos atenderte mejor», le decían. Probablemente tenían razón, pero erraron al pensar en quién cuidaría de quién. Bego, complaciente por naturaleza y más aún con sus hijos, accedió a su petición y se mudó al piso que le buscaron cerca del colegio de Pablo, uno de sus nietos. Eso sí, mantuvo su piso familiar en Vitoria con la esperanza de seguir viendo a sus amigas.

Entró en el mercado y se dirigió a la pescadería. El frutero la saludó sonriente.

—Tengo prisa, Antonio, ahora vengo a verle. Hoy toca pescado en salsa verde.

—¡Le guardo perejil pues!

Compró el mejor bacalao de la pescadería y salmón, nécoras y lubina. También pasó por la carnicería y a por su perejil. Toda provisión de víveres era poca para las comidas de los domingos con sus hijos y nietos.

Salió del mercado por la puerta de arriba con el carrito bien cargado. Un nuevo restaurante estaba a punto de abrir y había llenado toda la azotea de flores de temporada. «Qué bonitas —pensó—. Si viene Lydia lo mínimo es tener unas flores dignas». Miró su reloj y, decidida, dio la vuelta sobre sus talones.

La campanilla sonó al abrir la puerta. Bego entró directa hacia las flores sin prestar atención al hombre tras el mostrador.

—Aupa, Begoña, ¿necesita inspiración o le pongo lo de siempre?

—Buenos días, Iñaki —respondió sin levantar la mirada—. Pues venía a por dalias, pero viendo las caléndulas que tienes ahí ahora no sé qué quiero.

—No se preocupe, tómese su tiempo. Y si no se decide, ya sabe que me encanta sorprender.

—Que me sigas tratando de usted... No tienes remedio.

La campana volvió a sonar. Entró una chica joven. Llevaba el cabello rubio recogido en una trenza y un abrigo amarillo algo grande que acentuaba su diminuta silueta. Tenía unas facciones muy dulces, la piel clara y una mirada penetrante de color miel. Parecía algo perdida, incluso aturdida.

—Aupa, señorita, ¿la puedo ayudar en algo?

La chica se quedó mirando fijamente al tendero unos segundos que se antojaron horas. El silencio era tan incómodo que Bego se vio en la obligación de intervenir.

—Hija, ¿estás bien?

—Sí, sí, perdón. Solo he venido a mirar, gracias —contestó sin quitar la mirada del tendero.

—Como quiera. —Iñaki se mostró algo molesto.

Mientras Bego componía un ramo en su cabeza, tres personas más entraron en la tienda. Para cuando quiso darse cuenta el tendero estaba ocupado asesorando sobre plantas y envolviendo ramos.

—En cuanto puedas, ya sé lo que quiero.

—Ahora mismo estoy con usted —contestó mientras cobraba a un señor trajeado.

La joven estaba frente a los jarrones. No hacía falta ser muy lista para darse cuenta de que estaba mirando sin ver.

—¿No te decides? —le preguntó Bego.

—Es que son todas muy bonitas —fingió interés.

—Las que mejor están son las caléndulas, pero si no sabes lo que quieres mi consejo es que te dejes recomendar por él: hace unos ramos preciosos.
—Begoña, ya estoy. Dígame pues —interrumpió Iñaki.
Bego le detalló las flores y ramas que quería.
—Oye, veo que tienes la floristería llena. Qué bien, ¿no? Estarías preocupado después de tanto tiempo sin abrir.
—Bueno, eso de bien según se mire. Me preocupa que esté tan llena. A veces tengo mucha gente esperando y no quiero que los clientes se enfaden.
—¿Y tu hija? ¿No te iba a ayudar?
—Esa era la idea, pero la readmitieron en el proyecto de investigación que dejó cuando pasó lo de su madre y no quiero que renuncie a su verdadera vocación.
—Bueno, siempre puedes buscar a alguien que te eche una mano.
—¿Y de dónde voy a sacar yo a alguien de confianza que sepa de flores? Los chavales de hoy en día solo saben mirar pantallas.
—De flores se aprende y la confianza se gana. Búscate a alguien, Iñaki, no puedes llevar solo este negocio. Ya tenemos una edad. Anímate y déjate sorprender por él —le dijo sonriendo a la joven—, que no te dé miedo su aspecto. Es un artista y un trozo de pan.
La chica respondió con una mirada cómplice. Eso era justo lo que necesitaba escuchar.

5

Sigo viva, gracias por tus consejos

Sacó una silla plegable al balcón y se sentó con un jersey de punto fino sobre los hombros. En la diminuta mesita, su café con leche, sus vitaminas para la vista y su tabaco de liar. Cata cerró los ojos, respiró profundo y dejó que el sol le calentara la cara unos minutos. El ambiente era frío y húmedo pero reconfortante. El rumor de las hojas de los árboles, que presagiaban el otoño, y el agua de la ría eran todo lo que necesitaba oír. Una llamada interrumpió su momento de paz: era su madre. Su lado prudente y sensible quería decirle que la echaba de menos, también que sentía el daño que le estaba haciendo, pero que necesitaba averiguar la verdad por sí misma. Su lado rebelde y autosuficiente le recordó que no debía dar su brazo a torcer y mucho menos mostrar debilidad. Tras silenciar la llamada, miró la monstera que había colocado en el centro del salón. La imagen de su madre cuidando plantas durante horas apareció en su mente y dibujó una sonrisa de cariño en su rostro. Siempre le había sorprendido que les dedicara tantas horas, como si no existiera nadie más, como si el tiempo se detuviera en esos ratitos de regar, podar y limpiar hojas.

Su visita a la floristería había sido desalentadora. El local era muy antiguo, y el tal Iñaki no le había gustado nada. Serio, soso y anacrónico, aunque, a juzgar por los ramos que le había visto componer, algo de sensibilidad tenía que tener. «No sé qué esperaba encontrar —pensó—. ¿A Pierce Brosnan con los brazos abiertos?».

Estaba bloqueada. Probablemente no fuera él, pero era el único hilo del que tirar por ahora. Encendió un cigarro. Tenía dos opciones: seguir buscando en internet y abrir nuevos melones, o explorar un poco más la vía del florista y ver hasta dónde la llevaba. Además, una idea le rondaba la cabeza desde que salió de aquel local: él necesitaba ayuda, y ella, un empleo. Tenía ahorros, pero no iban a durar eternamente, y antes o después su madre cerraría el grifo del dinero que había heredado de su padre.

Cata había nacido en el seno de una familia muy adinerada. Su padre dirigía un negocio inmobiliario muy lucrativo. Tanto que su madre nunca necesitó trabajar por cuenta ajena: se dedicó a gestionar el patrimonio familiar y a cuidar de sus hijos. Su hermano Nacho era ingeniero y economista. Siempre había sido el hijo perfecto: correcto, inteligente, guapo y encantador. El ojito derecho de sus padres. Se casó pronto con una joven a la altura de las expectativas, tuvieron dos hijas y se fueron a vivir a un piso de lujo en el centro de Madrid. En resumen, el plan de vida soñado por sus padres. Cata había crecido a la sombra inmensa que proyectaba su hermano. Una especie de oveja negra que con treinta y cuatro años no había encontrado ni pareja ni trabajo estables. Como la tradición mandaba cursar una carrera universitaria, estudió Derecho. Las prácticas las hizo en el despacho de un amigo de su padre; pronto se dio cuenta de que ni las horas interminables de oficina, ni los trajes, ni las artimañas para llegar a socia iban con ella. Lo dejó para hacer un curso de fotografía y vídeo, y ahí comenzó su inestabilidad profesional: eventos, redes sociales, páginas web... La ilusión por cada trabajo le duraba lo que tardaba en dominarlo. Su padre le repetía una y otra vez: «No te vamos a financiar la vida eternamente, Cata, tarde o temprano tendrás que buscarte un trabajo serio, como hemos hecho todos». Se había sentido acomplejada en algunos momentos, incluso había tenido fuertes discusiones con sus padres, pero había guardado los buenos recuerdos y desechado los malos. Alfonso, su padre, un hombre estricto y bastante frío, siempre se dejó la piel para darles lo mejor. Cata todavía no había superado su muerte y sospechaba que su nueva aventura era, en parte, una vía de escape para no enfrentarse a la pérdida de alguien a quien ella quería, aun sin saber muy bien por qué.

Ceci, su madre, siempre le había resultado algo más compleja y difícil de descifrar. Obsesionada con guardar las apariencias, había tratado de ser la mejor madre y esposa de cara a la galería. Dentro de casa era imprevisible. La mayoría de las ocasiones apoyaba las medidas autoritarias de Alfonso, si bien de vez en cuando se rebelaba contra él en secreto y les concedía a sus hijos alguna que otra licencia. A veces era empática y sensible, pero su carácter estricto, frío y distante aparecía constantemente. Madre e hija se distanciaron cuando Cata entró en la adolescencia. No entendía que se escondiera tras la figura de su padre, que no se mostrara cercana y que no impusiera su forma de ver la vida. Incluso llegó a pensar que no era más que una mujer florero, encerrada en una jaula de oro en la que estaba demasiado cómoda como para querer salir.

Las palabras de la señora de la floristería le resonaron en la cabeza. «De flores se aprende y la confianza se gana». La idea cobraba cada vez más sentido: Cata sabía bastante de plantas gracias a su madre, así que aprender sobre flores no sería muy complicado. Además, en aquel artículo de internet, el tal Iñaki decía que quería modernizar la tienda, y si de algo sabía ella era del ecosistema digital. El empleo le serviría para ganar algo de dinero mientras seguía buscando. Y mejor ponerse en marcha cuanto antes, porque la experiencia le decía que si les daba demasiadas vueltas al cómo, al cuándo y al porqué, terminaría por abandonar la misión antes de lo previsto.

Recogió la mesa del balcón y se dirigió a la cocina. Cuando se disponía a fregar la taza del desayuno algo llamó su atención. «No puede ser», pensó. En la ventana de enfrente, un piso más abajo, había una enorme ave del paraíso tras el cristal. Pegado a una de sus enormes hojas, un folio A3 con unas letras grandes de color negro que decían: «Sigo viva. Gracias por tus consejos». La vergüenza y la emoción a punto estuvieron de provocarle un infarto. Una silueta apareció de repente tras la planta. «¡Mierda! Me ha pillado». Se agachó para esconderse tras los muebles de la cocina. Con el corazón latiendo a mil pulsaciones por segundo, se lamentó por ser tan pardilla para estas cosas. Y en mitad del bochorno, una canción de sobra conocida por Cata empezó a sonar. Era «Jardín de rosas», de Duncan Dhu.

Dime tu nombre
Y te haré reina en un jardín de rosas
Tus ojos miran
Hacia el lugar donde se oculta el día

Ató cabos rápidamente. O se estaba viniendo muy arriba o la elección de esa canción era intencionada. «Es cierto que no le dije cómo me llamaba —pensó—. Que no, que no puede ser, me estoy ilusionando como siempre y me voy a llevar una hostia como nunca». Se incorporó haciendo como si nada de lo ocurrido hubiera llamado su atención. El vecino cañón estaba todavía en la ventana. Levantó la mirada y sonrió. Las piernas de Cata empezaron a temblar alcanzando una magnitud de 5 en la escala de Richter. Le devolvió la sonrisa y le hizo un gesto para que esperara. No podía creer lo que estaba a punto de hacer, pero un tío así bien merecía un acto de valentía impropio de ella. Se dirigió a su escritorio a toda velocidad y en trazos gordos sobre el papel más grande que encontró escribió: «CATA, ¿Y TÚ?». Cuando volvió a la ventana, puso el cartel sobre el cristal y se escondió tras él. Cuando estuvo preparada para dar la cara, se asomó por debajo del papel. El vecino había escrito: «JON. ¡Encantado!». «Jon —pensó—, que rima con pibón, bonachón y empujón, que no está mal. Ay, pero también con cabrón». Cata inclinó la cabeza en un gesto de saludo casi japonés y se despidió con la mano. Demasiada adrenalina para su escasa práctica en el arte de ligar. Necesitaba procesar lo sucedido y, de paso, volver a centrarse en lo que la había llevado hasta allí.

Con la autoestima y la cabeza en las nubes, salió a la calle dispuesta a comerse el mundo. Caminaba distraída mientras paladeaba su pequeño éxito. Casi sin darse cuenta llegó a su destino. Se detuvo unos minutos frente a La Verbena y buscó al tendero a través del escaparate. Iñaki llevaba una camisa de cuadros vieja y un mandil manchado atado a la cintura. Estaba tras el mostrador, muy concentrado en la pantalla de su móvil, haciendo esfuerzos para leer algo con sus pequeñas gafas de montura azul. Parecía un poco contrariado. «Quizá no sea un buen momento —pensó—. Quizá sea mejor volver esta tarde». Aunque su cabeza le pedía a gritos que marchara corriendo de allí, sus pies se lanzaron hacia la tienda como si tuvieran vida propia. «Venga, Cata, tú puedes con esto y con mucho más».

La campanilla de la puerta pareció no sorprender a Iñaki, que levantó la vista del móvil para ver quién entraba sin mover un solo músculo de la cara. Cata saludó tímidamente y se dirigió hacia el rincón de las plantas fingiendo interés en ellas. Ni siquiera se había planteado qué diría para iniciar la conversación. Tras unos segundos de silencio, respiró hondo y se lanzó.

—Aupa, ¿la puedo ayudar en algo? —preguntó el tendero al ver que se aproximaba al mostrador.

—Sí, verá —dijo con una sonrisa forzada tratando de mostrar seguridad—, el otro día le oí decir que necesitaba ayuda con la tienda. Y yo casualmente estoy buscando empleo.

—No necesito a nadie, señorita. Pero gracias de todas formas —sentenció sin quitar la mirada del teléfono.

—¿Está seguro? Soy muy buena atendiendo a la gente. Podría empezar los fines de semana, que imagino que será cuando más trabajo tenga.

Iñaki, con un gesto de desdén, dejó el móvil sobre el mostrador y miró a Cata de arriba abajo.

—¿Cuánto sabe de flores pues?

—Sé mucho de plantas, a mi madre le encantaban. Bueno…, le encantan —corrigió.

—Ya. ¿Y de flores?

—Estoy en ello. Aprendo rápido. Mire, esto son dalias.

—Ya. No me vale, lo siento.

Cata se quedó bloqueada, no sabía qué contestar. «Menudo imbécil —pensó—, casi preferiría que no fuera él». Se habría rendido, pero como ocurría siempre que lo tenía todo en contra, una fuerza interior tiraba de ella hacia delante. La bombilla que siempre la sacaba de los peores apuros volvió a encenderse.

—Soy especialista en redes sociales y páginas web. Mientras aprendo de flores podría ayudarle a modernizar un poco la tienda.

—Ah, ¿que aún sigue ahí? —contestó algo molesto sin darse la vuelta—. ¿Y por qué cree que necesito yo modernizarme pues?

—Bueno…, no sé, llegar a más gente, tener más clientes. Ahora todo se hace online. —Cata empezaba a desfallecer.

—Yo no necesito más clientes, con los que tengo voy que chuto. Gracias, pero no.

Permaneció quieta unos segundos, como petrificada. ¿Debía insistir? ¿Tenía más argumentos?

—Y ahora, si no quiere nada más, voy a hacer un par de encargos para los que no he necesitado modernizarme. Agur.

Cata se sentía decepcionada, humillada y enfadada a partes iguales. Sin ánimo para despedirse y con su orgullo herido a cuestas dio media vuelta y salió de la tienda haciendo sonar la campanilla una vez más. «Mierda de campana, ¿quién tiene una campana en la puerta a día de hoy?», refunfuñó.

—*Aita*, esa chica tenía razón, ¿por qué no le das una oportunidad?

Una joven de voz dulce y melena castaña salió de la trastienda reprendiendo a su padre.

—Y dale con nieve. Yo no necesito ayuda. Además, no tiene ni idea de flores.

—Pero sabe de otras cosas, creo que deberías pensártelo al menos. Aunque con lo borde que has sido…

—Yo no he sido borde, le he dicho las cosas como son. Mejor no darle esperanzas, Ana —contestó, malhumorado, mientras cortaba las puntas de los tallos de unas rosas.

La chica se acercó a su padre y le puso las manos sobre sus brazos. Como si una fuerza invisible tirara de ellos, Iñaki soltó las tijeras y las rosas, y relajó los hombros.

—*Aita*, mírame —le dijo girando su cuerpo con cariño—. La *ama* me pidió que cuidara de ti, y eso es lo que voy a hacer. A mí me encantaría seguir ayudándote, pero cada vez me resulta más difícil. Tengo que centrarme en el proyecto o no voy a poder terminarlo. ¿Me prometes que pensarás en ello? Si no quieres que sea esa chica, que sea otra persona, pero necesitas a alguien que te eche una mano aquí.

La mirada de Iñaki se enterneció en décimas de segundo.

—Vale, lo pensaré —dijo rendido mientras la besaba en la frente—. Pero déjame que haga estos ramos o no habrá negocio que ayudar.

—Te quiero, *aita*, me voy a la biblioteca.

6

Patatas y bravas

El día era gris, húmedo, pero el azul de la fachada del edificio lucía más intenso y brillante que nunca. En la entrada al portal, unas escaleras metálicas viejas de estilo industrial contrastaban con las plantas y macetas coloridas que ocupaban los laterales de los peldaños. Tras el portón podía escucharse el murmullo de una conversación que parecía de lo más distendida.

Para Vera, Amaia y Bego, las mañanas del fin de semana eran sagradas. Bueno, al menos para Amaia y Bego, porque Vera dependía de Leo. Se reunían en el patio para tomar un café, compartir anécdotas y despellejar a alguna que otra conocida. Quedaban cuatro días para que empezara el otoño, y Bego, como buena amante de la jardinería, sabía que era buen momento para preparar las plantas de cara a la nueva temporada, así que aprovechó para regar, quitar hojarasca y podar mientras escuchaba a las chicas. Eran tareas tan relajantes y familiares que podía hacerlas hasta con los ojos cerrados.

—Aquí están.

Amaia traía una bandeja de cartón con dos cafés.

—¿Solo dos? —preguntó Vera extrañada—. ¿Y para ti?

—Yo solo necesito esto —dijo sacando una botella de agua del bolso—, que os recuerdo que en un rato he quedado con el piloto. Con eso ya tengo excitación suficiente. —Puso cara de pícara.

—¿Será el definitivo? —preguntó Bego distraída mientras cortaba unas ramas secas.

—Ni loca —sentenció Amaia.

—¿Y eso?

—Ya os dije que a mí los pilotos… no me convencen del todo. Toda la vida fuera de casa haciendo vete tú a saber qué. El otro día de hecho leí en un estudio que es la tercera profesión donde se es más infiel. Y no les culpo, también lo digo. Yo si fuera azafata estaría todos los días de habitación en habitación.

—Pero ¿tú no eras partidaria de las relaciones abiertas? —preguntó Vera confusa.

Amaia dudó unos segundos. ¿Cuándo había cambiado de opinión? Tenía que salir del paso. Cualquier cosa menos reconocerlo.

—Hombre, una cosa son las relaciones abiertas y otra que tenga una amante en cada puerto todos los fines de semana. En la vida existen los grises, querida.

—Pero, entonces ¿se puede saber para qué quedas con él? —insistió Vera.

—Pues porque me gustan los uniformes. Si así no te queda claro te lo puedo explicar de otra forma —dijo Amaia en tono juguetón contoneando las caderas de forma sensual.

—Vale, vale, *capito*, no hace falta que digas más.

—¿Y tú? ¿Nos vas a contar de una vez qué te pasaba el otro día? —Amaia cambió de tema con su habitual maestría.

Vera, incómoda, comenzó a dar vueltas alrededor de la fuente de piedra como quien coge carrerilla antes de lanzarse a la piscina.

—Hace dos semanas nos fuimos a pasar el fin de semana a casa de mis suegros. Ya sabéis que yo les quiero muchísimo, pero…

—Sí, pero lejos —Amaia terminó la frase por ella.

—No, bueno, tampoco es eso. Pero dos días completos con ellos es demasiado intenso para mí. «Haz esto», «Ahora esto otro», «Deja que lo haga solo», «Deberías corregir más a la niña o va a ser una tirana», «Leo comía dónuts y no le pasó nada». —Con cada ejemplo se enfadaba más.

—No sigas, que te vas a calentar más de la cuenta —dijo Bego con ánimo de calmarla.

Vera respiró hondo.

—El domingo, después de dos días sin pegar ojo, los niños decidieron darnos el peor viaje de vuelta que recuerdo. Mateo estuvo una hora enlazando una rabieta con otra, y Gala, que mira que es buena, de lo nerviosa que estaba se puso a gritar. Estaba tan superada que le pedí a Leo que parara en la primera gasolinera. Cuando bajé del coche mi intención era coger a Mateo para intentar hablar con él y calmarle, pero... —La voz de Vera se empezó a quebrar—. Antes de que me diera tiempo a bajarle de la sillita, exploté. Le grité a pleno pulmón: «¡No te soporto!», y le pegué un bofetón. Un bofetón tan fuerte que le dejé la mejilla roja en el acto, la cara desencajada. Mi pobre Mateo... —Vera lloraba cada vez más—, mi angelito. No os podéis imaginar cómo me miró. Gala se asustó muchísimo también. Lo que juré que nunca haría con mis hijos. He tenido pesadillas todos los días desde entonces.

Vera lloraba desconsolada. Miraba al suelo y buscaba entre sus sollozos el aire suficiente para hablar. Confesó sentirse la peor madre del mundo: se había fallado a sí misma y, lo peor de todo, les había fallado a sus hijos. Lo que no se atrevió a verbalizar era la terrible desafección que empezaba a sentir por ellos. Temía que ya no los quisiera o, peor aún, que nunca los hubiera querido. No era una madre, era un monstruo.

—Ninguna madre quiere hacer eso, Vera, pero así es la maternidad. Un día adoras a tus hijos y los quieres con locura, y el siguiente los quieres matar. A veces nos encanta y a veces estallamos, sobre todo cuando estamos tan al límite. No les vas a provocar ningún trauma ni van a dejar de quererte por eso. Hazme caso, que a mí también se me escapó algún cachete. No estoy orgullosa de ello, pero fueron momentos puntuales que mis hijos ni recuerdan. No eres una mala madre.

Bego sabía de qué hablaba. Las tres amigas se quedaron unos segundos en silencio.

—Yo lo que creo que necesitas es respirar, amiga. Y te lo digo en el sentido más amplio de la palabra. No necesitan una madre perfecta, necesitan una madre feliz. Ya sé que yo no tengo hijos y no debería hablar, pero ¿cuándo fue la última vez que hiciste algo para ti?

Vera se quedó pensativa. La relación entre ella y Amaia siempre había sido una montaña rusa de amor y odio. Más amor que odio, eso sí. Sus vidas estaban en las antípodas, en ocasiones les costaba entenderse, pero por algún extraño motivo se necesitaban. Vera disfrutaba cuando Amaia le hablaba de sus romances. Al escucharla se imaginaba una vida paralela en la que ella también tenía escarceos sin ataduras ni compromisos que la aliviaba en sus momentos de más hartazgo. Amaia admiraba a Vera por ser tan fuerte y vulnerable al mismo tiempo. Era una supermujer que se infravaloraba por las decisiones que había tomado. Esto la sacaba de quicio, pero a la vez empatizaba con ella elevando su sororidad hasta cotas insospechadas.

—Pues mira, estar un rato con vosotras. Que te recuerdo que debería estar haciendo la comida de la semana que viene y aquí estoy de cháchara mientras juegan un rato con su padre. Es más, lo que hago *para mí* —dijo haciendo énfasis en esas palabras— es estar con mis hijos. Eso es lo que más quiero.

Las mujeres se sumieron en un silencio. Hasta Amaia y su incontinencia verbal se dieron tregua para pensar o, mejor dicho, para no decir en voz alta lo que estaba rumiando. Bego, por su parte, comprendía los sentimientos de Vera. Ella había pasado por ahí: la necesidad de ser la mejor madre, de estar presente, de no reprocharse a sí misma ningún error. Lo que Vera no sabía todavía es que, con el paso de los años, sus hijos crecerían y volarían solos, y que a ella solo le quedaría su propia vida, esa a la que estaba renunciando. Pero esa no era una reflexión para hacer ahora, Vera estaba aún demasiado sensible.

Un chirrido anticipó un golpe seco y pesado: el viejo portón acababa de cerrarse. Cata apareció por el patio distraída. Llevaba su chubasquero amarillo, sus inseparables gafas de sol y el pelo recogido en una trenza despeinada que le daba un aire encantador. Caminaba concentrada, escuchando música y mirándose los pies. Tan ensimismada estaba que no reparó en las tres mujeres que aguardaban el momento en el que volviera a este mundo para poder saludar.

—Aupa —saludó Amaia haciendo gestos con la mano.

Cata paró en seco. Los músculos de la cara se tensaron de inmediato.

—¡Hola! —dijo sorprendida—. Perdonad, que no oigo nada.

Se quitó los cascos tan nerviosa que se le cayeron al suelo.

—Uy, tú estabas el otro día en la floristería, ¿no? —preguntó Bego con los ojos muy abiertos.

—Sí. ¿También vives aquí? —Cata no daba crédito.

—Eso es, en esta escalera. —Señaló la contraria a la de Cata—. ¡Qué casualidad! ¿Llegaste a comprar algún ramo?

—Me llevé una monstera. Soy más de plantas que de flores. Pero muchas gracias por tus consejos.

—Es la vecina nueva de la que te hablé —interrumpió Amaia.

«¿Cómo? ¿Han hablado de mí?», pensó Cata incómoda.

—¿Llevas mucho tiempo viviendo aquí? Eres de fuera, ¿verdad? —preguntó Vera curiosa.

—Llegué hace casi un mes y soy de Madrid. Me llamo Cata, encantada —dijo haciendo un gesto sutil con la cabeza.

—Ellas son Vera y Bego, y a mí ya me conoces.

Tras las debidas presentaciones, un silencio incómodo se instaló en el ambiente.

—¿Quieres sentarte un rato con nosotras? —prosiguió Bego para rebajar la tensión—. A veces bajamos aquí a charlar. Sobre todo de la vida de Amaia, que daría para hacer una serie de esas modernas que veis ahora.

—Oye, Bego —espetó Amaia ofendida—, mi vida es mil veces mejor que las series modernas, que ya se sabe cómo acaban siempre. Más bien diría que es como la Sagrada Familia, una obra de arte monumental y compleja que probablemente no acabe nunca.

Las cuatro rieron.

Cata dudó un momento. Se le daban bien las distancias cortas, pero ante grupos de personas desconocidas se hacía pequeña, se bloqueaba, y tampoco tenía claro si Amaia le caía bien. No obstante, aceptó la invitación; tantas horas de soledad le estaban empezando a pesar.

—Claro, no tengo nada que hacer. Y si te parece bien puedo ayudarte a regar esos geranios, están un pelín mustios.

—Claro que sí, hija, adelante —contestó Bego gratamente sorprendida—. Ahí tienes más regaderas.

Pasaron un rato muy agradable en el que los temas de conversación, en apariencia inconexos, se sucedían de forma fluida y natural. Recetas veganas, tipos de bragas o el eterno debate entre el horno y la air fryer. Sin darse cuenta, Cata empezó a relajarse y a disfrutar de la compañía de sus vecinas. El simple hecho de estar regando mientras escuchaba le ayudaba a olvidar sus inseguridades. Por un momento incluso llegó a sentirse en una escena extraña a caballo entre *Mujeres desesperadas* y *Las chicas de oro*.

—Bueno, una que se va a cocinar un buen look con bragas de encaje, que os recuerdo que en un rato tengo una cita de altos vuelos.

Cata miró a Amaia curiosa, pero no se atrevió a preguntar; al fin y al cabo no se sentía aún dentro del círculo de confianza.

—Cuéntanos mañana sin falta qué tal ha ido —dijo Vera—. Te recuerdo que lo único apasionante que pasa en mi vida es la tuya.

—Pues deberías hacértelo mirar —contestó Amaia—. Bueno, ¿cuándo volvemos a vernos pues?

—Yo mañana tengo a Pablete. Si queréis, ¿el viernes por la tarde?

Pablo era el único hijo de Nico y, además de ser su nieto mayor, era su ojito derecho, su debilidad. Cuando Nico y María, su nuera, se divorciaron, Bego se volcó con él. Ambos viajaban mucho por trabajo y no quería que Pablo pasara tanto tiempo con niñeras o en casas de amigos. Si algo necesitaba en un momento tan duro era a su familia.

—Yo tengo a los niños a partir de las cinco —contestó Vera.

—¿Y no se puede quedar Leo con ellos un rato? —Amaia volvía a la carga.

Vera titubeó.

—No sé..., tendrá pádel o fútbol o cualquier otra cosa. Además, quiero estar con ellos, el viernes por la tarde es nuestro día.

—Tienes todo el finde para estar con ellos, Vera. Adelántate por una vez y dile a Leo que vaya él a recogerles, que tú tienes *pationing* —insistió Amaia.

—Bueno, lo intentaré —contestó Vera resignada.

—Venga, ¡pues viernes por la tarde se ha dicho! —exclamó Amaia exultante—. A cambio prometo otra tarde de cotilleos amorosos para amenizaros el corrillo.

—¿Te esperamos el viernes, Cata? —preguntó Bego.

—Si es una convocatoria oficial, aquí estaré —se apresuró a contestar.

—Venga, pues el viernes aquí a las cinco. Y ya que es tu primer día te toca a ti traer algo de comer —dijo Amaia—. Y ahora, mientras subimos a casa, te meto en el grupo de WhatsApp. No eres oficialmente del grupo si no estás en Patatas y bravas.

—Puf, pues ya lo siento, vecina —dijo Vera guiñándole un ojo—. Entrar en ese grupo es someterte al spam diario de Amaia de fotos de candidatos de Bumble. Al principio hace gracia, pero a los dos días te darás cuenta de que te faltan horas para verlos todos.

Mientras ayudaban a Bego a recoger los útiles de jardinería, una llamada sorprendió a Vera, que siempre llevaba el móvil en la mano por si surgía cualquier imprevisto. Al ver la pantalla, su rostro se contrajo: era un número oculto. ¿Y si era él? Simulando haber visto algo en una de las plantas más lejanas, se alejó del resto y descolgó.

—Hola... Bien, ¿y tú? —No sabía muy bien qué decir—. Ahora no puedo hablar, ya hablaremos. Tengo que colgar. Agur.

7

En la terraza de El Muelle

Cerró la puerta de un portazo.

«Menuda cagada», se recriminó en silencio.

Amaia era jefa de proyectos en un estudio de arquitectura muy importante de la ciudad y dirigía un grupo de cinco personas.

El equipo era uno de los más productivos de la firma: sacaban los proyectos adelante con pocos imprevistos y con un alto grado de satisfacción por parte del cliente. Vivía por y para ser la mejor en su trabajo y para, por supuesto, recibir el reconocimiento de los socios (casi) a diario. De modo que cuando aquel día la llamaron a su despacho no sospechaba que sería para reprocharle un error garrafal que le iba a costar al cliente mucho dinero y al estudio también.

El cabreo de Amaia era mayúsculo. Su equipo no había estado a la altura, Mario tampoco y ella también había fallado. «¿Qué me ha pasado? Últimamente estoy en la parra». Para colmo, le había caído el marrón de hacer un informe para el cliente en el que propusiera soluciones. Soluciones que, entre otras cosas, suponían señalar a un responsable y ponerle en la picota. Sentía un cariño especial por Mario, pero su ética profesional no le permitía salvarle de la quema. «Me lo perdonará —pensó—. Y si no lo hace al menos le daré un motivo para que me deje».

Necesitaba salir de la oficina y despejarse. Cogió el móvil y escribió a sus vecinas.

> Reinas, ¿alguna libre para tomar algo en media hora? He tenido un día de mierda y me vendría bien distraerme.

Para hacer tiempo y obviando las miradas de sus compañeros a través de la cristalera del despacho, Amaia se puso a ordenar su mesa.

> **Bego**
> ¿Qué ha pasado? Yo hasta las cinco estoy libre, luego me traen a Pablo.

> **Vera**
> Yo no puedo, Amaia, lo siento.
> Tengo que quedarme con los niños porque Mateo está malo y Leo no está. Ya me contarás.

«Para variar», pensó Amaia contrariada.

> **Cata**
> Me apunto. Avísame y bajo.

«Bueno, menos da una piedra».

> Calculad media hora, pues.
> A lo de hoy invito yo. Vera, una pena.
> Si vuelve Leo y quieres unirte escríbenos.

> **Vera**
> ¡Lo haré!

Cogió el bolso y salió del estudio con la cabeza bien alta y evitando cualquier contacto visual con su equipo. Casi podía escuchar sus pensamientos. Más de uno hasta se alegraría de su error. «Ni soñéis con mi puesto porque esto no se va a repetir», se dijo paranoica. Mientras esperaba al ascensor, apareció Mario.

—¿Es muy grave? —preguntó preocupado.

—Es un cagadón. Y teníais que haberlo visto venir. Es una tarea que ya hemos hecho antes y no se le puede dejar toda la responsabilidad a una becaria. Si alguien tiene poca idea de estos temas es ella.

—¿Y qué va a pasar?

—Tengo que hacer un informe sobre lo ocurrido para el cliente y… y ver cómo reestructuramos el equipo.

—¿Eso quiere decir que van a echar a alguien?

—Echar no creo, pero probablemente se le cambie a otro proyecto.

—Si quieres llevo la cena esta noche a tu casa y te ayudo con el informe. Me apetece estar un rato contigo, como antes.

—Luego te escribo y lo vemos, ¿vale? —Amaia no quería pasar la noche sola, pero tampoco estaba preparada para contarle a Mario sus planes—. Y vuelve ya, que esto empieza a ser sospechoso.

—Ánimo.

Abrió la puerta de casa y dejó caer al suelo el bolso, la mochila y hasta las llaves. Necesitaba quitarse todo el peso que llevaba encima. Chavela salió a saludar silenciosa y elegante como siempre, restregando el lomo contra sus piernas. La cogió en brazos y le besó su suave pelo gris.

—Siempre sabes cuándo necesito mimos —le dijo—, eres la mejor.

La dejó en el suelo y sacó el teléfono:

> En 5 minutos abajo. Bego, si necesitas más tiempo te esperamos en El Muelle.

Fue a cambiarse de ropa: quería ponerse cómoda. Cambió la americana por una chaqueta de punto y los tacones por unas zapatillas y se dirigió al baño. Al cruzar la puerta un escalofrío le recorrió la espalda. Otra vez ese maldito escalofrío. Se sentó en el inodoro.

—¡Joder, menos mal! —gritó—. ¡Sabía que era imposible!

Sus braguitas tenían una mancha rosa. La hinchazón, el estómago raro..., todo tenía una explicación: la menstruación estaba ahí. Con retraso, eso sí, pero estaba, que era lo importante. «Parece que mejora un poco el día», pensó más animada. Se puso un tampón, se lavó las manos, se retocó el maquillaje y bajó al patio.

Cata esperaba distraída mientras quitaba los restos de hojarasca que cubrían las macetas del suelo.

—Cata, ¿les estás cogiendo el gustillo o me lo parece a mí? —Bego acababa de llegar también.

—¿Qué flores son esas?

—Es amaranto. En ramo queda precioso, pero no veas la guerra que me están dando este año.

—¿Vamos? —Amaia sonaba ansiosa—. Tengo hambre.

—Vamos pues.

Pasaron la tarde sentadas en la terraza de El Muelle. El día marcaba la entrada oficial del otoño, pero un sol intenso y casi veraniego invitaba a estirar la jornada al máximo.

Amaia las puso al corriente de lo ocurrido en el estudio.

—Pero entonces ¿vas a echar a tu novio? Me da mucha pena. —A Cata le parecía injusto.

—Lo primero, no es mi novio. Y lo segundo, yo no voy a despedir a nadie. Solo debo dar un nombre para que salga del proyecto y el cliente se quede tranquilo. Seguirá trabajando, pero en otros proyectos.

—Hija, al menos deberías hablar con él. Creo que sería un detalle que se entere por ti antes de que se lo digan tus jefes.

—Lo haré, pero primero déjame que escriba el informe. Así al menos le podré explicar mis motivos.

Tras la sidra llegaron el vino y el agua con gas. Los temas de conversación saltaban de uno a otro con facilidad y las risas sonaban cada vez más fuerte. Iban ya tan alegres que Cata sintió la imperiosa necesidad de hablarles de su Romeo y del jueguecito que tenían entre carteles y canciones. Había colocado su monstera frente a la ventana de la cocina para dejarle claro que quería seguir intercambiando mensajes. Y Jon, que interpretó su gesto a la perfección, dejaba cada mañana un cartel pegado a las hojas de su planta con el título de una canción. Cuando se levantaba, Cata la ponía a todo volumen para que él supiera que había recibido el mensaje. Luego era ella la que dejaba otro título en su monstera hasta que la escuchaba sonar desde la casa de su vecino. Claro está que las canciones que escogía Cata habían pasado un minucioso proceso de selección: tenían que dejar entrever sus intenciones. Y como quería pensar que Jon también proponía temas con mensajes ocultos, los guardaba en una lista de reproducción para escucharlos una y otra vez en busca de indirectas. En su mente, mantenían conversaciones entreveradas con las letras de las canciones y, aunque llevaban pocos días jugando, las insinuaciones eran cada vez más directas. Esa misma mañana, Jon había escogido «Andar conmigo», de Julieta Venegas, que Cata se sabía de memoria. Insegura como era, pensó que no era posible que él le estuviera pidiendo una cita, así que por primera vez no la puso en su altavoz.

—¡¿Cómo?! ¿Y se puede saber por qué coño no la pusiste? —preguntó Amaia escandalizada.

—No lo sé —contestó Cata, que llevaba toda la mañana arrepintiéndose—. Me bloqueé, supongo. A veces pienso que me estoy montando una película en la cabeza. Lo he hecho toda la vida. Es imposible que ese tío se fije en mí.

—Menuda chorrada. Un tío que no se ha fijado en ti no se toma tantas molestias. En cuanto vuelvas a casa pones la canción a todo volumen y en tu planta cuelgas un cartel con «Todo» de Pereza. O no, mejor «Sex On Fire». ¡O no, espera! ¡«Tu jardín con enanitos»!

—Pero bueno, ¿tú quién eres? ¿El Spotify del *Kamasutra*? Estás flipando, ¿cómo le voy a poner esas? ¿Y si todo son paranoias mías? Que es mi vecino, joder, no podría volver a mirarle a la cara.

—¿Pues? ¿Qué dicen esas canciones? —preguntó Bego.

—Pues, en resumen, que quiero arrancarle la ropa y tener muchos hijos con él.

—O sea, la puritita verdad —insistió Amaia—. Tú misma, chica. Si no te atreves con esas elige otra, pero mi consejo es que, si de verdad te gusta, muevas ficha lo antes posible.

Las palabras de Amaia la animaron, así que les pidió que la ayudaran a pensar el tema perfecto para contestarle. Tenía que reflejar que quería dar un paso más, sí, pero un paso pequeño y sutil. Después de un buen rato proponiendo y rechazando canciones, se quedaron con tres.

—Debo decir que las tres me gustan —dijo Amaia satisfecha—, pero viendo que sois más bien paraditos, creo que la tercera sería la más acertada. Él no tiene pinta de asustarse fácilmente, pero entenderá el mensaje y tú te sentirás cómoda, que es lo importante.

—¡Mira! —Una personita diminuta la sorprendió agarrándola de un brazo por detrás—. Lo he hecho yo, ¿te gusta? —Le enseñó un cuadro con hojarasca pegada y pegotes de pintura de todos los colores.

—¡Gala! Me encanta, ¿lo has hecho tú?

La sonrisa de Amaia se torció al levantar la vista: Leo aparecía tras los niños cargado con mochilas, bocadillos y chaquetas de chándal.

—¡Aupa! —saludó Leo.

—Hombre, Leo, ¿tú no estabas toda la tarde fuera? —preguntó Amaia tratando de disimular su mosqueo.

—Sí, pero a Vera le ha surgido una reunión con su jefa. A media mañana me ha pedido que me encargara yo por si no terminaba a tiempo, ya sabéis que a veces se alargan más de la cuenta.

Amaia se quedó pensativa. ¿Vera dejando de ir a por los niños por una reunión? Era más probable que alguien la tuviera retenida a la fuerza en un maletero.

—¡Claro! Pobrecilla, ¡espero que no se alargue mucho! —Bego, consciente también de que algo pasaba, prefirió seguirle la corriente.

—Bueno, nos vamos al parque a desfogarnos un poco. ¡Que aproveche! ¡Hasta luego!

—¿No es un poco raro todo esto? —preguntó Cata en voz baja mientras se alejaban.

—Mucho. Pensé que me daba largas porque estaría cosiendo algún disfraz en casa, pero que no vaya a por los niños por una reunión…, no me lo creo —dijo Amaia aún susurrando.

—¿Y si la llamas y le preguntas dónde está? —insistió Cata.

—No vamos a llamar a nadie —intervino Bego—. No seáis paranoicas. Luego la animáis para que gestione mejor el reparto de tareas, pero a la mínima que lo hace pensáis que pasa algo. Vamos a darle un voto de confianza y un poco de apoyo, para variar.

—Eres una aguafiestas de categoría —contestó Amaia contrariada—, pero tienes mucha razón.

8

Una tregua inesperada

Vera se despertó sobresaltada en el sofá. Un *ama* resonó con fuerza en sus sueños. Fue a ver a sus pequeños. Dormían plácidamente. Acarició sus manitas abiertas, relajadas, despreocupadas. El reloj marcaba las seis de la mañana. Cerró todas las puertas sin hacer ruido y se dirigió a la cocina. Al encender la luz y ver el panorama, una sensación de rabia la invadió. Estaba todo hecho una pocilga: la pila hasta arriba de platos, restos de comida en la mesa y juguetes tirados por todas partes. La tarde anterior había recibido una de las llamadas de Leo de última hora.

—Hola, gorda, ¿cómo va todo por ahí?

—Aquí vamos, entre mocos y peleas, ya sabes.

—Oye, una cosa. Toni me ha propuesto jugar un pádel esta tarde. Les falta uno y le hago un favor enorme. Y ya sabes que quiero quedar bien con él, ese ascenso nos vendría de fábula.

Vera no supo qué contestar. No le quedaban fuerzas para mandarle a paseo, aunque tampoco sabía fingir que le encantaba la idea.

—Pero si no te parece bien le digo que se apañe, y ya está. Espero que no le moleste mucho o me tendrá haciendo informes un mes.

—No, no te preocupes. Si es importante para tu ascenso, ve.

—Gracias, cariño. Termino el partido y voy volando.

—¿A qué hor...?

Pero su marido ya no estaba al otro lado de la línea.

Leo vino volando, sí, por las cinco cervezas y el gin-tonic que se tomó después del partido. Para cuando llegó, Gala y Mateo ya estaban cenados, bañados y dormidos. Como los niños huelen las prisas, esa noche se habían resistido más de la cuenta. Vera, agotada y enfadada, se quedó dormida en el sofá dejando la casa como si hubiera sido el patio de recreo de Atila y todo su ejército de hunos. La buena noticia es que al día siguiente le tocaba a Leo llevar a los niños al colegio. Le gustaba el paseo, pero de vez en cuando agradecía una mañana libre de estrés.

Recogió la cocina, hizo el desayuno y preparó las mochilas de los niños; a Leo siempre se le olvidaba algo. Las siete. Media hora para que se despertaran. Se hizo un café y abrió el calendario: hoy no tenía clases programadas. Un regalo para quien tiene veinte exámenes y otros tantos trabajos que corregir. Aliviada, pensó que lo mejor sería salir de casa antes de que empezara la maratón familiar para quitarse de encima el trabajo pendiente en una cafetería.

Dicho y hecho, a las 7:45 estaba sentada en el Bogotá con un capuchino, una tostada y el bolígrafo en la mano. Una hora más tarde una notificación en el móvil la interrumpió: «Primer día otoño. Taller Gala. Llevar materiales».

«Mierrrda», pensó. Sacó el móvil y llamó a Leo. Nada, sin respuesta. Abrió su última conversación y escribió:

> Leo, URGENTE: Gala tiene un taller importante hoy. Hay que llevar un paraguas, piñas y hojas secas.

Se quedó esperando frente a la pantalla a ver si leía el mensaje. Nada. Impotente, recogió sus cosas para ir ella misma a por los materiales y llevarlos al colegio. Gala se disgustaría si era la única de la clase que no hacía el taller. Lo más rápido sería pasar por el bazar que estaba de camino al colegio y comprar un paraguas. El resto tendría que buscarlo por la calle. Su móvil vibró justo cuando salía de la cafetería.

> Ya lo he visto, ya. Iban todos con sus materiales menos Gala. Anda que ya me podías haber avisado antes. Como comprenderás a estas horas a mí ya no me da tiempo a buscar nada, me tengo que ir a una reunión.

Otra vez esas ganas locas de mandarle a la mierda. Respiró hondo.

> Te recuerdo que tú también recibes los emails del colegio. Ya me encargo yo.

Media hora después, Vera dejaba en secretaría una bolsa de tela con un paraguas, piñas y un puñado de hojas secas. Estaba agotada. Por un lado se sentía culpable por haber olvidado el taller. Por otro, la invadía una rabia desmedida. Su esfuerzo y sus sacrificios por dar lo mejor de sí a su familia no solo no iban a ser reconocidos, sino que nunca serían suficientes. Con su mochila llena aún de trabajo por hacer, buscó otra cafetería y pidió el cuarto café del día. Intentó trabajar, pero estaba tan llena de resentimiento que los reproches hacia Leo y hacia sí misma le bombardeaban la cabeza. No podía pensar en otra cosa. Pasó media mañana lamentándose, llorando y sin avanzar en sus tareas pendientes. Afortunadamente, un oportuno mensaje le dio la tregua que tanto necesitaba. Era él.

> Qué, ¿vienes un rato a verme?
> Te prometo que no te vas a arrepentir.

No quería hacerlo. Pero quería hacerlo. Como cuando comes algo muy picante sabiendo que lo vas a lamentar, pero no puedes dejar de probarlo. O como cuando sabes que nunca te pondrás ese vestido tan caro, pero te lo compras igual porque es tan bonito que solo con verlo en el armario ya te hace feliz. Respiró hondo, recogió sus cosas y se puso en marcha.

Al llegar a la puerta un escalofrío le sacudió el cuerpo. Sabía que si se lo pensaba un segundo más se daría media vuelta, así que puso un pie delante del otro y tocó el timbre. El móvil vibró en ese preciso momento. Era Amaia, había tenido un mal día y necesitaba un poco de apoyo. Vera dudó un segundo, ¿y si era una señal para que se fuera de allí?

Un zumbido sonó tras la puerta. Alguien había abierto. «Tarde», pensó. Contestó sin pensar:

> Yo no puedo, Amaia, lo siento. Tengo que quedarme con los niños porque Mateo está malo y Leo no está. Ya me contarás.

Volver al local de ensayo fue como tener un *déjà vu*. El murmullo de los bailarines calentando en una sala. Los gritos de Matías sobre la música en otra. Abrigos y mochilas por las esquinas y atrezo tirado sobre los armarios desvencijados del pasillo. Parecía que lo único que había cambiado en los últimos años había sido la propia Vera.

Matías fue un afamado bailarín que había recorrido los teatros de Cuba y Europa. Cuando se retiró, fundó su compañía y empezó a producir obras de ballet clásico y contemporáneo.

Había que reconocer que tenía un don para contar historias emocionantes a través de la danza. Fue el primer director que confió en Vera para un papel protagonista. La conoció cuando ella daba sus primeros pasos profesionales y enseguida vio algo especial en ella. Toda la timidez y la cautela de las que hacía gala se convertían en pasión y sentimiento cuando bailaba. Tenía un físico privilegiado y una gestualidad con la que transmitía todas las emociones. Matías dedicó mucho tiempo a trabajar con ella su falta de autoestima y su exceso de responsabilidad y la transformó en una estrella que emocionaba al público hasta ponerlo en pie. Matías fue el padre que Vera no había tenido: cuidaba de ella y sabía exactamente qué teclas tocar para hacerla brillar.

No quiso interrumpir el ensayo. Respiró hondo. Se arrepentía profundamente de haber ido. No se veía capaz de volver a bailar. Ya no estaba en forma y no sabía cómo compaginarlo con una familia que se sostenía gracias a su dedicación casi exclusiva. Entró en tal estado de pánico que su cuerpo se dio media vuelta decidido a salir corriendo.

—¡Vera! ¡Has venido! —De repente Silvia estaba a su lado dándole un abrazo—. Qué alegría. Ven, Matías está terminando. Ya verás qué contento se va a poner cuando te vea. No daba un duro por que te acercaras, pero yo confiaba en que sí.

—Fuiste tú, ¿no? La que le dijo que me escribiera.

—Sí. Espero que no te haya parecido mal, pensé que un empujoncito extra no estaría de más. Si alguien podía convencerte era él.

«Mira, como con mis hijos —pensó Vera—. Te quiero y te odio al mismo tiempo».

Silvia la cogió de la mano y la arrastró hasta el interior de la sala. Matías acababa de apagar la música y los bailarines empezaban con sus estiramientos.

—Pero ¡qué ven mis ojos! ¡Si es la bailarina con el mejor *grand jeté* de Europa!

—Era —corrigió Vera, que nunca había llevado bien los cumplidos—. Hola, Matías. Yo también me alegro de verte.

El abrazo fue tan sentido que Vera tuvo que contener la emoción.

—Me encanta que te hayas animado a venir. Venga, te invito a un café. Eso sí, sigue siendo café asqueroso de máquina mala, ya sabes. Hay cosas que nunca cambian.

Charlaron durante una hora en el despacho de Matías. Este la puso al corriente de las andanzas de la compañía durante los últimos años, los éxitos, pero también las dificultades económicas que habían pasado y cómo las habían superado. Vera siempre había admirado a Matías: no solo era muy buen coreógrafo y bailarín, también tenía una gran visión empresarial. Superaba los sinsabores de un mundo tan complejo como el de la danza con imaginación y optimismo. Si no lograba las deseadas subvenciones se buscaba la vida para hacer giras por Europa (en países donde el ballet se consumía a mayor escala) y conseguía patrocinios o incluso préstamos. La compañía había crecido mucho desde la marcha de Vera.

—¿Y tú? ¿A qué te has dedicado este tiempo?

—Bueno, ya sabes que siempre hablé muy bien inglés. Doy clases en una academia por las mañanas, así puedo estar toda la tarde con mis hijos.

—Ya. —Matías la miró a los ojos con una mezcla de pena y desaprobación—. Y ahora también me vas a decir que estás viviendo la vida de tus sueños.

Vera se quedó callada, no quería mentir.

—Hombre, de mis sueños no lo sé, pero ver crecer a mis hijos era lo más importante para mí, y eso sí lo tengo. Mucha gente pagaría por tener lo que yo tengo.

Matías no respondió. Su silencio incomodó a Vera.

—¿Tienes algo que hacer hoy? —preguntó Matías de pronto mirando el reloj.

—Tengo que ir a recoger a mis hijos al cole a las cinco.

—¿Y no puedes pedirle a Leo que los recoja?

—Pues... supongo que sí, sí —contestó lanzándose a la piscina sin pensar.

—Venga, llámale. Voy a ducharme, vuelvo en cinco minutos.

Vera, sin pensárselo dos veces, cogió el teléfono.

—Hola, gorda, estoy trabajando. Dime.

—Hola, Leo. ¿Tú podrías recoger hoy a los niños?

—Pues no me viene muy bien. ¿Algún lío en la academia?

—Sí —mintió tratando de sonar convincente—, mi jefa me ha convocado a una reunión urgente, ya sabes.

—Puf, ánimo. Vale, pues ya me apaño yo. Que te sea leve.

—Gracias, luego te veo.

Cuando colgó se sentía fatal por haber mentido a su marido, pero la emoción de estar haciendo algo arriesgado y en secreto le estaba dando vida.

—¿Ya lo has arreglado? —preguntó Matías mientras dejaba una mochila en la taquilla de su despacho.

—Sí, pero sigo sin saber qué vamos a hacer.

—Ven conmigo, te lo iré contando conforme avance el día.

Matías llevó a Vera a la sala en la que hizo su primera audición. Enchufó el móvil a los altavoces, puso música clásica, se quitó las zapatillas y se tumbó boca arriba en el suelo. Vera, un poco desconcertada pero decidida a dejarse llevar, se descalzó y se tumbó a su lado. Pasaron así un buen rato, en silencio. De repente Matías se levantó y comenzó a bailar al ritmo de la música. Se movía improvisando, sin hacer figuras concretas ni pasos específicos. Sin mediar palabra, cogió la mano de Vera y tiró de ella para ponerla en pie. La agarró por los hombros y la meció con suavidad. Vera sintió cómo su cuerpo empezaba a balancearse con libertad. En su cabeza no había nada, no se escuchaba nada. Solo podía sentir. Cerró los ojos y se entregó a coreografías que creía olvidadas, figuras que pensaba que no podría volver a hacer. Un montón de imágenes sin orden aparente la bombardeaban: su primera actuación, el parto de Gala, el día de su boda, la muerte de su madre, las tardes con su hermano, el bofetón a Mateo, su primer disfraz de Navidad; el segundo cumpleaños de Gala... Vera bailaba cada vez más ligera. Miedo, alegría, ira, culpa le inundaban el corazón y escapaban por la punta de sus dedos en cada paso, en cada movimiento.

Cuando la música paró, Vera abrió los ojos. Matías estaba sentado en el suelo; la miraba con una sonrisa de satisfacción en la cara.

—Sigue ahí. Lo sabía.

Vera se desplomó en el suelo. Estaba agotada. Le dolía todo el cuerpo, pero recordó por qué necesitaba tanto la danza: era su mejor herramienta para gestionar las emociones.

—Pensaba que esa parte de mí había muerto.

—Estaba encerrada en un cuarto oscuro, solo eso.

—¿Y ahora qué hago? ¿De verdad crees que podría volver?

—Es tarde, vamos a comer y me cuentas qué le pides ahora a la vida. Ya se nos ocurrirá cómo conseguirlo.

Durante la comida Vera habló tanto que apenas si tocó sus dos platos. Lo suyo fue un monólogo que Matías osó interrumpir con alguna pregunta. Le habló de cómo era su día a día; del porqué de su decisión de dejar la danza; de lo mucho que quería y odiaba a sus hijos al mismo tiempo; de la sensación constante de renuncia y sacrificio; del peso de no estar a la altura; del duelo por la pérdida de la vieja Vera; de la culpa por detestar a la nueva.

Matías la escuchó con atención. Al salir del restaurante, le propuso dar un paseo, quería enseñarle algo.

Caminaron hasta un local a pie de calle. Matías levantó la reja e invitó a Vera a pasar. Ella esperaba encontrar salas de ensayo, viejas, abandonadas, pero se encontró con un pasillo infinito rematado por unas escaleras. Le siguió hasta una sala escondida tras una puerta. Era muy pequeña, y solo había una mesa, una silla y un corcho con lo que parecían carteles de espectáculos. A su derecha, otro pasillo. Matías, con la ilusión dibujada en la cara, le hizo un gesto para pasar.

—¿Y esto? No entiendo nada.

—Te presento a mi nuevo hijo. No es para ganar dinero, ni siquiera sé si podremos mantenerlo mucho tiempo, pero pienso luchar por él hasta el final.

Para sorpresa de Vera, aquel espacio pequeño y angosto albergaba un pequeño teatro con capacidad para, calculó a ojo, unos ochenta espectadores. El escenario era viejo, pero las instalaciones parecían hallarse en buen estado. Eso sí, no había ni telón, ni foso ni muchos otros elementos necesarios para montar una obra en condiciones.

—¿En serio has comprado una sala?

—Yo prefiero llamarlo el Teatrín, pero sí, la he comprado. Mi idea es ofrecer pequeñas piezas de baile que nos ayuden a desarrollar nuevos conceptos y a la vez acercar la danza a la ciudad a un precio más asequible. Aquí, los bailarines que quieran innovar y componer sus propias coreos podrán dar rienda suelta a su creatividad sin necesidad de depender de lo que diga un tercero.

A Vera se le pusieron los pelos de punta. Era una idea arriesgada, puede que hasta absurda, pero le parecía preciosa.

—¿Y si no consigues llenarla?

—Siempre se la podemos alquilar a pequeñas compañías o escuelas de teatro.

—Vale, ¿y puedo saber para qué me cuentas todo esto?

—Pues porque aquí es donde me gustaría que entraras tú.

Matías necesitaba a alguien que supiera de producción y, por supuesto, de danza. Además, Vera siempre había tenido un don para todo lo relacionado con escenografía, iluminación, maquillaje y vestuario. No le estaba proponiendo volver a bailar —o, al menos, no por ahora—, pero era una manera de seguir ligada al ballet.

—No sé, Matías…, me lo tendría que pensar. ¿Crees que con unas horas por las mañanas sería suficiente?

—Para ponerlo en marcha, de sobra. Siempre fuiste muy eficiente y organizada, y estoy seguro de que, desde que eres madre, aún más.

—Pero las actuaciones son por las noches…

—Tendrás una persona de confianza que se encargue de esa parte, por eso no hay problema.

Los ojos de Vera brillaban ahora con la misma ilusión que los de un niño el día de Reyes.

—Con el tiempo, si te sientes cómoda, también podrías darme apoyo en los ensayos. Ya sabes que hay que practicar una y otra vez hasta que sale perfecto. Pero no quiero que te agobies ahora, eso llegará cuando estés preparada.

Un mensaje interrumpió la conversación.

> Hola, gorda. ¿Cuánto te falta? Te recuerdo que tengo partido de fútbol. Y hay que ir a comprar un cuaderno para Mateo, lo han pedido en el cole. Ah, y cuando puedas dime dónde está el chándal de ositos de Gala, me lo está reclamando y empieza a ponerse nerviosa.

Vera volvió de golpe a la realidad.

—No sé, Matías. Deja que me lo piense, por favor. ¿Cuándo piensas inaugurar el… —no sabía cómo llamarlo— teatrín?

—Aún tenemos que hacer una pequeña reforma. Hay que modificar la entrada, revisar toda la instalación eléctrica, restaurar butacas… Calculo dos o tres meses como mínimo, que con estos temas nunca se sabe. Piénsalo tranquila.

—Te lo agradezco.

—De todas formas, ¿puedo preguntar qué te preocupa tanto? Ya te he dicho que tendrías flexibilidad. ¿Es por el dinero?

La maraña de sentimientos era tan grande que Vera no sabía ni por dónde empezar. Estaba ilusionada, quería decir que sí, pero sabía que le apasionaría tanto que no podría dedicarle solo unas horas. Y temía abandonar a sus hijos. Incluso temía el momento de contárselo a Leo, ella que tanto había renegado de la danza desde que era madre.

—El dinero no es el problema. Me preocupa que sean muchas más horas de las que pensamos. Más exigencia, más responsabilidad. Bastante tengo en casa como para empezar a preocuparme por el trabajo. Lo bueno de las clases de inglés es que no me tengo que involucrar mucho, ¿sabes? Es un trabajo sencillo. Me aburre, pero no me desgasta.

—¿Y por qué crees que el teatro lo iba a hacer?

El silencio de Vera fue la respuesta.

—Vale, vamos a hacer una cosa. Tómate el tiempo que necesites, sin presión. Si al final decides seguir con tus clases lo entenderé perfectamente. Lo que sí te digo, si me admites el consejo, es que sea donde sea busques la manera de encontrar el equilibrio entre tu realización personal y tu familia. Tú también eres importante. Si no estás bien, difícilmente lo demás va a estar bien.

Como siempre, Matías daba en el clavo.

—Te diré algo pronto, ahora tengo que irme.

—No tengas prisa. Prefiero un sí cuando estés lista. Aunque eso implique que tardes toda una vida —dijo guiñándole un ojo—. La danza no puede permitirse perder a una bailarina como tú.

9
Marginadas pero felices

> Cariño, te echo de menos. ¿Cómo estás? ¿Me llamarás pronto? Me encantaría saber de ti.

El día de Cata arrancó con un mensaje de su madre.

> Hola, mamá. Por aquí todo bien, no te preocupes. Te llamo esta tarde y me cuentas cómo estás tú. Yo también te echo de menos.

Releyó la respuesta varias veces y se permitió unos minutos antes de darle al botón de enviar. «No se lo merece», pensó mientras modificaba el mensaje a toda velocidad.

> Hola, mamá. Por aquí todo bien, no te preocupes. Cuando tenga un rato te llamaré. Un beso.

Enviar.

Dejó el móvil y miró por la ventana: un día otoñal de manual. Nublado, húmedo y lluvioso. «Pero ¿cuántos días al año llueve en esta ciudad? ¡Si aún no ha acabado septiembre!». Aunque era un gran enemigo para sus retinas, empezaba a extrañar el sol de Madrid. Y a su familia un poco también. Por esas fechas su madre siempre celebraba con mucha ilusión una comida benéfica en casa. Llevaba veinticinco años organizándola porque siempre era un éxito rotundo de convocatoria y de recaudación. Para Cata siempre había sido un día tenso en el que tanto ella como su hermano debían engalanarse y pasar las horas sonriendo a desconocidos y fingiendo ser los hijos perfectos. A su hermano le salía con naturalidad: sabía ser amable, correcto, y recordaba las profesiones y los nombres de los invitados. No era de extrañar que dejara huella en todos ellos. Era uno de sus múltiples superpoderes. Cata, por el contrario, terminaba agotada de dar besos a extraños y de fingir el más mínimo interés por ellos.

Por suerte, todo cambió aquella ocasión en que el fotógrafo que siempre contrataba su madre tuvo un percance de última hora. Cata, que entonces hacía un curso de fotografía, se ofreció para sustituirle.

—Ah, no, de eso nada —dijo su padre—, tú eres nuestra hija, no puedes estar haciendo fotos como si fueras parte del servicio. ¿Qué pensarían los invitados?

—Pues a mí no me parece una idea descabellada, papá —opinó Nacho—. Piénsalo así: a mamá le hace un favor, y si ven que es buena fotógrafa, quizá la llamen para otros eventos.

Alfonso gruñó. Como siempre, su hermano había dado con el argumento y el tono perfectos para convencerle. La diplomacia de Nacho irritaba a Cata, es más, a veces hasta se le hacía pedante, pero cuando la usaba en su favor ya no le fastidiaba tanto. Incluso podría decirse que le despertaba cierta admiración.

—Venga, no se hable más —sentenció su madre—. Este año harás tú las fotos.

Como su hermano había vaticinado, su trabajo como fotógrafa fue un éxito. Muchos invitados se interesaron por su labor y algunos hasta le pidieron el número de teléfono. También aprovechó para retratar la casa y a su madre durante los preparativos. Había que reconocer que tenía un don para captar momentos con naturalidad y los bodegones se le daban de miedo. De hecho, la fotografía habría sido una buena salida profesional de no ser porque tarde o temprano le costaría ver con claridad a través del objetivo.

Su madre, más que satisfecha, no dudó en que repitiera en los años posteriores.

—Eres una artista —le dijo al ver las fotos—. Siempre supe que tenías algo especial.

Aquella frase resonó como un trueno en su corazón. «Claro que lo sabía».

Se levantó, cogió su bata de los pies de la cama y se fue a la cocina para tomar sus vitaminas diarias y ver si Jon le había dejado alguna canción en la planta. Nada. Tras su conversación con las chicas en El Muelle, se había permitido el lujo de tomarse un tiempo para elegir con calma el mejor tema de entre los tres finalistas y volver a la carga. Además, hacerse un poco la dura seguro que despertaba más interés en su vecino. El problema es que, como bien había vaticinado Amaia, Jon no parecía estar por la labor de seguir jugando solo y no había vuelto a insistir.

Una notificación de Instagram la sacó de sus pensamientos. La Verbena Floristería había compartido una nueva publicación. «Buscamos florista. Si tienes experiencia en arreglos florales y plantas y quieres trabajar en la tienda con más solera de la ciudad, ven a vernos o envíanos tu CV».

—¡Será cabrón! —protestó en voz alta—. Ahora sí necesitas a alguien, ¿no?

Cogió la taza de café y el tabaco, y se dirigió al balcón para liarse un cigarro.

—Te vas a enterar, Iñaki —bramó mientras cruzaba el salón—. Voy a aprender tanto de flores que no te va a quedar más remedio que contratarme. Malditas flores. Mamá, ya podrías haberme insistido con ellas, joder.

Un ruido en el patio la sorprendió. ¿Sería Jon? Se asomó discretamente por la puerta de la cocina y miró hacia la ventana. Decepcionada, comprobó que seguía sin haber cartel en la strelitzia. Abrió la ventana para ver qué pasaba. Era Bego, que movía macetas. Parecía estar cambiándolas de ubicación ahora que el sol empezaba a subir menos y a incidir en otras partes del patio. «¡Claro! —pensó ilusionada—. Ya sé lo que voy a hacer».

—¡Hola, Bego! ¿Tienes algo que hacer ahora?

—Hola, hija. Qué manía tenéis con asustarme. En cuanto acabe de mover estas plantas tengo que ir a hacer algo de compra al mercado, ¿pues?

—Si no te importa te acompaño y pasamos por alguna floristería, necesito que me enseñes todo lo que sabes.

—Claro, pero te advierto que no es algo que se aprenda en una mañana, yo llevo añ…

—Aprendo rápido, no te preocupes. Me voy a cambiar. ¿Cuánto tardas en mover lo que te queda?

—Poco. Tú baja cuando estés lista, yo te espero.

—¡Gracias!

De camino al mercado pararon en todas las floristerías que encontraron a su paso. Cata escuchaba atentamente las explicaciones de Bego mientras sacaba fotos y tomaba notas en su cuaderno a toda velocidad. Apuntaba colores, formas y temporadas de cada flor.

—En realidad, tampoco tiene tanto misterio, ¿no? —preguntó animada—. A poco que tengas algo de criterio, vas combinando flores con ramas y malo será que no te salga un ramo digno.

—No te confíes. Parece fácil, pero yo siempre he pensado que los buenos floristas son unos artistas de los pies a la cabeza. No es solo poner unas cuantas flores juntas, hay que entender un poco cómo combinan entre ellas, los colores, las formas…

Cata intuía que Bego llevaba razón, quizá no era tan sencillo como ella lo había pintado en su cabeza, pero no dejaba de repetirse que podía hacerlo.

Aprovechando el clima de familiaridad que había propiciado el paseo, Cata se animó a preguntarle a Bego algo que llevaba rondándole la cabeza desde el día en el que visitó a Iñaki por primera vez.

—¿Y conoces mucho al dueño de La Verbena? Me dio la sensación de que teníais bastante confianza.

—Bueno, la misma confianza que tengo con el pescadero o el frutero. Empecé a ir por recomendación de mi hijo Tomás. Yo quería siempre flores frescas, y hay que reconocer que él tiene buenos precios. Además, Iñaki es el típico tendero de toda la vida que se aprende tu nombre y tus gustos. Y eso, para mi generación al menos, es de agradecer. De todas formas, hija, ¿puedo saber por qué tanto interés en esa floristería? ¿No tendrá algo que ver con que te marcharas de Madrid?

Cata dudó un segundo. Ya había quedado un par de veces con las chicas, pero no les había hablado de su pasado. Solo sabían que venía de Madrid, que se dedicaba a algo relacionado con el marketing y que le gustaban su vecino, la ensaladilla rusa y el té matcha (que, por cierto, era imposible de encontrar en aquella ciudad). Aunque Bego se estaba colando en su círculo de confianza a gran velocidad, aún no estaba preparada para hablar del tema, así que decidió contarle una verdad a medias. Es decir, su especialidad.

—Para nada. Me vine porque necesitaba un cambio de aires. Llevo muchos años dando tumbos de un trabajo a otro y creo que es porque ninguno me ha llenado lo suficiente. El otro día, en la floristería, me imaginé trabajando con flores, con plantas, con las manos… No sé, pensé que podría gustarme. Me parece hasta terapéutico. Además leí la historia de La Verbena y vi que querían modernizarse con redes sociales y esas cosas, y si de algo sé yo es precisamente de digital. El otro día, con todo mi morro, fui a ofrecerme al tendero, pero me preguntó si sabía de flores, y, claro, le dije la verdad, así que me rechazó. Me dijo que no necesitaba la ayuda de nadie. Y justo hoy han publicado una oferta de empleo en Instagram.

—Así que quieres volver a intentarlo, pero sabiendo un poco más de flores. —A Bego no le costó adivinar cómo seguía la historia.

—Correcto.

—Pero de plantas sí que sabes más, ¿no?

—Sí, mi madre tenía muchas en casa. Cuando se iba de vacaciones me las dejaba con letreros e instrucciones, y con el tiempo no tuve más remedio que aprender.

—¿Tenía? Ay, hija. ¿Ya no está? No sabes cuánto lo sie…

—Tiene, quería decir tiene, al venirme de Madrid a veces hablo en pasado sin querer —corrigió rápidamente.

—¿Y no te da pena haber dejado todo lo que tenías allí? A tu familia, tus amigas… ¿Piensas volver pronto?

A Cata se le escapó un suspiro de tristeza. Desde bien pequeña, siempre había tenido la extraña sensación de estar completamente fuera de lugar. Estudió en un colegio muy elitista en el que valías lo que costara la ropa que llevaras y las medidas que tuvieras. Su familia tenía el poder adquisitivo como para que ella compitiera en marcas, en lujo y en tontería en general, pero a ella eso nunca le interesó lo más mínimo. Cata prefería una tarde de cine, unas cañas en la barra de un bar o un buen botellón en un parque. Y esa falta de glamour no estaba muy bien vista entre las populares, así que en cuanto llegó a la adolescencia se integró en el grupo de las marginadas —o margis, como las llamaban entonces—. En aquella época conoció a Celia, su amiga del alma. Eran tal para cual: marginadas, sí, pero felices. No vivían bajo la presión de lucir el último bolso de moda o de llevarse al huerto al más guapo de la clase. Fueron uña y carne hasta tercero de Derecho. Celia se fue de Erasmus a Roma, se enamoró de un italiano y se quedó a vivir allí. Volvía a Madrid en Navidad y lo máximo que podía dedicar a su mejor amiga eran un par de horas, y eso con suerte. Al principio Cata se sintió traicionada. Luego el rencor se transformó en tristeza y más tarde, acaso como medida de protección, llegó la indiferencia absoluta. Ya solo hablaban por sus cumpleaños, eran conversaciones escuetas y de compromiso. En resumen: no, no había dejado nada en Madrid porque allí ya no le quedaba prácticamente nada.

—Esa es otra historia que ya te contaré —contestó para zanjar la conversación—. ¿Compras la merluza y me acompañas después a La Verbena a ver si me hacen una entrevista? Así me ayudas con el dueño.

Bego miró su reloj; la mañana había pasado volando.

—Venga, vamos, que hoy con la tontería no he vendido una escoba. Te acompaño y salimos de ahí con fecha y hora para tu entrevista.

Cuando llegaron a la floristería la puerta estaba abierta, y el mostrador, vacío. Hablaban distraídas sobre las plantas del escaparate, pero una conversación que salía de la trastienda las interrumpió. Estaba claro que era privada, pero enseguida les pareció lo suficientemente interesante como para callarse y escuchar.

—Ya lo he localizado, *aita*, pero no sé muy bien qué hacer ahora. ¿Llamarle a puerta fría?

—¿Tienes una idea mejor?

—No, pero me parece un poco violento. No sé cómo va a reaccionar.

—Hija, necesito hablar con él para contarle lo que pasó y pedirle perdón. Hasta que no lo haga no podré dormir tranquilo.

—Bueno, vale, lo intentaré. Pero no te prometo nada. Lo más probable es que me mande a paseo.

—Sé que te estoy pidiendo mucho una vez más, hija, pero si le llamo yo probablemente no me deje ni hablar. Al menos contigo tendremos una oportunidad. Espera, creo que me he dejado la puerta abierta.

Bego y Cata contemplaban las flores fingiendo no haber escuchado su conversación.

—Aupa, Begoña. ¿La puedo ayudar en algo?

—Hola, Iñaki. Pues sí, pero hoy no vengo a por un ramo.

—¿Una planta pues?

—Tampoco —contestó con la mejor sonrisa.

—¿Y entonces?

—He visto que has sacado una oferta de empleo. Me alegra mucho que hayas decidido buscar ayuda.

Iñaki miró de reojo a Cata y puso cara de desdén.

—Si es por esa señorita, ya le dije que no me valía. —Hablaba como si ella no estuviera delante.

—He aprendido mucho de flores estos días —se apresuró a añadir Cata—. Si no es mucha molestia, me gustaría que me hicieras una entrevista. Que me hiciera —corrigió.

—En unos pocos días no se aprende de flores. No me vale.

—Iñaki, no quiero meterme donde no me llaman, pero está claro que necesitas a alguien y *esta* señorita —dijo Bego con retintín— tiene ilusión y ganas. Que ya es mucho más de lo que tienen el resto de los candidatos inexistentes que veo por aquí.

Un silencio.

Una mirada inquisitiva por encima de las gafas.

Un gruñido.

Un carraspeo de lo más intencionado desde la trastienda.

—Está bien.

Un gritito ahogado de Cata.

—Te espero el lunes a las once en punto pues. Y más vale que hayas aprendido en días lo equivalente a años o ya te puedes ir olvidando del empleo.

—¡Gracias! —contestó satisfecha con su pequeña victoria—. No te arrepentirás.

Iñaki volvió a gruñir.

—Se lo prometo. No se arrepentirá —rectificó una vez más.

Al llegar a casa tenía tal subidón que puso la música a todo volumen, preparó un pequeño aperitivo y salió al balcón para celebrarlo. Se sentía pletórica. Iñaki le provocaba rechazo y a veces hasta miedo, pero quería pensar que, como Shrek, no era más que una buena persona disfrazada de ogro.

Después de tres vermuts y cuatro cigarros, Julieta Venegas volvió a sonar en su lista de reproducción. Se acercó a la ventana de la cocina. Nada, ni rastro de una nueva canción. Envalentonada por su pequeño triunfo —y por los tres vermuts— escribió en su cuaderno una frase en una página y un número en otra. No entendía cómo había podido dudar tanto: ninguna de las finalistas era la indicada. Pegó los papeles a las hojas más grandes de su monstera y se acomodó en el sofá con el portátil en la mano. Si quería ese puesto tenía que hacer los deberes.

Pasó las tres horas siguientes buscando información sobre flores naturales y preservadas, ramos y arte botánico en general. Descargó varios e-books, se apuntó en dos cursos exprés y se hizo varios tableros de Pinterest con las nuevas tendencias en arreglos florales. Los nombres aún le parecían una misión imposible, pero las técnicas de composición le resultaban fáciles e intuitivas. De algo tenía que servirle ese ímpetu obsesivo que le invadía cada vez que descubría un nuevo hobby. Y tanto se metió en sus estudios que la tarde voló.

Una canción empezó a sonar a todo trapo en el patio. Dejó el portátil en el sofá y se levantó de un salto.

—¡Vamos! —exclamó en un grito contenido apretando los puños.

Hey, I just met you,
And this is crazy,
But here's my number,
So call me, maybe.

Mientras bailaba como una loca en el salón, vio el móvil iluminarse sobre el sofá.

—¿Sí?
—Hola, vecina.

10

El mercado de las flores

Era el cuarto domingo de mes, el día favorito de Bego. En los meses anteriores había instaurado la tradición de visitar el mercado de las flores con las chicas para luego ofrecerles una rica comida casera. Amaia ponía el vino, Vera, el postre (aunque normalmente no se quedaba a tomarlo) y ese día Cata se estrenaría en el arte de los aperitivos.

Había madrugado para hacer lentejas y dejar la casa perfectamente ordenada. También tuvo tiempo de mirar todos los panfletos que le habían mandado sus amigas de cruceros por el Mediterráneo. En su época de casada había viajado poco: los veranos a la playa y alguna escapada puntual con Vicente en sus desplazamientos por trabajo por Europa. Marcharse a hacer turismo con su cuadrilla en un barco le parecía una aventura emocionante, como el primer viaje con amigos cuando eres adolescente. Su sueño era ir a Nueva York, y con Vera siempre intentaba practicar algo de inglés con la esperanza de que alguno de sus hijos la sorprendiera con un billete a la ciudad de los rascacielos.

Con una ilusión en el estómago que ya no recordaba, terminó de poner la mesa y se preparó para salir. El teléfono vibró en algún lugar de la cocina.

—Álex, hijo, no encontraba el móvil. ¿Cómo estáis? ¿Los niños?

—Hola, *ama*. Estamos muy bien. Mónica tiene partido de baloncesto y esta tarde es el cumpleaños de una amiga de Jimena. Ya sabes, domingos *tranquilitos* —dijo con retintín.

—Bueno, no hay mal que cien años dure. Lo echarás de menos, te lo garantizo.

—¿Y tú? Hoy tienes tu mercado, ¿verdad?

—Sí, y he hecho lentejas de las que te gustan, ya lo tengo todo preparado.

—Guárdame un táper, anda, que últimamente solo cocinas para tus nuevas *hijas* —bromeó.

—Intentaré dejarte uno, pero lo congelaré, porque si espero a que vengáis a comer se ponen malas.

—No seas así, *ama*. Yo prefiero que vengas aquí para no darte trabajo, ya lo sabes.

—Ya lo sé, era broma, hijo. ¿Sabes? Teruca me ha mandado información sobre un crucero, creo que me voy a ir con ellas en Semana Santa.

Silencio al otro lado del teléfono.

—¿Álex?

—¿Un crucero? *Ama*, ¿tú estás segura de eso?

—Uy, ¿y por qué no iba a estarlo pues?

—No sé, esos viajes son una locura. Sube y baja del barco, ciudades llenas de turistas… No es lo más seguro. Con lo poco que has viajado igual no estás preparada.

Aquellas palabras fueron un jarro de agua fría.

—Además, te iba a decir que vinieras con nosotros al pueblo en Semana Santa. Nos vendría muy bien una mano con las niñas, que siempre están deseando verte y como estás tan ocupada cuidando a Pablo nunca es posible.

—Bueno, si me necesitáis ya es otra cosa.

—Claro que sí, *ama*. Vente con nosotros y te apuntas al siguiente viaje, a poder ser por aquí, que así nos quedamos

todos más tranquilos. Por cierto, el sábado que viene celebramos el cumple de Jimena. Contamos contigo, ¿verdad?
—Sabes que sí, allí estaré. ¿Necesitas que haga algo?
—Tortillas de patata. ¿Dos te parece bien?
—Cuenta con ellas.
—Gracias, *ama*. Esta semana te llamo y concretamos hora.
—Vale, hijo. Un beso para todos.
—Otro para ti.

Menudo chasco. El crucero había pasado de ser una idea que la ilusionaba a un sinsentido en cuestión de segundos. «¿Cómo he podido ser tan ilusa? —pensó avergonzada—. Un crucero a mi edad. Además, si me necesitan tengo que ir. ¿Qué clase de abuela se iría de picos pardos?». Afortunadamente, no tenía más tiempo para lamentos. Recogió los panfletos y bajó a revisar las plantas mientras esperaba a las chicas.

El patio estaba precioso, con ese aire decadente que trae el otoño y la música clásica que solía poner la vecina del segundo. Amaia y Cata ya estaban allí, enfrascadas en una discusión.

—¿En serio me estás diciendo que no has visto el rastrillo?
—Claro que no, a ver si te crees que me he dado semejante palazo voluntariamente.
—La virgen, Cata, pero ¡si lo tenías al lado! Una de dos, o estás más ciega que un topo, o eres la típica inútil que se va dando con todo.

Sin darse cuenta, Amaia estaba hurgando en la herida. Por suerte Bego y Vera las interrumpieron.

—¡Hombre! ¡Si has venido! —exclamó Amaia—. ¿Leo no tenía hoy ningún compromiso?

Tras descubrir la mentira de Vera, habían prometido no preguntar, pero nadie había dicho nada de indagar con sutileza. Y Amaia, que estaba especialmente sensible con el tema, había decidido que, si no lo averiguaba por las buenas, lo haría lanzando indirectas hasta que confesara la verdad.

Un teléfono sonó. Amaia rebuscó en el bolso, miró la pantalla y colgó.

—¿No lo coges? —preguntó Vera con curiosidad.

—No, es Mario. Creo que está enfadado por lo del trabajo, pero ya se le pasará.

—Hija, al menos dale una explicación, lo agradecerá.

—Lo siento, pero hoy no estoy para monsergas. —Su tono era tajante—. Venga, en marcha, que a este paso no van a quedar ni las estanterías.

Pasaron la mañana entretenidas entre artesanía, embutidos locales, flores y música en directo. El sol se había abierto paso entre las nubes, así que decidieron tomarse un vino en la mesa de una terraza.

—Oye, Cata, nos ha contado Bego que mañana tienes una entrevista.

—Sí, en una floristería.

—Pero ¿tú sabes algo de flores? —preguntó Vera extrañada.

—Bego me ha puesto al día. Aunque mi verdadera aportación sería ayudarles con las redes sociales y la página web, que buena falta les hace.

—¿Y el vecino cañón? —A Amaia le interesaba mucho más esa película.

—¡¿Qué vecino?! —Vera, que se había perdido la historia, preguntó con entusiasmo.

Tras hacerle un breve resumen, Cata les contó el intercambio de teléfonos. Desde entonces, vivía pegada al móvil. Bueno, y visto lo visto, él también. Pasaban horas escribiéndose y no había día en el que no se dieran los buenos días y las buenas noches.

—Con razón contestas últimamente tan rápido —dijo Bego.

—Bueno, tampoco te creas que tengo nada mucho mejor que hacer. Si no estoy hablando con él, estoy en redes sociales o cuidando mis plantas o leyendo sobre flores.

—¿Y las canciones? ¿Os las seguís poniendo?

—Doy fe de que sí —dijo Amaia en tono gamberro—. Últimamente cada vez que escucho un tema picante ya sé de dónde viene.

Todas rieron.

—¿Y pensáis seguir así mucho tiempo o en algún momento os convertiréis en adultos funcionales que quedan para cenar?

—No presiones, Amaia —espetó Vera.

—No, si tiene razón..., pero yo no me atrevo a dar el primer paso. No sabría ni cómo proponérselo. Además, ahora estoy centrada en hacer bien la entrevista de mañana. No me quiero distraer.

—Vale, pero si consigues el trabajo prométeme que llamarás a su puerta con cualquier excusa —la retó Amaia—. Te doy dos semanas. Si no lo haces, atacaré yo. Y soy de lo más eficaz cuando me propongo acostarme con alguien. El que avisa no es traidor.

Todas rieron de nuevo.

—Eres una cabrona —sentenció Cata—, pero veo el órdago. Si consigo el empleo, bajaré a verle.

—Así me gusta —contestó Amaia satisfecha—. ¿Y tú, Vera? ¿Todo bien?

Por un momento pareció que se hacía un silencio incómodo. Vera deseaba hablarles de su encuentro con Matías, de la ilusión que le haría decir que sí y de lo bien que se había sentido bailando, pero sospechaba que la animarían a aceptar la propuesta y a hacer realidad el sueño. Y ella, que ya casi había decidido rechazarlo, tendría dificultades para encontrar argumentos para justificarlo.

—¿Yo? Sí, ¿pues?

—Ah, no sé. Por si tenías alguna novedad que quisieras contarnos.

—No, todo igual que siempre. Ya sabéis que mi vida tiene poco misterio.

Qué palabras tan bien elegidas. Sus amigas no evitaron cruzar unas miradas cómplices.

El camino de vuelta a casa fue tan difícil como divertido. Cata, en un arrebato de locura, había comprado más de diez plantas y Bego, con la excusa de reponer las que habían muerto en verano, otras cinco. Amaia y Vera llevaban cada una un ramo de flores. Cata se sentía la protagonista de la versión botánica de *Sexo en Nueva York*.

Entre cajas y macetas llegaron al portón de entrada. Una silueta alta y fuerte esperaba sentada en las escaleras.

—¿Ese no es Mario? —preguntó Vera.

—Joder —bramó Amaia—, mira que le dije que estaría ocupada. Qué pesado está.

—Con nosotras no tienes que fingir —contestó Bego, muy perspicaz—. Dirás lo que quieras, pero se te ha cambiado la cara al verle.

—Estoy de acuerdo. A ti lo que te pasa es que te gusta y no quieres reconocerlo —dijo Cata.

—De eso nada —contestó Amaia contrariada—. Me estáis cayendo fatal ahora mismo. Id subiendo, ahora voy.

Mario las saludó tímidamente al tiempo que se levantaba para dejarles paso.

Amaia esperó a que se cerrara el portón tras ellas y preguntó, molesta:

—¿Qué haces aquí? Te dije que...

—Tranquila, iré al grano —interrumpió—. Me gustas muchísimo, Amaia, creo que eso ya lo sabes. Cuando empezamos a enrollarnos, pensé que serías un ligue temporal. Luego, sentí que teníamos algo bonito, algo que podía ser de verdad. Y si te soy sincero, me ilusioné. Ya sé que siempre me has dicho que no te gustaban las relaciones serias, pero quise creer que lo hacías para protegerte. He tenido paciencia, te he dado espacio, he intentado comprenderte. Pero últimamente lo único que recibo son largas y desprecios. Y para rematar, me entero el viernes de que me sacas de la rehabilitación. Llevo todo el fin de semana dándole vueltas y hast...

—Mario, tampoco hay que sacar las cosas de quicio. Te van a mover a otro proyecto, no es el fin del mundo.

—No has entendido nada, ¿no? No es por el proyecto, Amaia, a mí eso me da igual, lo único que ha hecho ha sido quitarme la venda de los ojos.

—Pero qué pensabas, ¿que terminaríamos felices y comiendo perdices? Desde el principio fui muy sincera: no quiero nada serio.

—Lo sé, pero me he enamorado de ti. Y este rollito de ni contigo ni sin ti me está haciendo demasiado daño. En el fondo la culpa es mía por pensar que algún día cambiarías de opinión.

Amaia tragó saliva. Durante unos segundos, una extraña sensación de triste pérdida la invadió.

—Creo que es la primera vez en estos meses que no me sueltas algo sarcástico. Voy a buscar otro trabajo. Mientras tanto, por mi parte no tendrás problemas en el estudio. Espero de corazón que encuentres lo que buscas.

Le dio un beso en la mejilla y se fue.

Amaia se sentó en las escaleras en silencio. Llevaba mucho tiempo sin llorar por amor. El sexo con Mario era bueno y él estaba entregado, pero siempre se había dicho que no era más que un entretenimiento. Un chico joven y guapo que no aguantaría mucho tiempo porque, al fin y al cabo, ¿cuántos treintañeros están por la labor de tener algo serio? Y aunque él ahora creyera estar enamorado, ¿qué pasaría en unos años, cuando Amaia envejeciera y él estuviera en todo lo alto? Se imaginaba con canas y las tetas caídas, y a él como un George

Clooney rodeado de chicas jóvenes. Una relación seria con él habría sido un error, una condena a sufrir a largo plazo. Una vez más le había roto el corazón a una buena persona, y todo por dejarse llevar más de la cuenta. Mientras trataba de convencerse de que aquello era lo mejor, un escalofrío la recorrió desde las extremidades hasta el estómago. Se levantó y de un salto alcanzó la acera de la calle para evitar vomitar en las escaleras. Tras dejar salir los restos del desayuno y del aperitivo, se sentó en el suelo. Mientras se limpiaba la boca, su cabeza empezó a elucubrar hasta unir todos los puntos: las náuseas, los pechos hinchados, la falta de concentración y esa última regla a la que había querido agarrarse como tabla de salvación, pero que apenas había durado unas horas. «Tengo que salir de dudas», pensó.

Escribió en el grupo de WhatsApp:

> Empezad con el aperitivo, pero no con las lentejas. En 10 estoy ahí.

11

Raíces

Se miró en el espejo de la entrada. «Con este pedazo de look de florista fijo que me dan el trabajo». Apagó a Freddie Mercury, su generador de dopamina de confianza, cogió el bolso y salió por la puerta.

Como iba con tiempo, decidió parar a por un café en el Bogotá e ir dando un paseo relajante por el borde de la ría con sus gafas de sol. El día era fresco y húmedo, y el sol brillaba tímido entre las nubes que salpicaban el cielo.

Se detuvo frente al escaparate de la floristería. Miró la hora y contó despacio hasta siete. Una vibración en su bolso interrumpió sus ejercicios de concentración.

> **Bego**
> Mucha mierda, hija, y acuérdate de hacer hincapié en lo que sí sabes hacer.

> Gracias. Lo intentaré.

> **Vera**
> ¡Suerte!

> **Amaia**
> Eso, cuéntanos al salir. Y luego recuerda que tienes que ir a ver a tu vecino o tendré que pasarme yo por su casa.

Cata sonrió. En el pasado probablemente habría odiado a Amaia por ser tan apabullante, tan segura de sí misma y, a veces, tan petarda. De hecho, habría huido de ella como de la tiña. Las personas como ella siempre le habían generado rechazo, especialmente porque hacían que se sintiera aún más insignificante con su ya de por sí escasa autoestima. Pero con ella era distinto. Lejos de intimidar con su seguridad y arrojo, Amaia la inspiraba y la obligaba a retarse. De alguna forma le incitaba a sacar su mejor versión.

> Voy a ello, ponedme unas velitas.

Respiró hondo una última vez y abrió la puerta. La campanilla volvió a sonar.

Iñaki estaba de espaldas limpiando la mesa de apoyo que tenía tras el mostrador.

—¿No llega pronto? —dijo sin darse la vuelta.

—¿Cómo ha sabido que era yo?

—Por esto —señaló un pequeño espejo en la pared—. Todavía no tengo ojos en la nuca, aunque poco me falta. Mi hija aún no ha llegado, en cuanto entre nos cuenta todos esos planes que dice que tiene para nosotros.

—¿Su hija? —Cata se puso aún más nerviosa.

—Sí. Y ya puede dar las gracias. Si es por mí no la hubiera ni entrevistado, pero se ha empeñado en que necesitamos esas moderneces que dice usted y me ha pedido por favor que la escuche, así que aquí está. Puede esperar o darse una vuelta, lo que prefiera.

—Espero aquí, gracias.

Nerviosa, se dirigió al rincón de las flores y repasó mentalmente. Algunas estaban empezando a marchitarse y el agua de otras necesitaba un cambio urgente. La campanilla sonó de nuevo.

—Aupa, *aita*, ya estoy aquí.

—Ahí la tienes —contestó su padre señalando con la cabeza mientras barría el suelo.

—Hola, Catalina. Encantada, soy Ana, la hija de Iñaki. Perdona el retraso.

Cata se quedó paralizada. Había leído que tenía una hija, pero pensaba que no la conocería tan pronto. Ana era alta y atlética. Tenía el cabello castaño, liso y corto a la altura de los hombros. Sus ojos eran azules, recordaban mucho a los de su padre, pero su sonrisa era mucho más amplia y cálida. Un escalofrío la atravesó. «¿Realmente le estaba resultando familiar? ¿O era su mente queriendo que lo hiciera?».

—¿Estás bien? —dijo Ana con gesto preocupado mientras le tocaba el hombro con delicadeza.

—Sí, perdona, es que estoy un poco nerviosa.

—No te preocupes, tú cuéntanos lo que sabes, que de la fiera ya me encargo yo —le susurró al oído mientras le guiñaba un ojo—. Pasa por aquí.

Levantó el extremo de la mesa del mostrador y la guio hacia la trastienda. Una mesa repleta de papeles reinaba en el centro de un cuarto viejo y desordenado, apenas ventilado por una pequeña abertura que parecía dar a un patio interior. En la pared, un corcho lleno de facturas, pósits y fotos antiguas que Cata se apresuró a observar con disimulo para recabar toda la información posible sin parecer una descarada. En la mayoría aparecían Iñaki con una mujer morena y con Ana. En la playa, en un pueblo, en la floristería. En una esquina, una pequeña foto antigua y desgastada en la que un Iñaki insultantemente joven sostenía a un niño en brazos. Costaba reconocerle: parecía un surfista ochentero. El pelo le caía ondulado sobre el rostro en unos tonos dorados que acentuaban el moreno de su piel. Su cuerpo era musculoso y esbelto, y su sonrisa recordaba muchísimo a la de Ana: encantadora, acogedora, magnética. Desprendía una energía tan distinta a la actual que Cata incluso llegó a pensar que era otra persona. La madre de Ana era bellísima: su rostro dulce y aniñado evocaba el de Audrey Hepburn.

—Te pareces a tu madre —dijo Cata sin pensar.

Ana miró en silencio las fotos.

—Perdona, ha estado fuera de lugar. Leí la historia de la floristería y...

—No te preocupes —interrumpió sonriendo—, para mí es el mejor de los halagos. Es solo que la echo de menos.

—Bueno pues, vamos al lío porque tengo poco tiempo. —Iñaki entró en el despacho como un elefante en una cacharrería—. Cuéntenos. Bueno, cuéntele a Ana, porque para mí habla usted en chino.

Cata no sabía por dónde empezar. Ana, de nuevo en un gesto de empatía, inició la conversación.

—Catalina, no estés nerviosa. Lo primero que debes saber es que solo han venido dos señoras octogenarias a por el puesto, lo cual quiere decir que muy mal tendrías que hacerlo para que no te contratemos. Lo segundo, me parece que de flores no sabes mucho, pero es que de eso ya se encarga mi padre. Yo lo que quiero para este negocio es un escaparate al mundo: una web, redes sociales... ¿Tú sabes de eso?

Cata respiró hondo y recordó las palabras de Bego: «Haz hincapié en lo que sí sabes hacer». Les habló de su formación en fotografía y diseño gráfico, y también de su experiencia en la creación de páginas web y la gestión de redes sociales. Resaltó, además, sus nociones sobre plantas y que se le daba muy bien el trabajo de cara al público.

—¿Ves, *aita*? Justo lo que te falta a ti.

—Oiga, señorita, que yo a mis clientes los trato fenomenal.

—A tus clientes. Pero como entre alguien nuevo por la puerta le miras como si viniera de otro planeta. Además, este barrio se está llenando de gente joven que no entiende que se les hable de usted hoy en día. ¿Tienes experiencia en tiendas? —Ana se volvió a Cata.

—Pues… no directamente —contestó incómoda—, pero llevo varios años de autónoma tratando con muchos clientes, y eso es otra forma de desarrollar habilidades comerciales.

—Bueno, yo ya he oído lo que tenía que oír. Si no os importa, tengo varios encargos que hacer. —Iñaki se levantó de la silla y se dirigió a la puerta.

—Gracias por venir, Catalina. Y no le hagas caso, aunque parezca un pitufo gruñón en el fondo es más tierno que un bizcocho del Loyola.

—Lo tendré en cuenta. Y llámame Cata. La última vez que me llamaron Catalina fue para castigarme.

Las dos rieron al tiempo que Iñaki abandonaba la trastienda.

—Me va a costar convencerle porque está muy reacio, así que no te preocupes si no sabes nada de nosotros en unos días. En cuanto pueda me pondré en contacto contigo.

—Gracias, Ana, muchas gracias por ser tan amable. —Cata se mostró aliviada.

—Aunque no lo quiera reconocer, te necesita. Gracias a ti por no marcharte corriendo, porque es lo que habría hecho yo.

Al salir de la tienda respiró hondo. No había sido tan traumático como pensaba, pero si Iñaki era la persona a la que buscaba eran malas noticias: si no podían mantener una conversación sin que él soltara una bordería ¿cómo iba a contarle algo tan complicado? ¿Y Ana, cómo se lo tomaría?

Emprendió el camino de vuelta a casa con la cabeza como un bombo. El cielo se había encapotado y una lluvia fina empezaba a mojarlo todo. Se puso la capucha y siguió andando. Necesitaba despejarse.

Las calles bullían de gente a esa hora. Los ejecutivos hablaban por teléfono caminando rápido bajo sus paraguas. Los jubilados desayunaban solos o en compañía en las cafeterías. Y luego estaba esa gente que Cata nunca sabía por qué un día de labor, a media mañana, estaban de compras tranquilamente en lugar de estar trabajando. Mientras observaba a propios y extraños, una escena le provocó un tremendo vacío: una madre y su hija rebuscaban entre las prendas de un perchero tras un escaparate y hablaban distraídas entre ellas.

A Cata, que era indecisa por naturaleza, siempre le había gustado ir de compras con su madre. De pequeña, se dejaba probar todo lo que Ceci quería sin poner pegas. En la adolescencia las compras se convirtieron en un juego divertido para ambas. Miraban la hora y cada una empezaba a buscar por un pasillo diferente de la tienda. Tenían veinte minutos para llegar al probador con las prendas seleccionadas. Como era de esperar, lo que escogía la hija nada tenía que ver con lo que había elegido la madre, así que a Cata le tocaba probarse cada prenda y luego negociar lo que finalmente comprarían. Y aunque inicialmente renegaba del estilo de su madre, en realidad Ceci escogía siempre las prendas que más favorecían a Cata. Continuaron con el juego incluso hasta después del fallecimiento de su padre. La discusión que lo cambió todo fue justo después de su última tarde de compras exprés. Cata llevaba mucho tiempo insistiendo en conocer la verdad, y aquellos días se había convertido en un verdadero martillo pilón. Asediaba a su madre con preguntas para ver si en algún momento la pillaba en un renuncio. Aquella tarde, mientras volvían en coche, su madre no tuvo más remedio que admitir que Cata estaba en lo cierto. La conversación fue subiendo de tono y nada más llegar a casa, cansadas y cargadas con bolsas y cajas, la tensión explotó.

—No me lo puedo creer, mamá. Todo este tiempo mirándome a los ojos y diciéndome que era una paranoica, y resulta que tenía razón. ¿Hasta cuándo pensabas estirar esta farsa?

—Hija, entiendo que estés dolida, pero esto no cambia nada. Seguimos siendo tu familia.

—¡¿Cómo?! Dolida no, estoy cabreadísima. Y claro que lo cambia todo, mamá. ¿Cómo puedes ser tan egoísta? Qué pasa, que aquí lo importante es que sigamos siendo la puta familia feliz que hemos sido siempre, ¿no?

—No hay que perder los nervios, Cata. Y la educación tampoco. Además, como sigas así nos van a oír los vecinos. Si me dejas, me gustaría explicarme.

—¿Pues sabes qué? Que ya no quiero escucharte porque no me creo nada de lo que me vayas a contar. Ni ahora ni nunca. Llevas toda la vida mintiéndome y cuando te lo pregunto a la cara, implorándote la verdad y mirándote a los ojos, me llamas puta loca y me dices que me deje de historias. Que soy una peliculera nada menos, ¡es que hay que joderse!

Cata estaba completamente fuera de sí. Jamás había gritado así a su madre. Caminaba alrededor del salón a toda velocidad gesticulando y parándose para golpear las paredes entre frase y frase.

—Yo jamás te he llamado pu…, ya sabes, loca, hija.

—Es lo que me has hecho sentir, mamá. Todo este tiempo, y ahora que lo veo con perspectiva, toda mi vida. Pero, claro, eso habría roto en mil pedazos la familia tan maravillosa que querías vender. La casa de revista, las cenas benéficas, los cafés con tus amigas de cera y tu puñetera reputación. Lo dicho, una egoísta de manual.

Ceci, muy dolida por las palabras de su hija pero consciente de que debía aguantar el chaparrón, dejó unos segundos de silencio para dar espacio a la calma. Luego volvió a insistir.

—Cuando estés lista, estaré encantada de contarte la verdad. Quizá así entiendas por qué te lo he ocultado todo este tiempo.

—Ya te he dicho que no te voy a creer, mamá. Has perdido mi confianza para siempre.

—¿Y podría hacer algo que te ayude a creer lo que te quiero contar?

Cata dudó unos segundos. Aunque su primer instinto fue decir que no, una idea fugaz e interesante atravesó su mente.

—Quiero un nombre y un apellido.

Su madre vaciló.

—Cariño..., ¿y eso para qué...?

—¿Querías darme una prueba para que confíe en ti? Pues dime su nombre y su apellido.

El silencio de Ceci pareció durar horas.

—Iñaki García.

—¿Iñaki? —Ese nombre pilló a Cata por sorpresa—. ¿Es de Madrid?

Ceci dudó de nuevo.

—Era de Bilbao, ahora no sé dónde estará.

—Gracias, mamá. Me pensaré lo de escuchar la verdad. Me voy a dar un paseo. Necesito despejarme.

Aquella fue la última vez que hablaron sobre ello. Cata estuvo paseando por la ciudad hasta la medianoche. Al volver a casa tomó la firme decisión de buscarle. Costara lo que costara. Y también se prometió a sí misma que no volvería a darle a su madre la oportunidad de contarle otra mentira. Averiguaría la verdad por sus propios medios.

Aún sobrecogida por su recuerdo, miró el móvil. Su madre llevaba más de tres días sin escribir y hasta cierto punto le pareció normal: Cata había pasado de contestar con distancia y frialdad a ignorarla por completo. Aunque le costaba reconocerlo, en el fondo la echaba de menos. ¿Y si su madre estaba empezando a rendirse? ¿Y si se había cansado ya de intentar arreglar las cosas?

Se disponía a leer los últimos mensajes de su madre cuando un wasap le devolvió un poco de alegría:

> ¿Qué tal ha ido?

Cata y Jon se estaban conociendo de una forma, digamos, poco común. Solo se comunicaban a través de mensajes y canciones, y las conversaciones siempre giraban en torno a sus gustos musicales, a alguna anécdota graciosa del pasado o al meme del momento.

Llevaban tiempo chateando, pero la realidad era que Cata no sabía prácticamente nada de la vida personal de Jon. Ni cómo era su familia, ni cómo había sido su infancia, ni su historial amoroso. En cualquier otra relación eso le habría preocupado; en este caso, sin embargo, era una bendición: aún no estaba preparada para compartir su particular culebrón. Sí le había contado lo de la entrevista, pero, con la excusa de no gafarla, no le había dado más detalles.

> No sé. A veces pienso que me cogen y otras que ni de coña.

> Pues te cogerán.

> No me hago ilusiones para no darme un tortazo.

> No se puede vivir así. Tú piensa a lo grande. Esta es la canción que siempre escucho cuando necesito recordármelo.

Un minuto después le llegó un link a «Forever Young», de Alphaville, una de las canciones con las que más se había desgañitado en sus noches de karaoke con Celia. Se la puso en los auriculares a todo volumen y dejó que su imaginación volara por sus recuerdos mientras los primeros acordes le erizaban la piel. El día en que Nacho aprendió a montar en bici; las maratones de pelis de los ochenta en familia; sus primeras fiestas con Celia; los largos viajes en coche jugando al veoveo y peleándose por el discman y el CD de Laura Pausini; cuando Ceci se disfrazó de la Spice pija solo para que ella no bailara sola; las mañanas de Reyes en pijama rodeados de regalos y comiendo roscón hasta explotar. Una inmensa nostalgia le invadió el corazón hasta llenar sus ojos de lágrimas. Su familia ahora era un conjunto de seres que se le antojaban extraños y desconocidos. Era como si el paso de los años la hubiera ido distanciando de ellos hasta provocar una brecha enorme y muy difícil de coser. ¿Se puede seguir queriendo a tu familia después de semejante traición? ¿Cómo iba a llenar ese vacío? ¿Volvería a verles con los mismos ojos?

Compungida, siguió caminando hasta que alguien en el interior del Bogotá llamó su atención. Era Vera. Al entrar la vio rodeada de papeles, con unas ojeras que le llegaban hasta el suelo y la mirada perdida.

—¿Estás de viaje astral? —preguntó con suavidad para no asustarla.

Vera sonrió aliviada.

—Qué alegría verte, ¿cómo ha ido? ¡Que nos tienes en ascuas!

—Lo sé, lo siento, se me ha ido la olla. No ha ido muy bien, pero su hija está convencida de que necesitan contratarme, así que espero que se salga con la suya.

—Bueno, pues ahora a esperar. —Vera bostezó—. Perdón, no es que me aburras, ¿eh? Es que estoy muerta de sueño.

—¿Otra noche en blanco?

—Pues… casi. Gala y Mateo están con fiebre y tos, y se han ido despertando el uno al otro. Creo que he visto todas las horas en el reloj.

—¿Y no puedes descansar un rato?

—Ya me gustaría, pero tengo que avanzar con estos trabajos, la directora de la academia me ha dado ya un toque. Últimamente nunca cumplo con los plazos.

—¿Y no puedes quitarte algunas horas de clase? O mejor, ¿delegar algo en Leo? ¿Por qué no os habéis turnado hoy para atender a los niños?

—Si el problema no son las horas, Cata. De hecho, llevo toda la mañana aquí pelando la pava en lugar de trabajar, pero es que me aburro tanto que cualquier excusa es buena para procrastinar. Y Leo…, ayer se sacó de la manga unas entradas para un partido de fútbol hoy. Como sabe que siempre voy a estar para los niños ya ni pregunta si me viene bien.

—¡Pues díselo!

—No tengo fuerzas, Cata. Ni siquiera para eso. No sé, nunca he estado tan apática. Me da pereza hasta luchar por lo mío.

—¿Sabes la etimología de apatía?

Vera la miró sorprendida por la pregunta.

—Pues… no. Y jamás habría pensado que me lo fueras a explicar tú —dijo sonriendo.

—Es raro, sí. Lo sé porque mi madre siempre le decía a mi padre que ese era mi problema. Significa algo así como ausencia de pasiones o de emociones, como si no encontraras el camino. Decía que yo no lo había encontrado y por eso seguía dando tumbos de un sitio a otro. Mi padre decía que lo que me pasaba es que era una vaga. Que a veces también es un poco verdad.

Las dos rieron.

—¿Crees que eso es lo que te puede estar pasando a ti?

Vera se quedó pensativa. Ella sí sabía qué le apasionaba y cuál era el camino, lo que no podía hacer era tomarlo. Como cuando vas por la carretera y ves pasar el tren por la vía paralela a toda velocidad. Quieres subirte, pero es imposible. Una lágrima se le escapó por la mejilla.

Cata, consciente de que había hurgado en una herida probablemente demasiado profunda, se mantuvo en silencio. Quiso decirle que su vida le parecía injusta. Que era una mujer sensible, inteligente, elegante, bella, con todo lo necesario para brillar y que en su mano estaba cambiar aquello que la asfixiaba. Pero no se atrevió. Algo le decía que Vera ya lo sabía y que si no había dado el paso es porque aún no estaba preparada. Se levantó de su taburete y le dio el abrazo más fuerte y sentido que pudo.

—Siempre que necesites hablar, aquí estaré.

Vera, que siempre era la que abrazaba, se emocionó al recibir lo que más necesitaba en ese momento. Un apoyo, un silencio cómplice y algo de calor. Se sintió tan cómoda y respaldada que a punto estaba de confesarle la propuesta de Matías cuando alguien las interrumpió.

—Aupa, vecina. ¿Te ha gustado la canción?

—Mucho —contestó Cata tratando de ocultar la sonrisa de tonta que se le había puesto—, aunque ya era de mis favoritas, no te creas que me has descubierto la fórmula secreta de la Coca-Cola.

Jon sonrió con ternura. Hasta sudando estaba guapo. Vestía pantalones cortos, una sudadera y zapatillas de esas que parecen de astronauta. Llevaba el pelo mojado y aún tenía la respiración entrecortada y el rostro congestionado. Era curioso: desde su primer encuentro tras el portón solo se habían visto a través de la ventana de la cocina y, sin embargo, sus noches de conversaciones interminables le hacían sentir que lo conocía de toda la vida.

—¿Has venido solo a preguntarme eso? —preguntó Cata juguetona.

—Por supuesto que no. Era para decirte que me he venido arriba y he comprado otra planta. Ni idea de cómo se llama ni de cómo se cuida, por supuesto. ¿Me ayudarás con esta también?

Cata, que de los nervios movía el pie, se quedó en silencio unos segundos mientras ponía cara de estar pensándoselo.

—Veeenga, vaaale. Pero solo porque perdí la apuesta de Bon Jovi, ¿eh? Mándame una foto cuando llegues a casa y te digo lo que tienes que hacer.

—Hecho. Bueno, me marcho, que como no me duche ya me voy a quedar helado. ¡Agur!

—Así que este es el famoso Jon —preguntó Vera mientras le veían marcharse—. Menuda tontería adolescente os traéis, ¿no? He sentido entre emoción y vergüenza ajena.

—Ya, ya. Soy consciente. Desde fuera sé que es ridículo, pero si supieras cuánto estoy disfrutando…

—Vale, yo te dejo disfrutar, pero déjame hacer de Amaia por un momento. ¿De verdad le has pedido una foto con lo fácil que es ir a su casa? Te ha dejado la excusa en bandeja de plata.

—No me metáis más presión, coño. Me gusta la magia del principio y voy a estirarla todo lo que pueda. Además, quiero ir sobre seguro. A ver si me estoy montando una película y luego solo me quiere para un polvo. O peor aún, en realidad es un cabrón casado y con hijos.

—Mira que te gustan los dramas. Ir a verle un rato no quiere decir que la magia vaya a desaparecer, solo es dar un pasito más. El tamaño del paso puede ser el que tú quieras. A veces me pregunto si entre Amaia y tú no existe un término medio —dijo mientras sacaba el móvil del bolso—. Tengo que ir a dar clase, ¿te quedas aquí?

—No. Me voy contigo. Tengo cosas que hacer.

El patio olía a lluvia y a tierra mojada. Cata respiró hondo. Ojalá hubiera una manera de embotellar ese aroma. Lo metería en un pequeño frasco para abrirlo cada vez que necesitara calma, seguridad, equilibrio y conectar con sus raíces. Sonrió antes de dirigirse a las escaleras. Subió despacio, acariciando la vieja barandilla con el pasamanos de madera. Disfrutó de la luz tenue que entraba por el tragaluz del descansillo del último piso.

Al llegar a la puerta el corazón se le aceleró. Cerró los ojos y volvió a conectar con el olor a tierra mojada. Confiada, llamó al timbre.

—Hola, vecino.

12

El método Stanislavski

—Y esto que escuchas es el latido de tu bebé. —La ginecóloga sonrió.

A Amaia se le paró el corazón. Aún no se había hecho a la idea de que dentro de ella crecía una vida, de modo que escuchar aquella batucada cálida y expresiva fue el golpe de realidad definitivo.

—Ya puedes vestirte. Ahí tienes el papel para secarte si lo necesitas.

Se bajó de un salto de la camilla y se vistió sin fijarse en que se había puesto el jersey del revés. Las palabras de la doctora le daban vueltas en la cabeza sin parar.

«Mi bebé».

Tomó asiento frente a la ginecóloga con la cabeza gacha, como quien sabe que ha hecho algo mal y espera una reprimenda con su consiguiente castigo.

—Te dejo aquí el volante para unos análisis, háztelos lo antes posible por si tengo que mandarte algo más. Y aquí te dejo apuntado el ácido fólico que tienes que empezar a tomar hoy mismo.

—Gracias, doctora. ¿Le puedo hacer una pregunta sin que me juzgue por ello?

—No estás segura de si quieres tenerlo, ¿verdad? —La ginecóloga habló sin apartar la vista del ordenador.

La médica había dado en el clavo. Con el test positivo en la mano la asaltaron cientos de preguntas. ¿Tendría que renunciar a su carrera profesional? ¿Qué consecuencias físicas tendría el embarazo? ¿Y abortar? ¿Era posible volver a ligar cuando tienes un bebé que te ha dejado los bajos como el Eurotúnel?

—¿Cómo lo sabe?

—Por tu reacción. Veo muchas embarazadas al mes. —Se había vuelto hacia ella y le sonreía con cariño por encima de sus pequeñas gafas.

Amaia se sintió como una piedra: dura, fría y sin sentimientos.

—Ser mujer no es fácil. Y decidir ser madre tampoco. ¿Y sabes por qué? Porque hagamos lo que hagamos nos van a juzgar. Así que hazte un favor y no te juzgues tú también. Decidas lo que decidas, será lo mejor. Estás en la octava semana, aún tienes tiempo. Mi consejo es que lo pienses estos días y que vengas a verme como máximo en dos semanas. Así vemos cómo estás, qué dudas tienes y si ya has tomado alguna decisión. Si entretanto pasa cualquier cosa pide cita de urgencia.

La imagen de Mario jugando con un bebé le pasó cual estrella fugaz por la cabeza. Fue apenas un instante, pero le llenó el corazón de felicidad. Decidió darse permiso para explorar hacia dónde le llevaba esa sensación que la había reconfortado.

Para cuando llegó al estudio el shock había dado paso a una alegría embriagadora. Tenía ganas de cantar y de bailar; sentía que podía con todo. De camino a su despacho se fijó en que Mario no estaba en su puesto de trabajo. «Qué raro —pensó—. No suele levantar el culo de la silla en toda la mañana ni para ir al baño». Al encender el ordenador, una pila de emails le dio la bienvenida. Se propuso responder uno a uno, pero era incapaz de concentrarse. Es más, por primera vez en toda su carrera el trabajo no le importaba lo más mínimo. Abrió Google y buscó información sobre las fases del embarazo y las familias monoparentales. «Madre mía, no sé si esto es para mí». Saltaba de una página a otra: «Los mejores carros para tu bebé», «Lactancia materna y alimentación complementaria», «Haz tu plan de parto», «Lo mejor que me ha pasado en la vida», «No volverás a ser la misma». La información empezaba a ser abrumadora. «¿Desde cuándo hay que hacer un máster para ser madre?», pensó mientras cerraba el portátil de golpe.

Miró por la cristalera. Vio a Mario entrar por la puerta. Por primera vez no miró hacia la mesa de Amaia con una sonrisa cómplice como hacía siempre. Se dirigió a buen paso hacia el despacho de Víctor, uno de los socios. Amaia se levantó fingiendo que hablaba por teléfono para ver si podía intuir qué ocurría entre aquellas paredes. Víctor, sentado en su silla, permanecía callado, con el rostro serio y algo afligido. Mario, que no llegó a sentarse en ningún momento, gesticulaba sin parar, como cuando estaba nervioso. «De qué coño estarán hablando, ¿la habrá cagado otra vez?», pensó. Tras lo que le pareció una conversación algo tensa, se estrecharon la mano y Mario salió del despacho para dirigirse a su puesto de trabajo. Laura, a quien llamaban la eterna becaria (porque tenía treinta años, pero aparentaba veinte), se sentó sobre su mesa para decirle algo al oído. Los dos rieron. «Anda que no le tenías ganas, ¿eh, Laurita?». El estómago de Amaia daba vueltas como el tambor de una lavadora. «¿Y él? Peor, porque te quiero mucho como la trucha al trucho, pero en cuanto me doy la vuelta, zas, ya está con otra». Quiso odiarlo en ese instante, pero no fue capaz de sentir nada negativo hacia él. Y eso la enfureció aún más.

Antes habría seguido trabajando estoicamente, mostrando una total indiferencia, pero una especie de espíritu debía haberse adueñado de su cuerpo porque no logró quedarse quieta. «Garbancito, esto es cosa tuya, ¿no?», pensó mientras caminaba con decisión hacia la escena donde tenía lugar el coqueteo.

—Mario, ¿puedes venir a mi despacho, por favor?

La cara de Laura se congeló para regocijo de Amaia.

—¿Qué haces? —preguntó Amaia en cuanto cerró la puerta.

—Cómo que qué hago. Pues nada, trabajar. ¿Hay algún proyecto nuevo? Porque si me sacaste de la rehabilitación no sé muy bien qué pinto aquí.

—¿Qué le has dicho a Víctor?

—Que dejo el estudio. Me ha pedido que me quede tres meses para encontrarme un sustituto y he accedido.

Amaia sintió un perdigonazo en el estómago. Con la arrogancia que le caracterizaba creyó que había sido la bravuconada del momento, ni un minuto había sopesado la idea de que se marcharía del estudio.

—¿Estás seguro? ¿Y adónde te vas si puede saberse? ¿Tienes un puesto mejor al menos?

—Por ahora no, pero en estos tres meses seguro que me sale algo.

—Pero ¿estás loco? ¿Lo dejas sin haber encontrado otro trabajo? No me parece bien, Mario. Entiendo que te quieras ir, pero yo no lo haría hasta tener algo seguro. Además, ahora que tienes un ligue aquí igual deberías esperar. —Amaia había cogido carrerilla—. Ahora, también te digo, como tu jefa, porque aún soy tu jefa, que sería bueno que os cortéis un poquito. Me parece muy poco serio que estéis de tonteo en el estudio. Lo que queráis hacer es cosa vuestra, pero fuera de aquí.

—¿Has terminado? —Mario, serio, trataba de evitar ponerse a su altura.

—Sí.

—Pues me voy a seguir trabajando. De todas formas, está claro que hago bien en irme. Si necesitas algo laboral, ya sabes dónde estoy.

Cerró la puerta tras de sí. Amaia se quedó en silencio unos minutos mientras miraba pensativa la pantalla apagada del ordenador. La idea de no volver a ver a Mario le asustaba, pero lo que más temía era su indiferencia. Siempre había podido contar con él. Sonaba mal admitirlo siquiera, pero se había acostumbrado a tener un perro faldero. Y el problema es que había estirado tanto la cuerda que había acabado por romperse. Dudó si decirle que estaba embarazada, pero rápidamente desechó la idea: no quería que nada ni nadie influyera en su decisión. Además, con lo intenso que era se pondría en modo padre coraje, y eso era lo último que necesitaba.

El móvil sonó.

—¿Leo? —dijo sin poder evitar bostezar.

—Aupa, Amaia, perdona las horas. ¿Te pillo bien?

—Sí, tranquilo, estoy trabajando. ¿Necesitas algo?

—Sí, verás, es que he conseguido entradas para ir al ballet y me gustaría llevar a Vera por su cumpleaños. Ya sé que queda un mes aún, pero la obra termi…

—¿Ballet? —Amaia se incorporó de un salto—. ¿Tú estás seguro de que es buena idea?

—Pues espero que sí, es lo que más le gustaba, ¿no? No la voy a llevar a un partido de fútbol. Bueno, a lo que iba, el problema es que no tenemos a nadie aquí hoy. Vaya, que mis padres no están. ¿Te importaría quedarte con los enanos?

—¿Yo? —Amaia sintió por primera vez lo que era el verdadero pánico—. No sé, Leo… No soy la mejor para cuidar niños, ¿no crees? ¿Y si llamas a Bego o a Cata?

—Venga, Amaia… Bego está todo el día pringada con sus nietos, bastante tiene ya la mujer. Y a Cata no la conocen apenas, se les va a hacer muy raro. No te lo pediría si no pensara que es importante. No veo a Vera muy bien últimamente.

Silencio al otro lado del teléfono. Aunque la idea le aterraba, quizá fuera una buena forma de ponerse a prueba a sí misma y sus habilidades como madre. Si podía con dos terremotos ella sola seguro que sería capaz de hacerlo con uno. Y si la tarde le parecía insoportable confirmaría sus sospechas: que la maternidad no era para ella y que lo mejor sería interrumpir el embarazo. Además, no paraba de decirle a Vera que tenía que salir de su cueva. ¿Qué clase de amiga no haría un esfuerzo por algo así?

—Venga, vale, cuenta conmigo. ¿De qué horario estamos hablando?

—¡Gracias! —exclamó aliviado—. Pues mira, el ballet es a las siete. Luego me gustaría llevarla de pinchos, pero será rápido. Yo calculo que para las once como muy tarde estamos de vuelta. Es probable que para esa hora ya estén dormidos, con que los dejes en el sofá viendo una peli es suficiente, caerán redondos.

«¿Solo cuatro horas? Lo hago con la gorra», pensó. Qué atrevida es la ignorancia.

—Venga, ¿pues me los traéis sobre las seis y media a casa entonces?

—Hecho. Gracias otra vez, te prometo que te lo compensaré.

Amaia pasó el resto de la mañana intentando concentrarse más de cinco minutos seguidos. Los pocos ratos que no se dormía encima del ordenador era porque necesitaba salir corriendo a vomitar. Cuando por fin llegó la hora de comer, tanto Mario como los demás compañeros se dirigieron a la cocina del estudio. «Antes borro mi chorboagenda», pensó. Cogió su táper de la nevera, se excusó con una videoconferencia de última hora y se encerró en su despacho para comer con los estores cerrados. Al terminar y encender de nuevo la pantalla, los ojos se le cerraban, como si tuvieran vida propia. Intentaba luchar contra el sueño con todas sus fuerzas, pero daba cabezadas cada vez más exageradas. «Cinco minutitos

—pensó mientras apoyaba la cabeza en los brazos—, ya lo he pillado, garbanzo».

Abrió los ojos. Una babilla que le caía por la comisura de la boca empapaba una de las mangas del jersey.

«¿Qué hora es? Joder. ¡Las cinco y media!».

Se levantó de un salto y miró a su alrededor: tenía que volver a casa, preparar el salón para las ocurrencias de los niños y llenar la despensa de comida extremadamente insana para sobornarles si era necesario. Recogió sus cosas a toda velocidad y salió corriendo.

Llegó a casa con la respiración entrecortada y empapada en sudor. La ciudad estaba siempre atascada a esas horas y el metro saturado: no le quedó otro remedio que caminar a toda velocidad. Tuvo tiempo suficiente para hacer una lista mental de todo lo que tenía que hacer. Al llegar a casa escondió los areneros de Chavela; movió los muebles para tapar todos los enchufes visibles; puso las plantas en alto y movió el sofá y la mesa para dejar un espacio más despejado.

—Aquí podremos jugar a lo que quieran sin peligro —dijo en voz alta mirando la alfombra vacía.

«Mierda, ¿a qué juegan los niños ahora?».

Cogió el móvil otra vez. Las seis y cuarto. Imposible bajar a por ultraprocesados bien llenos de azúcar y de grasa: no estaba dispuesta a volver a correr otra maratón. Si era necesario, pediría algo a domicilio. Nerviosa por la incertidumbre, abrió el WhatsApp.

—Leo, ¿cómo vais? Por favor, acuérdate de traer juguetes, yo aquí no tengo nada, como comprenderás.

—Vale, no te preocupes, llevan sus mochilitas. Te los llevo en diez minutos. Vera está como de mal humor, no sé por qué. Espero que se le pase cuando vea adónde vamos.

—Yo también lo espero.

Vera y Leo caminaron hasta el teatro. Como era de esperar, los niños se habían quedado emocionados en casa de su tía Amaia, pero Vera estaba muy contrariada. Las sorpresas no le gustaban y mucho menos que hicieran planes por ella.

—No sé, Leo, creo que tendrías que haberme consultado. Tuvimos hijos para ser responsables de ellos, ya tendremos tiempo de retomar estas cosas cuando crezcan.

—Si te hubiera consultado no sería una sorpresa. Además, se han quedado tan contentos: no están en una cárcel. Si tenemos que esperar a que crezcan..., lo mismo ya no nos quedan ganas.

«No, si ya sé que esa es tu filosofía habitual», pensó.

—Además, estás guapísima. —La agarró por la cintura para darle un beso—. Hacía mucho tiempo que no te veía con tacones.

Vera le devolvió el beso con absoluta desgana. Le gustó escuchar eso de «guapísima», pero también le recordó que llevaba años sin quitarse el moño ni comprarse ropa. De hecho, vestirse para la ocasión había sido un verdadero desafío: los que creía sus mejores vestidos, que tenía de hacía más de ocho años, estaban desgastados, arrugados y llenos de pelotillas, las medias tenían más carreras que una pista de Fórmula 1 y encontrar unos zapatos de tacón fue una odisea: llevaba tanto tiempo sin usarlos que habían quedado arrinconados en lo más profundo de uno de los altillos.

El paseo hasta el teatro fue el vivo reflejo de sus conversaciones de los últimos años. Leo le contó sin obviar detalle alguno su última reunión con su peor cliente. Luego narró cual comentarista deportivo el partido de fútbol del domingo y todas las opciones que tenía su equipo de ganar la liga en función de lo que hicieran los rivales. Vera asentía fingiendo interés, pero una avalancha de reproches y rencor se adueñó de su cabeza hasta tal punto que pensó que iba a estallar.

«¿Y a mí? ¿No piensas preguntarme nada?».

«Total, para qué, ni se acuerda de que la semana pasada tuve una reunión muy importante con la directora de la academia».

«Bueno, claro, es que no le interesa un pimiento, ¿para qué me va a preguntar?».

«Ah, y me deja caer así como quien no quiere la cosa que juega otra vez el sábado».

«¿Es que no le importa una mierda si yo tengo algo que hacer?».

«Qué coño voy a tener que hacer yo si no tengo vida. En el fondo no es culpa suya».

Vera se detuvo frente a las escaleras de entrada al teatro y respiró hondo. La última vez que las pisó había sido para protagonizar *El lago de los cisnes*. Pensaba que lo tenía superado, pero el revoltijo de su estómago decía lo contrario.

—¿Estás bien? —Leo le cogió la mano—. Podemos darnos la vuelta si quieres.

Vera tragó saliva.

—Sí —mintió—, todo bien. Vamos.

Buscaron sus butacas y se quitaron los abrigos para sentarse cómodamente. Vera miró el móvil por enésima vez.

—Estarán bien, relájate. —Leo la miró de reojo.

Se apagaron las luces y la música empezó a sonar. A Vera se le hacía difícil respirar. En aquel enorme teatro no había aire suficiente.

Y cuando estaba a punto de levantarse para salir corriendo, aparecieron los bailarines en escena.

El oxígeno volvió y toda la piel se le erizó.

Disfrutó esas dos horas como nunca en los últimos años. Tomó a Leo de una mano y la apretó con fuerza. «Gracias por obligarme a venir», pensó. El aplauso final fue tan atronador que no pudo evitar que se le saltaran las lágrimas. Cerró los ojos y se transportó a sus recuerdos tras el telón, justo antes de abrirse para recibir una merecida ovación. Era uno de los momentos que más le gustaban: ese momento en el que el público premia todo tu esfuerzo y sacrificio levantándose de sus butacas y gritando enloquecido. El recuerdo fue tan intenso y real que notó una fuerte sacudida en el corazón. La necesidad de volver a vivirlo era tan imperiosa que no podía seguir ignorándola. «¿Y si digo que sí?», pensó.

Al terminar la obra Vera permaneció sentada unos minutos mientras el resto de los asistentes abandonaban sus butacas. Leo, que había observado de soslayo cada una de sus reacciones durante la función, se quedó a su lado en silencio esperando a que asimilara lo que acababa de vivir.

Una vez en la calle, una voz gritó con fuerza el nombre de Vera. Era Silvia. «Mierda —pensó—. Esta mujer tiene el don de la oportunidad».

—¡Aupa, Vera! ¡Qué coincidencia! ¿Te ha gustado?
—S...
—Buah, a mí me ha encantado —interrumpió eufórica—. Menuda escenografía. Nosotros no tuvimos tantos medios, ya te lo digo.
—Bueno, ya...
—Oye, ¿qué tal con Matías? ¿Le vas a decir que sí?

Si las miradas mataran, la de Leo habría fulminado a Vera en ese mismo momento. Por suerte era tan discreto que le permitió terminar la conversación con Silvia antes de montar el numerito.

—Pues... no —contestó incómoda—, no creo, vaya. La idea es preciosa, pero no es compatible con el tipo de vida que quiero tener ahora mismo.
—¿Estás segura? —preguntó con un halo de decepción—. Seguro que Matías no tendría problemas en darte toda la flexibilidad del mundo. Haría lo que fuera con tal de que aceptaras el puesto.

Leo resopló, como los toros justo antes de embestir.

—Lo siento, Silvia, pero nos tenemos que ir a recoger a los niños.

—Por supuesto, perdona. A ver si nos vemos pronto. Cuídate mucho. —Y se despidió con otro de sus abrazos no solicitados.

—¿Cuándo pensabas contármelo? —soltó Leo en cuanto Silvia se alejó.

—Es una tontería, Leo. Matías me llamó para proponerme un trabajo en la compañía. Fui a hacerle una visita y le escuché. Eso es todo.

—Te lo vuelvo a preguntar: si es una tontería, ¿por qué no me lo has contado?

—¿Para qué? Total, pensaba decir que no...

La idea fugaz de aceptar la propuesta se había esfumado tan pronto como vio la reacción de su marido.

—Ya. Y por eso aún no has dicho que no, ¿verdad?

Una llamada interrumpió una conversación que empezaba a oler a quemado. Al ver quién era, Vera miró a Leo con preocupación.

—¿Amaia? ¿Todo bien?

—Sí, pero no. Quiero decir, Mateo ha tenido un accidente. No es grave, pero no sé qué ponerle para que pare de sangrar. —Amaia intentaba aparentar tranquilidad.

—¡¿Sangre?! ¿Qué ha pasado? —preguntó Vera cada vez más nerviosa.

—Pues que estábamos jugando en el salón y se ha dado con la esquina de la mesa.

—¿Dónde?

—En la frente.

—Mierda, Amaia. Tápale la herida con una gasa. Vamos para allá.

Amaia cogió a Mateo en brazos y se puso a buscar lo más parecido que tuviera a una gasa. Gala miraba sobrecogida a su hermano.

—Teníamos que haber jugado a algo más tranquilo, coleguis —les dijo—. El pillapilla en una casa tan pequeña no ha sido buena idea.

Se sentía sobrepasada, culpable. En lugar de ponerse a prueba jugando a ser madre con los niños de Vera, tenía que haber sido responsable y haber rechazado la petición, por muy egoísta que hubiera sonado. ¿Cómo iba a tener un hijo sola si no era capaz de cuidar de dos niños unas horas? Había tratado de tomarse su embarazo con madurez. De verdad que sí. Había reflexionado sobre los cambios que llegarían a su vida, sobre el compromiso de traer una criatura al mundo. Había tratado de mantener la mente abierta y seguir adelante. Y había llegado a pensar que quería, que podía hacerlo. Pero si necesitaba una señal para tomar la decisión definitiva, sin duda había sido esta.

Para cuando llegaron sus padres, Mateo y Gala ya estaban tranquilos. De hecho, estaban tan contentos viendo una peli en el sofá.

—Lo siento, Vera, estábamos jugando a pillarnos y Mateo se tropezó con la alfombra...

—La culpa es mía. Soy su madre para estar con ellos, no para irme de pingo. Y encima el iluminado de Leo va y te los deja a ti, que tienes cero instinto maternal.

Las palabras de su amiga hirieron a Amaia de gravedad.

—Vera, ha sido un accidente —intervino Leo al ver la cara de Amaia.

—Ya he dicho que ha sido culpa mía. Y tuya, por cierto. Los dos somos responsables de ellos. Venga, coge a los niños y vamos a casa, que quiero revisarle la herida. Gracias de todas formas por intentarlo, Amaia.

En cuanto se quedó sola, Amaia se tumbó en el sofá. Estaba agotada y rota emocionalmente. Pero ¿en qué momento pensó que podía tener un hijo sola? ¿Y qué debía hacer? ¿Ocultarle a Mario que estaba embarazada de él? De pronto se descubrió fantaseando con formar una familia. Se imaginó con una niña preciosa vestida con un mono de color teja. Mario la cogía en brazos y bailaba con ella. Amaia los miraba y reía feliz. Exhausta, cayó dormida en medio de aquella marejada emocional.

13

Lirios y crisantemos

Cata llegó a la floristería a las nueve en punto tal y como le había pedido Ana. Se acercó con su mejor sonrisa a saludar a Iñaki, que acababa de abrir la reja de la entrada.

—Ah, que ya está aquí. No hacía falta que viniera tan pronto —dijo sin darse la vuelta.

«¿Cómo puede ser que adivine mi presencia? ¡Aquí no hay espejo!», pensó.

—Es por su colonia, huele a rosas. Mi hija tiene una muy parecida.

«Cojonudo, ahora también me adivina el pensamiento».

—Bueno, ya que está aquí ayúdeme a sacar plantas a la calle. Coja las que están ahí en la entrada.

Cata pasó una hora colocando plantas al pie del escaparate. Empezó colocándolas como las recordaba de su primera visita, pero poco a poco dio rienda suelta a su creatividad. Cogió varias cestas y maceteros, y compuso algunos bodegones para tapar los desperfectos del escaparate. También colocó algunas pizarras viejas con los nombres y los precios de las plantas. Al terminar, se distanció unos metros para ver su obra con perspectiva. «Así mucho mejor», pensó orgullosa.

—Pero bueno, esto tiene otra pinta. ¡Qué bonito!

Ana acababa de aparecer a su espalda.

—Hola, Ana. Me alegra que te guste, espero que a tu padre también.

—Solo venía a comprobar que todo estaba bien. Bueno, en realidad a asegurarme de que aún no habías renunciado —dijo en tono jocoso—. Voy a dar un beso a mi padre y me marcho corriendo, que llego tarde. ¡Suerte en tu primer día!

Mientras decidía si debía reubicar alguna planta más, un cliente trajeado entró con cara de pánico. O se le había olvidado su aniversario de boda y necesitaba un ramo de flores con el que compensar tan grave pecado, o le habían encargado una planta y no recordaba ni el nombre. Cata aprovechó para poner a prueba sus conocimientos y sus habilidades comerciales.

—Mi mujer me ha pedido una planta por su cumpleaños.

—¿Alguna en concreto? —preguntó Cata adelantándose a Iñaki.

—Sí, hombre —contestó gesticulando—, ella jamás me lo pondría tan fácil. Lo único que quiero es que sea grande. Ah, y cara. O al menos que lo parezca, ya me entiendes.

—Vale... —«Joder, menudo personaje», pensó—. ¿Tiene mucha luz natural en casa?

—En el salón sí, tenemos tres ventanales enormes que van del suelo al techo.

—¿Y su mujer tiene práctica con las plantas?

—Hasta hace nada no mucha, pero ahora le ha dado una perra con ellas que no logro entender. De hecho, siempre me pedía anillos y bolsos por su cumpleaños y ahora, mira, una planta.

Cata observó las plantas grandes que tenían a la venta. La kentia le recordaba mucho a su madre, era de sus favoritas. Siempre decía que le daba un toque exótico a la casa, que era verla y trasladarse a la playa. También podía ofrecerle un ficus lyrata; a su madre siempre se le morían, pero quizá con buena luz...

—Si quiere impresionarla yo me llevaría este ficus. Que lo ponga cerca de la ventana y lo riegue solo cuando se haya secado la tierra.

—Perfecto, pues me llevo esa. ¿Me lo pones en una maceta bonita de regalo?

Cata dudó un segundo.

—No, no hacemos eso. —Iñaki se adelantó.

—Vaya, bueno, me la llevaré igualmente, pero si puedes ponerle al menos un papel bonito para envolver el tiesto te lo agradecería. Y dime cuánto te debo, por favor.

El señor trajeado abrazó su ficus y salió de la tienda haciendo malabares para no chocarse con el montón de plantas que había por el suelo. Cata le sujetó la puerta mientras se felicitaba en silencio por su primera gran actuación.

—No lo ha hecho tan mal, pero no se le ocurra ofrecer algo que no hacemos, no quiero líos innecesarios.

—Pero a mí no me importaría…, trasplantar no es tan difícil. Y así también venderíamos los maceteros que están en la trastienda cogiendo polvo.

—No le he pedido su opinión, limítese a hacer lo que le digo.

Cata prefirió no contestar a su enésima bordería. «Menudo cretino —pensó—. Como siga así voy a aguantar menos aquí que una estufa de madera».

El resto de la mañana fue muy tranquilo. Lo cierto es que Iñaki tenía razón: no necesitaba ayuda para atender a la clientela. Podían coincidir dos o tres personas a la vez, pero también había ratos muertos en los que no había mucho que hacer, salvo algún encargo suelto. La media de edad de los clientes se situaba en torno a los sesenta años, tirando por lo bajo.

Viendo que ya había terminado todo lo que Iñaki le había pedido, Cata sacó el móvil y el trípode, y empezó a mover algunas plantas para sacar fotos para las redes sociales.

—¿Se puede saber qué está haciendo?

—Pues... lo que le dije, crear contenido para las redes. Si quedan bien las podríamos usar también en un futuro para la página web.

—Mire, Catalina. Yo entiendo que después de hablar con mi hija haya creído que esto es lo que tiene que hacer, pero yo no quiero ni página web ni redes de esas. Mi clientela es fiel y por suerte tengo más parroquianos de los que necesito, así que haga el favor de limitarse a hacer su trabajo, que para eso ha venido.

—Pues deme algo que hacer —contestó desafiante y harta de tanta hostilidad.

—Puede empezar barriendo la zona de trabajo. Cuando termine, limpie todos los jarrones y cambie el agua.

—¿Y luego?

—Luego ya veremos si la mando a casa.

La tienda se veía bastante descuidada. Las estanterías estaban astilladas y cubiertas de polvo, había flores a punto de marchitarse y varios jarrones con los bordes rotos. Cata respiró hondo y miró a su alrededor intentando no agobiarse. «No te desmoralices, paso a paso», pensó.

Las dos horas siguientes fueron muy provechosas. Iñaki y Cata trabajaron en silencio y sin descanso, hasta que varias clientas entraron a la vez y todas querían un ramo. Al principio Cata prefirió mantenerse al margen, tal y como su jefe le había pedido, pero en pocos minutos la tienda se había abarrotado e Iñaki no daba abasto. Era el momento de lanzarse a la piscina y poner en práctica todo lo que había estudiado.

—Buenos días, ¿la puedo ayudar en algo?

—Hola, hija, sí, quería un ramo para felicitar un nacimiento. Algo bonito, que llame la atención, pero que no ocupe mucho. Que seguro que tiene la habitación llenita de flores.

—Eeeh, vale, claro. ¿Tiene alguna flor preferida?

—Pues mira, ahora que lo dices, sí. Me gustarían lirios y crisantemos. Y no sé si tienes algo de eucalipto y paniculata. A partir de ahí lo que tú consideres para que quede bonito.

«No es tan difícil —pensó Cata—. Solo tengo que escoger alguna más que pegue con esas».

Un calor exagerado comenzó a subirle por las piernas. Las manos le empezaron a sudar. Podía notar la mirada inquisidora de Iñaki mientras cobraba a una clienta al otro lado del mostrador. «Este cabrón seguro que está disfrutando». Cuanto más tiempo pasara de pie delante de los floreros, más evidenciaría que no tenía ni idea de hacer ramos. Decidida, cogió las flores que la mujer le había pedido y añadió flores al tuntún. «Si son bonitas por separado, lo serán en conjunto», pensó, y sonrió aliviada. Poco a poco el ramo fue creciendo hasta formar una especie de bloque enmarañado, feo y tosco. Cata, que estaba presenciando en primera persona la tragedia griega hacia la que se precipitaba, seguía añadiendo más y más flores con la esperanza de que en algún momento aquello mejoraría. Pero no, no pasó.

—Hija, me vas a perdonar, pero eso que estás haciendo no me gusta nada —dijo la señora decepcionada—. Iñaki, si no me puedes hacer tú el ramo me voy a otro sitio. Lo siento mucho, pero es que es urgente.

—No se preocupe, Carmen, yo se lo hago. En un segundo estoy con usted.

Cata, avergonzada, pidió disculpas y devolvió las flores a su sitio.

—Ha visto el desastre, ¿no? Eso me pasa por dejarme enredar —le espetó Iñaki nada más salir de la tienda el último cliente de la mañana.

—Lo siento muchísimo, prometo mejorar. He estado observando cómo hace los ramos, seguro que dentro de nada puedo hacerlos sola.

—Lo siento, Catalina, pero su oportunidad era hoy.

—Pero, Iñaki...

—Voy a cerrar para comer —la interrumpió mientras se quitaba el mandil—. Puede irse a casa, y no hace falta que vuelva mañana.

Lágrimas de impotencia asomaron a los ojos de Cata. Se sentía humillada y despreciada. Solo necesitaba tiempo para aprender. «Te odio», pensó llena de rabia. Cogió su chubasquero y salió sin despedirse ni echar la vista atrás. No quería saber nada más de ese sitio.

Como el día era templado y la lluvia que caía era tan fina que casi resultaba agradable, decidió perderse por las calles del casco viejo.

Los pensamientos entraban y salían de su mente a voluntad. Iñaki la había hecho sentir tan inepta que estaba llegando al punto de pensar que era así. Lo peor de todo es que, aunque no le soportaba, una parte de ella seguía creyendo que detrás de esa fachada hostil y desagradable se ocultaba un hombre tierno y entregado. Bastaba con ver la relación tan cercana que tenía con su hija.

Cuando quiso darse cuenta había llegado al portón de casa. Se encontraba un poco más aliviada, quizá el universo le estaba mandando una señal y él no era la persona que ella buscaba. De modo que volvía a la casilla de salida. «¿Y si no le encuentro nunca?», se dijo, desanimada.

—¿Has visto un fantasma? —Jon volvió a sorprenderla con su voz aterciopelada de locutor de radio.

—Joder, ¿siempre me vas a dar estos sustos?

—Perdona —contestó riéndose. Llevaba las llaves en la mano—. Estaba aquí al lado, pensaba que te estabas haciendo la loca. ¿Vas a entrar?

—Sí, sí, si puedes abrir tú te lo agradezco, no hay quien encuentre nada en este bolso.

Si algo necesitaba Cata en aquel momento era una de sus conversaciones en el rellano de la escalera. Aquel día en que llamó a su puerta, Jon la invitó a entrar un par de veces, pero ella le dio largas: no estaba preparada. La idea de encontrarse a solas con él en la intimidad de su hogar le generaba demasiada ansiedad. Se quedaron hablando media hora en el descansillo; acabaron sentados en el suelo. El rellano se convirtió así en el sitio neutral y seguro donde seguir conociéndose sin presión ni posibles malentendidos.

Subieron las escaleras y se pararon frente al felpudo del segundo piso.

—¿Tienes algo que hacer?

—No. Bueno, sí. Abrir una botella de vino y bebérmela hasta caer redonda, pero no hay prisa.

Jon se sentó en el suelo con la espalda apoyada en la pared y esperó a que Cata hiciera lo mismo.

—¿Qué tal tu día?

—Pues una gran mierda, para qué te voy a mentir.

—¿Me vas a contar ya en qué consiste ese trabajo que tanto te quitaba el sueño?

—Sí, es en una floristería.

—¿Y qué ha pasado? —preguntó poniendo su mano sobre la de Cata.

—Pues... que la he cagado con el ramo de una señora.

Sintió un escalofrío reconfortante. La mano de Jon era suave, cálida, y sobre todo sincera.

—¿Y nada más? ¿Solo por eso el día se ha ido a la mierda?

Cata se disponía a abrirse en canal para explicarle la clase de jefe que tenía cuando una llamada le interrumpió. Jon sacó el móvil del bolsillo, puso cara de hastío al ver que era un número desconocido.

—Ya están los pesados de la fibra otra vez. Un segundo, será rápido —dijo mientras aceptaba la llamada—. ¿Sí? Sí, soy yo. Pero ya os he dicho muchas veces que no quiero cambiar de compañía. Os agradece...

La voz al otro lado del teléfono le interrumpió. Y la expresión en el rostro de Jon se congeló.

—¿Cómo has conseguido mi número de teléfono? Yo no he pedido que me llames. Ni siquiera que me busques. No abandonas así a alguien al que quieres tanto. Lo siento, pero no quiero saber nada.

Jon seguía pálido. Sus ojos reflejaban una mezcla de ira, tristeza e incredulidad. Permaneció unos segundos en silencio, como si estuviera midiendo bien su respuesta antes de contestar.

—Ya es tarde. No me interesa. Agur.

Colgó con gesto serio, parecía molesto.

—¿Todo bien? —preguntó intrigada.

—Sí. —Jon, absorto, miraba al infinito—. Perdona, ya estoy.

—Si hay algo que quieras contarme...

—Tranquila, no es nada importante.

Un incómodo y pesado silencio se interpuso entre ellos. Pese a que su relación había dado un pequeño paso gracias a aquellas conversaciones en el rellano, seguían sin hablar de temas personales. Cata pensaba que conforme la relación fuera avanzando todo sucedería de una forma más o menos natural, pero la reticencia de Jon a hablar le hicieron sospechar que quizá tras aquella llamada misteriosa había algo turbio. Dudó si despedirse. Lo que pensaba que iba a salvar su día lo había rematado. Y para colmo no tenía más que una botella de vino.

—¿Qué hacéis aquí? ¿Os habéis olvidado los dos las llaves? —Amaia acababa de aparecer por el rellano.

Se pusieron de pie de un salto, como si les hubieran pillado haciendo algo malo.

—¡Amaia! No, no, estábamos aquí hablando, pero ya nos vamos.

—Aupa, soy Amaia, tu vecina del tercero.

—Hola, yo soy Jon y vivo aquí —señaló la puerta.

—Pues nada, os dejo que sigáis hablando en el suelo. Apasionante... —Y les lanzó una mirada pícara.

—Espera, que subo contigo.

Cata, incómoda, vio en ella la excusa perfecta para salir corriendo de allí.

Jon no opuso resistencia. Seguía ido y con la mirada perdida.

—Nos vemos otro día.

—Sí, ya nos veremos.

14

Nunca subestimes el poder de una buena planta

Se puso las gafas, sacó su cuaderno y abrió el portátil con decisión. Tras el fiasco con Iñaki, Cata, desanimada, se había dado unos días para pensar y cargar pilas. Ahora ya se sentía preparada para pasar página y avanzar en su búsqueda. Miró por la ventana: llovía un día más. Si bien echaba de menos el tiempo de Madrid, empezaba a cogerle el gustillo a embutirse el pijama y envolverse en mantas mientras veía jarrear. Noviembre había llegado con fuerza.

Se disponía a teclear «Iñaki García» una vez más en Google cuando sonó el timbre de la puerta.

—¡Un momento!

Se levantó de un salto y se cambió el pijama por un sugerente jersey beige de punto gordo que dejara ver sus piernas. Se asustó al ver su reflejo en el espejo. Necesitaba un poco de rímel y colorete, y arreglarse el moño. Antes de abrir la puerta se miró por última vez. «Sienna Miller nunca falla», pensó.

Bajó el picaporte y giraron las bisagras. La decepción de Cata fue mayúscula al descubrir a su hermano Nacho en el rellano.

—¿Tú qué haces aquí?

—Hola, hermanita, qué guapa estás —sonrió. Venía empapado—. ¿Estabas esperando a Alfie?

—No, claro que no —contestó molesta y un poco avergonzada—. ¿Cómo has sabido dónde vivo? Creo que no te di la dirección.

—Te recuerdo que seguimos teniendo la misma cuenta de Amazon, piratilla. Solo tuve que mirar en mis direcciones. Bueno, ¿y tus modales? ¿No me vas a dejar pasar?

—Sí, perdona. Pasa. —Se apartó de la puerta.

—¿Siempre llueve tanto en esta ciudad?

—Más que en Madrid, sí, pero te acostumbras. Además, para mí es un alivio, no tengo que estar todo el rato pegada a las gafas de sol.

Nacho, distraído, miraba a su alrededor.

—El piso no está mal. A mamá le haría ilusión ver que lo tienes lleno de plantas. Si es que te pareces tanto a ella…

Los niveles de mosqueo y cortisol de Cata subían con cada palabra de su hermano.

—¿Para qué has venido? —interrumpió.

—Mamá está muy preocupada y yo también. Apenas sabemos de ti: si estás bien, si vas a volver… Últimamente ya ni nos contestas a los mensajes.

—Tampoco es que estéis escribiendo mucho… Cualquiera diría que os habéis olvidado de mí.

—Eso es culpa mía. Le dije a mamá que a lo mejor necesitabas algo de espacio.

Probablemente tendría razón: Cata necesitaba espacio, pero no lo quería.

—Bueno, cuéntame, ¿cuándo piensas terminar con toda esta locura?

—Cuando consiga las respuestas que busco, ya lo sabes.

—Pero tú sabes que puede que nunca le encuentres, ¿verdad? No sabes si sigue viviendo aquí. Hasta podría haber muerto.

Cata se sintió flaquear. Por eso mismo había evitado hablar con su hermano en los meses anteriores, porque el riesgo de que la convenciera para volver era demasiado elevado. Sobre todo si atendía a la preocupación de su madre y a la dificultad de la misión en la que se había embarcado. Respiró hondo y se propuso mantenerse firme en su objetivo.

—Ya, pero tengo que intentarlo. Si se ha mudado le seguiré la pista y si está muerto…

—A ver, Cata, piénsalo un momento. Quieres buscar a un señor de cuya vida no sabes nada. No sabes si tiene mujer e hijos, si está enfermo o si lo dejó todo para irse a vivir a Tailandia. Y si lo encuentras, tu intención es plantarte delante de él y decirle: «Hola, soy tu hija». Él no supo que mamá se había quedado embarazada, así que ¿has pensado en el daño que le puedes hacer? Tú no eres así. Esto no es propio de ti, y salir corriendo de Madrid tampoco. Si al menos la escucharas…

—No lo sabía…

Cata se quedó pensativa. Había estado tan obsesionada con encontrarle que todavía no se había parado a pensar qué le diría o cómo reaccionaría él. Tampoco se había planteado la posibilidad de que él no supiera que tenía una hija.

—¿Cómo lo vas a saber? Pero ¡si no le has dado a mamá ni la oportunidad de explicarte lo que pasó! Aún estás a tiempo. Te propongo lo siguiente: vuelve a casa y habla con ella. Si después de escuchar su versión quieres seguir con esta locura absurda, te prometo que te dejaré tranquila.

La idea de escuchar lo que Ceci tuviera que contarle empezaba a ser tentadora, pero Cata no quería ni oír hablar de cambiar sus planes. Y menos aún de boca de su hermano, que se había presentado en su casa en calidad de emisario de su madre, estaba segura. Con su discurso bien hilado pretendía persuadirla para que claudicara como ellos querían. Como siempre. Toda la vida la habían tratado como si fuera la tonta de la familia, la débil, la marioneta, la que nunca estaba a la altura de ellos. Ahora, por primera vez, Cata anteponía sus necesidades y, aunque solo fuera por los cambios que estaba viviendo a nivel personal, cada vez estaba más convencida de que había tomado la decisión correcta.

—Si mamá quería decirme algo, que hubiera venido ella misma. No hacía falta que te mandara a ti para convencerme. No soy imbécil, aunque sigáis pensando que sí.

—No te lo tomes así. Te lo hubiera dicho ella misma, pero como no coges el teléfono… No nos lo estás poniendo fácil, Cata.

—Me lo pensaré —mintió—, pero ahora te agradecería que te fueras.

—¿Me estás diciendo que vas a conocer a tu padre biológico y no le vas a decir nada? —Nacho seguía erre que erre. A tenaz no le ganaba nadie.

Se acordó del tendero hostil. Si fuera él…, lo último que haría sería confesarle su identidad. Recordó su reacción por un ramo de flores de mal gusto… Entonces ¿cómo se tomaría que la inútil de su empleada fuera su hija secreta?

—De momento solo quiero saber quién es. Eso es todo. No me rayes más la cabeza. ¿Querías algo más o has venido solo para esto? —Cata se sentía asediada; si seguían así la conversación terminaría fatal.

Nacho permaneció unos segundos en silencio. Dudó si debía seguir insistiendo o tirar la toalla.

—No, he aprovechado el viaje para una reunión con un potencial cliente. Después cogeré un avión de vuelta a Madrid. Me da pena porque me hubiera gustado comer contigo.

—Ya habrá otra ocasión. Si no te importa, tengo que irme —mintió de nuevo.

—No te preocupes, yo también.

Cata le acompañó hasta la puerta.

—Me alegra saber que estás bien. Sé que aún no quieres saber nada de nosotros, pero, cuando estés preparada, aquí estaremos. Dame un abrazo, anda.

Nacho, el hombre perfecto: inteligente, correcto, simpático, educado… aunque mostrar emociones le costaba. Y para muestra, sus abrazos. Daba igual que se lo estuviera dando a un amigo en un funeral, a un compañero de trabajo en una fiesta de Navidad o a su mujer el día de su boda. Sus abrazos eran breves, fuertes y sin mirar a la otra persona, ni antes ni después. Como si fuera un robot programado para abrazar cuando fuera estrictamente necesario.

Tras el maremoto emocional que acababa de provocar su hermano, Cata se centró en sus plantas. Necesitaba dedicarles un rato para navegar mejor en su mar de pensamientos. Las palabras de Nacho habían hecho mella en ella. Quería encontrar a su padre por encima de todo, sí, pero el riesgo era muy alto. Debería llamar a su madre, pero se exponía a verse forzada a perdonarla antes de tiempo. O, peor aún, a cambiar de opinión con respecto a su objetivo. Lo que más temía era el fracaso y regresar a Madrid con la cabeza gacha y arrepentida de haberse lanzado a semejante locura. Siempre había sido prudente y cautelosa. Por eso buscó excusas peregrinas durante más de doce años para no presentarse al examen del carnet de conducir. Cuando por fin consiguió aprobar, su padre le regaló una tartana de los años noventa sin dirección asistida y con olor a tabaco. «Si va a ser un coche de choque, al menos que sea viejo», le dijo. Con más miedo que vergüenza, Cata se lanzó con su cacharro por las calles de Madrid. Fue entonces cuando se dio cuenta de que algo pasaba. Durante el día, aunque iba más despacio de lo normal, conducía con bastante soltura. Por la noche, sin embargo, lo pasaba realmente mal. Al principio lo achacó al cansancio de pasarse horas mirando a través del objetivo de la cámara, pero una noche, volviendo de cenar con una amiga, comprobó que no era el agotamiento, sino la oscuridad. Una semana después, su madre la acompañó al oculista. «Tendrás miopía o algo parecido», le había dicho. Cata llegó muy tranquila a la consulta: como mucho acabaría con gafas, que la harían parecer más interesante seguro. Todo iba bien, hasta que el oftalmólogo empezó a escribir en el teclado de su ordenador como si Jim Carrey le hubiera poseído.

—¿Todo bien? —preguntó Cata mosqueada.

—Sí, vamos a hacer más pruebas para descartar alguna cosilla que no me cuadra —dijo aporreando el teclado—. ¿Algún antecedente familiar de retinosis?

—¿De qué? —preguntó su madre.

—Si no saben lo que es, no hay antecedentes. —La tecla N estaba a punto de salir volando—. ¿Familiares con problemas de visión importantes?

—Pues... la verdad es que no, ¿verdad, mamá? Ni papá ni tú lleváis gafas, que con vuestra edad... ¿Los abuelos, quizá?

—Que yo sepa nada grave, pero tendría que preguntar a mi marido.

—Estupendo. Pidan hora para estas pruebas —sacó un papel de la impresora— y averigüen si hay algún antecedente que debamos tener en cuenta.

—Disculpe, doctor, pero ¿antecedente de qué? ¿Qué me pasa?

—De momento no le pasa nada. Vamos a ver primero qué dicen las pruebas, ¿de acuerdo?

El oftalmólogo fue optimista desde el principio hasta el final. Con los resultados de las pruebas en la mano, el diagnóstico era retinosis pigmentaria, una enfermedad hereditaria que afecta a la retina y provoca una pérdida lenta de visión. Uno de los primeros síntomas suele ser la pérdida de visión nocturna. Con el tiempo, afecta también a la visión periférica, a la central y a la capacidad para distinguir colores. No tiene cura, por lo que las pautas a seguir son sencillas: usar gafas de sol para proteger las retinas y tomar unas vitaminas y ácidos grasos para retrasar la aparición de síntomas en la medida de lo posible.

—¿Entonces? ¿Me voy a quedar ciega?

—La ceguera completa es poco habitual, pero siempre hay que hacer seguimiento para ver cómo avanzan los síntomas. También nos vendría bien hacer un pequeño estudio genético para identificar el patrón hereditario. El tipo de transmisión nos indica la gravedad del caso.

—Pero mis padres no tienen nada que yo sepa, ¿es hereditaria en todos los casos?

—Sí y no. Uno de ellos podría ser portador y no tener síntomas. También podría ser que se haya desarrollado sin antecedentes, algo así como una nueva mutación. En cualquier caso es importante saberlo. Dígales a sus padres que me llamen para darles cita y saldremos de dudas.

Cata salió de la consulta abatida. Aunque las probabilidades de ceguera fueran bajas, tener una enfermedad degenerativa y sin posibilidad de cura le aterraba. Sus padres, incrédulos, la llevaron a otros médicos para pedir una segunda opinión. El diagnóstico fue unánime. Cata, que nunca había dudado del primero, les rogó que se realizaran las pruebas lo antes posible, necesitaba saber cómo avanzaría su enfermedad. Ambos dieron negativo en retinosis.

—Entonces ¿es posible que haya mutado algún gen? —preguntó al oculista en la enésima consulta—. Perdone el vocabulario, pero no entiendo nada de genética.

—No se preocupe, es normal. Podría ser una mutación, sí, pero viendo cómo se ha estado desarrollando…, me extrañaría. Esto es más propio de una herencia autosómica dominante.

—En cristiano, por favor.

—Pues que lo normal es que la tuviera uno de los progenitores. Y con síntomas.

Cata salió de la consulta muy contrariada. No acertaba a acallar unas voces que le susurraban al oído que algo estaba pasando.

Después de dejar las plantas dignas de exhibición en un jardín botánico, Cata decidió darse tregua con un poquito de Jon. Miró el móvil: sin noticias desde el último wasap. Fue a la cocina: ni rastro de carteles en su planta. Aburrida, se metió en Instagram. Un anuncio llamó su atención: dos chicos jóvenes trasplantaban una planta en un entorno idílico: «Nunca subestimes el poder de una buena planta». Pinchó en el enlace: una tienda nueva abría en la ciudad. Hacían repartos a domicilio, trasplantes e incluso te las cuidaban en vacaciones. Su perfil daba gusto: fotos armoniosas, plantas perfectas, ramos de flores inspiradores y una pareja joven y guapa hablando a cámara sin complejos. Más de cinco mil seguidores en tiempo récord, normal. Clicó en DÓNDE ESTAMOS. «Mierda, pero ¡si está a dos calles! Se los van a merendar».

Era curioso lo que le estaba pasando. Esto no iba con ella: ni era su negocio ni trabajaba allí. Es más, Iñaki hasta la había tratado mal. Y sin embargo, sintió una pena terrible por él y por su hija. Media vida dedicada a un negocio familiar que estaba abocado al fracaso si no le daban la vuelta como a un calcetín. La culpa era de él por no querer abrirse al cambio, pero ¿y si lo que Iñaki tenía era miedo? ¿Y si lo que quería evitar era enfrentarse a un posible fracaso? «Mira, en eso seríamos como dos gotas de agua», rio Cata. Esa bendita bombilla suya volvió a encenderse de nuevo. Abrió el grupo de Patatas y bravas:

> Holi, ¿alguna libre esta tarde?

> **Bego**
> Yo hasta las 7, que viene Pablo.

> **Vera**
> Yo si no me falla Leo, también.

> **Amaia**
> Yo tengo disponibilidad total, pero no me gusta que se pregunte algo así sin decir para qué. Lo mismo tu propuesta no me gusta y prefiero decir que tengo planes ;)

Amaia, tan directa como siempre.

> Necesito grabar unos vídeos sobre plantas y me vendría bien algo de ayuda. Si pudiéramos hacerlo en el patio sería perfecto.
> Como ya anochece pronto no os robaré mucho tiempo, lo prometo.

> **Bego**
> ¿Cojo herramientas y sustrato pues?

> Sí, por favor, todo lo que se te ocurra.
> Y el mandil también.

> **Bego**
> Pero si está hecho una porquería, hija.

> No importa, mejor así.

> **Vera**
> Yo también voy.

> **Amaia**
> Yo tampoco me lo pierdo. Pero seré de las que miran mientras el resto trabaja. El que avisa no es traidor.

> Os veo abajo en media hora.

Cata buscó vídeos de plantas en Instagram y apuntó tres ideas que podía hacer con lo que había en el patio. Eligió su look más jardinero y bajó para ir montando todos sus cacharros de grabación. En tiempo récord sus vecinas habían bajado con atrezo y sugerencias como para grabar las mejores escenas de *El jardín secreto*.

Tres horas después, tenía todo el material necesario para editar. Hacía tiempo que Cata no disfrutaba tanto. Bego le enseñó un montón de trucos para trasplantar plantas que no conocía; Amaia, como buena arquitecta, compuso las tomas perfectas moviendo las macetas de un sitio a otro para construir el telón de fondo más bonito; y Vera, para sorpresa de todas, sabía muchísimo de iluminación, de sonido y de cómo colocarse ante una cámara.

—Cata, por Dios, que pareces la acelga de mi nevera —le recriminaba todo el rato—. Haz el favor de estirar la espalda y ponerte un poco ladeada para dar mejor a cámara. Así. Y sonríe un poco más, que parece que te están clavando algo en el culo. Eso es.

En un primer momento a Cata le costó entender que para una sola frase necesitaran, quizá, veinte tomas. Al cabo de muchas repeticiones se sentía cómoda e incluso se permitía improvisar. Eso sí, no faltaron las tomas falsas ni los vaciles de Amaia. Se reían tanto que las lágrimas se les saltaban una y otra vez mientras daban palmas como un grupo de focas al sol en la playa.

—Chicas, os debo unas cañas como poco. Un millón de gracias por ayudarme.

—Ha sido maravilloso, hija, cuando quieras repetimos. Además, con la excusa vamos a dejar el patio mejor que nunca. Estoy deseando que me ayudéis a pintar las paredes. —Bego estaba entusiasmada.

—¿Qué piensas hacer con estos vídeos?

—Quiero editarlos y mandárselos a la hija de Iñaki.

—¿Con lo mal que te trató? Pues no lo entiendo —dijo Vera indignada.

—Lo sé y tienes razón, pero… he visto que han abierto una floristería preciosa dos calles más arriba que les va a quitar muchísima clientela. Me daría pena que por no hacer las cosas bien terminen cerrando.

—¿Y a ti qué más te da? Ni que trabajaras allí ya. Que se busquen la vida, ¿no?

A Cata le empezaba a costar encontrar argumentos para justificar su insistencia en ayudar a Iñaki.

—Es mi última bala, si con esto no consigo que me vuelvan a admitir, abandono.

—Yo sigo sin entender la perra que te ha dado con ese sitio, en serio.

—Pues a mí me parece un gesto precioso —Bego interrumpió el asedio—. Si les gusta y sale bien les estarás ayudando y tendrás un empleo, y si no, al menos lo habrás intentado. Por mí, brava.

Cata dedicó el resto de la tarde a editar los vídeos: puso los subtítulos, metió los efectos de sonido y de cámara, y los revisó varias veces. Miró la hora. «Son las ocho. Es tarde, pero aún no han cerrado. Allá que van».

Abrió su última conversación con Ana y escribió:

> Hola, Ana. Perdona las horas y sobre todo el atrevimiento, pero he visto que una nueva floristería ha abierto muy cerca de la vuestra. Sé que tu padre no quería nada de redes sociales, pero sinceramente pienso que si no hacéis algo puede que perdáis el negocio familiar que lleváis intentando mantener tanto tiempo. Me he tomado la libertad de hacer tres vídeos.

> Si os gustan podría hacer más. Con el tiempo podríamos dar también un repaso a la tienda, a los servicios… En fin, que no quiero adelantarme. Aquí te los dejo. Espero que no te moleste.

«La suerte está echada —pensó mientras bloqueaba el móvil—; si esto no funciona, me rindo».

15

Clases de pádel

Se asomó por la ventana. Nada. Otro día sin rastro de Jon. Es más, su strelitzia tenía una hoja marrón y ni siquiera se había dignado a cortarla. En vista de que había contestado tarde y con monosílabos a los últimos mensajes, Cata había decidido no escribirle más. Quizá le pasara algo. La gente tenía trabajos y una vida, no como ella. En un arrebato de desesperación decidió insistir.

> Hola, vecino. Tu planta pide a gritos que le cortes esa hoja fea. ¿Todo bien?

Dejó el móvil en la mesa y se dirigió a la despensa para coger sus pastillas. Luego se acomodó en el sofá. Por si Iñaki le daba una segunda oportunidad, pensó que lo mejor sería estudiar a la competencia para detectar los puntos de mejora. Había hecho una lista de las floristerías más inspiradoras de la ciudad para visitarlas en modo incógnito y tomar ideas para La Verbena. Ahora tocaba ubicarlas en la ciudad y trazar una ruta optimizada. Se disponía a abrir Google Maps cuando un wasap la sorprendió.

Amaia acababa de abrir un nuevo grupo: Clases de pádel.

Amaia
Hola, queridas. Como sabéis mañana es el cumple de Vera. Después del fiasco del día del ballet me gustaría hacerle un buen regalo.

¿Y vamos a regalarle unas clases de pádel?

Amaia
Espeeera. He pensado en hacerle un plan sorpresa para no darle opción a decir que no.

Bego
¿Ya habéis hecho las paces?

Amaia
Bueno, más o menos. Como Mateo sigue vivo no le ha quedado más remedio que volver a hablarme con relativa normalidad.
A ver si con esto se le termina de pasar.

Bego
¿Y qué tienes en mente? Porque odia las sorpresas.

Amaia
He pensado organizar una cena y luego coger un reservado en La Chica de Ayer.

> ¿Y no te parece una utopía que se preste a salir de juerga? ¿Y encima el día de su cumple? Si ya le cuesta quedar simplemente a comer…

Amaia
Ahí está la clave. He hablado con Leo para que se lleve a los niños al pueblo. Así estará sola y no tendrá excusa.
Y sí, sé que odia las sorpresas, pero en este caso el fin justifica los medios.
Le vendrá bien salir un poco de su cueva, aunque sea a la fuerza.

Bego
Me parece estupendo, hija, ¿reservas tú? ¿Necesitas que te ayudemos con algo?

Amaia
Os cuento el plan en detalle y nos repartimos las tareas.

> Cuenta conmigo.

Bego
Adelante.

Había que reconocer que Amaia era única. Podía ser directa, incisiva y hasta un poco desagradable a veces, pero a la vez era detallista, implicada y muy buena amiga. Les pasó un listado de lo que había que preparar para la sorpresa de Vera. Cata pidió encargarse del vestuario. Tenía muy estudiado el estilo de Vera y, como su plan era deambular por la ciudad de una floristería a otra, estaba segura de que encontraría la tienda perfecta para su misión.

Mientras se preparaba para salir de casa, Bryan Adams empezó a sonar a todo volumen. «Please Forgive Me», nada menos. Cata, convencida de que era un mensaje encubierto de Jon, se acercó ilusionada a la ventana de la cocina. Esperaba verlo sonriendo mientras colocaba un cartel en su planta. Pero nada más lejos de la realidad. La escena la dejó congelada: Jon hablaba con alguien. Parecía estar discutiendo, gesticulaba mucho e iba de un lado a otro de forma errática, como enfadado. Sobre la mesa, un bolso negro y una gabardina color avellana. Claramente estaba con una mujer.

«Ya está, tiene novia, por eso pasa de mí». Incrédula y decepcionada, Cata se quedó agazapada tras su monstera tratando de interpretar sus gestos. Jon negaba mucho con la cabeza y, aunque parecía molesto, a veces se le escapaba un gesto tierno y lleno de amor. La mujer no llegó a aparecer en la escena, debía de estar en el recibidor. Así permanecieron media hora más —que a Cata se le hizo eterna—, hasta que Jon desapareció en dirección al recibidor. Por un momento sintió el arrebato de salir corriendo y esconderse en la escalera para ver a la mujer, pero su parte adulta la frenó y le advirtió que, si quería saber algo, era mejor preguntarlo. Además, si la pillaban no tendría otra que irse a vivir a otro continente. Se encendió un cigarro y se quedó unos minutos pensando, sentada en el suelo de la cocina.

La verdad es que Cata nunca había sentido algo parecido. Su currículum amoroso era triste y más bien tirando a escaso. Toda su vida había tendido a fijarse en chicos que estaban fuera de su alcance. Empezando por los Backstreet Boys y acabando por el líder de los populares de su clase. Marco, que así se llamaba, llegó nuevo en cuarto de la ESO, y nada más verle en la puerta Cata sintió un flechazo. Ella y casi todas sus compañeras de curso, claro. Era alto, castaño, tenía los ojos verdes y una sonrisa absolutamente perfecta. Pero es que además era simpático y educado. En pocas semanas ya era uno más entre los populares y tras su primera fiesta en casa se convirtió en el rey. Por suerte para Cata, él había pasado un año en Estados Unidos y estaba bastante pez en algunas asignaturas. Como ella era muy buena alumna y la consideraban una buena influencia, antes de Navidad los sentaron juntos. Se hicieron amigos enseguida. En clase se pasaban las horas hablando y luego quedaban para estudiar. Marco le dejaba notitas sorpresa en los libros de texto y a veces hasta le grababa algún CD con sus canciones favoritas. Cata estaba en una nube. Podría decirse que estuvo todo el año creyendo que tenía novio. Él nunca la había besado, pero ella estaba convencida de que antes o después lo haría. Tanta complicidad, tantas risas y tanta charla no podían ser solo amistad. Todo cambió a final de curso. Marco organizó una fiesta en su piscina y la invitó. Cata aceptó la invitación no sin antes convencer a su amiga Celia. Ideó el mejor look para la fiesta y soñó con su primer beso, que sería a media noche y después de haber caído los dos a la piscina. Y sí, hubo beso. Y sí, fue en la piscina. Pero no fue con Cata, sino con Camila. La rubia despampanante de metro ochenta y piernas infinitas que llevaba rondándole todo el año. Y para mayor humillación de Cata, llevaban meses enrollándose en secreto.

Desde entonces, por muy evidentes que fueran las señales, Cata decidió no volver a hacerse ilusiones. Si un chico se le acercaba y se mostraba agradable y simpático durante más de diez minutos, ella buscaba una excusa para irse y desaparecer. El único que consiguió romper esa barrera fue Dani, uno de sus mejores amigos. Su relación empezó en la universidad y casi sin querer. Él, que estaba loco por ella, esperó un año hasta que por fin el chispazo surgió. El problema es que Cata nunca llegó a estar enamorada. Lo intentó y lo intentó con todas sus fuerzas. Sabía que era buena persona, inteligente y con un gran sentido del humor. Además, como era de buena familia, tenía la bendición de sus padres —que no era moco de pavo—. Pero no le provocaba nada en el estómago. Ni en el corazón. No se despertaba queriendo hablar con él ni soñaba con escaparse juntos. Nada con él era apasionado. Ni loco. Ni emocionante. Cuando le dejó sabía que probablemente estaba perdiendo al hombre perfecto en el imaginario de muchísimas mujeres. Le dio vértigo pensar que en un futuro tal vez se lamentaría, pero también creyó que era lo más justo y lo más coherente para con él y para con sus propios sentimientos. Años después podía afirmar tranquila que jamás se había arrepentido.

Dolida y resignada por haberse dejado embaucar una vez más, decidió cerrar el capítulo con «Me voy», de Julieta Venegas. La música sonaba a todo volumen, y ella se concedió un rato para llorar, lamentarse y fumar tres pitis más antes de terminar de arreglarse para salir a la calle a respirar aire fresco. Y mientras se lamía las heridas, una llamada le devolvió de golpe la esperanza: era Ana.

—¿Sí?

—Hola, Catalina, soy Iñaki, el dueño de La Verbena.

Cata pegó tal respingo que el cigarro cayó por el balcón.

—Hola, Iñaki, sí, dime.

—Ana me ha enseñado los vídeos, ¿los ha hecho usted?

—Sí, los he grabado y editado. Espero que no os haya ofen…

—Los trasplantes se pueden mejorar, hay algunas cosas que no están bien. ¿De flores también podría hacer algo?

—Claro. Habría que planificarlo, pero se pueden hacer vídeos de lo que queramos. Bueno, queráis.

—¿Y se encargaría usted de todo?

—Sí, de todo.

—Bien, pues en tal caso no me importaría que volviera. Pero nada de ramos, de eso me encargo yo. Y tampoco ofrezca nada que no podamos hacer. Ah, y seguirá encargándose de limpiar la tienda.

Cata dudó un momento antes de decir: «Perfecto, gracias». Si no ponía límites en ese momento, volvería a caer en la misma actitud sumisa que tantas alas parecía darle a aquel viejo tirano.

—Vale, pero yo también tengo condiciones. —«Dios mío, ¿acabo de decir eso?»—. De ahora en adelante me llamarás Cata y me hablarás de tú. Y me dejarás estar a tu lado cuando confecciones los ramos para que aprenda. Ah, y también me dejarás proponer cosas nuevas para estar a la altura de la competencia, aunque no te guste.

—¿Algo más, señorita?

—Pues... ahora que lo dices, sí. —Se estaba viniendo arriba—. Me gustaría que fueras más amable conmigo.

El silencio que siguió fue atronador. Por un momento Cata pensó que Iñaki había colgado.

—¿Sigues ahí?

Un gruñido sonó al otro lado.

—Me parece el colmo que venga con exigencias.

—Vengas —corrigió Cata.

—Vengas —bramó—. Pero Ana me ha insistido mucho, así que voy a darte una segunda oportunidad. El lunes en la tienda a las nueve y media.

—A las nueve. Tengo una idea para ese escaparate.

—Como quieras —replicó resignado—. Nos vemos el lunes.

—Vale, perfecto.

Colgó y respiró hondo, aliviada. Aún no sabía de dónde había sacado el valor para hablar así a Iñaki, pero lo había hecho y había funcionado. Y lo mejor de todo, se sentía fuerte y poderosa. Al final iba a ser verdad aquello de que por debajo de esa coraza dura y desagradable había una persona buena y comprensiva. «Cata 1, Iñaki 0», pensó triunfante. Un pequeño claro se acababa de abrir entre tanta nube densa y gris.

16

Plan de chicas

—¡Felicidades, *ama*! —Gala se abrazó a las piernas de Vera.
—Gracias, bombón —contestó y la cogió en brazos.
—Toma, Mateo y yo te hemos hecho este regalo. Bueno, yo más que Mateo. Porque soy mayor.
Gala le dio un dibujo. Parecía un monigote rubio con algo parecido a una falda negra.
—¡Qué bonito! Me encanta, mi amor, sois unos artistas.
—Eres tú bailando. —Gala, lista como era, sabía de sobra que su madre necesitaba una pista—. Estás guapísima.
—Pero ¡si nunca me habéis visto bailar! ¿Cómo tenéis tanta imaginación?
—Porque hemos visto fotos. *Ama*, ¿cuándo te vamos a ver bailar?
Leo apareció por detrás con Mateo.
—Yo sí que tuve la suerte de verla bailar. —Besó a Vera en la mejilla—. Felicidades, gorda.
Desde el encuentro con Silvia, Leo y Vera habían evitado a toda costa su reunión secreta con Matías. Los pocos ratos que pasaban a solas estaban demasiado cansados como para hablar del elefante rosa que había en la habitación. Ninguno de los dos tenía fuerzas para enfrentarse a esa discusión. Leo, aunque

sabía que ella echaba de menos bailar, era consciente de que un cambio laboral de ese calibre podría estropear el *statu quo* tan cómodo del que disfrutaba. Y Vera, cuya voz interna la seguía animando a que aceptara la propuesta, sabía que le dolería tanto que Leo no la apoyara que, como un acto de rebeldía, acabaría diciendo que sí.

—Venga, ¡vamos a desayunar, que hoy tenemos mucho que hacer! ¿Esta tarde zoo o parque?

Leo carraspeó.

—Esta tarde ni zoo ni parque.

—¿Cómo? Mira que ya te dije que no quiero saber nada del parque de atracciones ese. Además, en invierno da un mal rollo que no veas, parece el parque del terr…

El timbre de la puerta les sorprendió.

—Corre, vete a abrir.

Un mensajero traía una caja repleta de caprichos para desayunar: cruasanes, pulgas de jamón con tomate, zumos, napolitanas, fruta, tarros de mermelada de todos los sabores imaginables y una botella pequeña de aceite. También había una nota escrita a mano:

> Coge fuerzas porque a las ocho tienes una cita con nosotras. Ah, los bollos no son healthy, ya lo sabemos, pero se los puede comer Leo. A las ocho en el patio. Ponte muy guapa y no llegues tarde. En un rato tendrás otra sorpresa.

—¿Y esto?

—Madre mía, nos vamos a poner las botas. ¡Cómo se lo han currado! —exclamó Leo haciéndose el loco mientras vaciaba la caja.

—Leo, ¿qué es esto? ¿Tú lo sabías?

—Claro. Fui yo el que dio luz verde a la bollería. Ellas no se atrevían —contestó con la boca llena mientras compartía la napolitana con los niños.

—Ya sabes que no me gusta que hagáis planes por mí. Y no me parece bien cenar fuera el día de mi cumpleaños. Voy a decirles que gracias, pero que otro día.

—No vas a decirles nada, Vera. Están muy ilusionadas y con ganas de regalarte algo especial. Te vas a cenar con ellas y vas a darlo todo como hacías antes. Nosotros tenemos planes, así que no tienes de qué preocuparte.

—¿Planes? ¡¿Qué planes?!

—Si te lo dijera, tendría que matarte. —La besó en la frente—. Relájate y disfruta. Lo irás descubriendo a lo largo del día.

Vera se fue a la ducha mientras Leo y los niños devoraban su desayuno. «No me parece ni medio normal. ¿Qué clase de madre se va de juerga el día de su cumpleaños?».

Pasaron la mañana en el parque. Por primera vez en muchos días el sol calentaba con fuerza y las colas para montarse en el tobogán eran más largas que las del primer día de rebajas. Llegaron a casa a la hora de comer y Vera se dejó caer en el sofá. La noche había sido larga, y la mañana, agotadora.

Al rato, mientras los niños comían, el timbre sonó de nuevo: otra caja con otra nota escrita a mano:

> Hoy te espera un buen sitio, así que nada de vaqueros ni de zapatillas. Para que no tengas excusa hemos hecho los deberes por ti. Aquí va el vestido más parisino que hemos encontrado y unos tacones cómodos para que bailes como una verdadera patata brava. Ah, y no seas vaga y maquíllate un poco, que nos conocemos. Te recordamos que a las ocho te esperamos en el patio.

Vera suspiró. Miró el vestido y los zapatos. No sabía qué pensar.

—Todo esto no me está gustando. Leo, ¿por qué no has parado esta locura?

—Ya te lo he dicho, están ilusionadas y creo que te va a venir genial. Necesitas salir, Vera. —Leo se levantó a recoger la mesa—. Venga, vete a dormir un rato, te vendrá bien para estar despejada esta noche.

—Dormir, dice, ¿has abierto los cajones? A Gala no le quedan ni bragas limpias.

—Yo me encargo, de verdad, vete a descansar.

Estaba tan cansada que por una vez decidió dejarse cuidar. Se puso el camisón y se metió en la cama con las contraventanas cerradas. Si iba a ser su primera siesta en años, al menos que fuera una de «pijama y orinal», como decía su madre.

Cuando abrió los ojos se sobresaltó. ¿Cuánto tiempo llevaba dormida? Encendió la pantalla del móvil. «Dios mío, las seis de la tarde, me duele hasta la cabeza. Pero ¿por qué no se oye nada?». Se levantó de un salto y se fue al salón en busca de los niños. Nada. La cocina, nada. Su cuarto, nada. Volvió a la cocina, había una nota en la nevera:

> Nos hemos ido al pueblo con mis padres para que hoy disfrutes sin prisa. Sal y diviértete, por favor. Te queremos.

La cabeza de Vera empezó a maquinar a toda velocidad. ¿Cómo había podido llevarse a los niños sin avisar? ¿Qué pensarían ellos de irse fuera el día del cumpleaños de su madre? ¿De verdad tenía la tarde libre? ¿Y qué iba a hacer? ¿Se habría llevado Leo todo lo necesario? Seguro que había olvidado coger ropa de abrigo y el Apiretal, por si acaso. Un wasap sonó desde la habitación.

> **Amaia**
> Te recordamos que a las ocho debes estar en el patio.
> Quedan dos horas.

> Te hemos cogido hora para la manicura en el mercado en 20 minutos.
> Te da tiempo de sobra. Luego nos vemos.

«Qué manía con organizarme la vida, joder».

A las ocho en punto Vera bajó al patio como un brazo de mar. Cata se había esforzado por encontrar el vestido perfecto para ella: tenía un aire romántico y despreocupado que encajaba a la perfección con su estilo. También dejaba ver sus infinitas y elegantes piernas cubiertas por unas finas medias de lunares que solo ella podía lucir así. Los tacones eran discretos pero coquetos. Se había pintado los labios de rojo y llevaba un moño alto y un poco despeinado que remataba ese aire tan francés y encantador.

—Madre mía, Vera, ¡estás espectacular! —exclamó Amaia con asombro.

—Gracias —contestó avergonzada.

—Que sepáis que hoy me voy a beber hasta el agua de los floreros. Llevo meses sin salir —dijo Cata emocionada.

—¡¿Cómo que salir?! —preguntó Vera—. Pero ¿no íbamos a cenar?

—No vendamos la piel del oso antes de cazarlo. Venga, vámonos. —Bego la agarró del brazo—. Que no lleguemos tarde.

Cenaron en el Yellow, que había abierto hacía poco y, por tanto, era el restaurante más solicitado de la ciudad. Habían conseguido la reserva porque Amaia había diseñado y gestionado toda la reforma del local. Los dueños, encantados y muy agradecidos con su trabajo, le hicieron un hueco para cuatro de mil amores. La cena fue divertidísima. Y Vera, que al principio estaba tensa y un poco desconectada, con el paso de los platos y las copas de vino se fue relajando tanto que incluso parecía disfrutar de su homenaje. Cuando llegaron al postre ya estaban tan animadas que las confesiones más sinceras no tardaron en adueñarse de la charla.

—Oye, ¿y tú? ¿Qué ha pasado con el vecino cañón? Porque llevas demasiado tiempo sin hablar de él...

—Pues eso me gustaría saber a mí. Hay algo turbio ahí que no me está gustando nada. Cuando nos conocimos todo iba bien, ya sabéis: cartelitos, wasaps, conversaciones en el rellano..., y de un día para otro desapareció. Me contestaba poco y cuando lo hacía era con monosílabos.

—Me parece rarísimo, Cata. Cuando parece que hay *feeling*... normalmente es porque lo hay.

—¿Y no le has preguntado qué coño le pasa? —Amaia, al grano como siempre.

—No. Creo que todo ha sido una película de fantasía producida y dirigida por mi cabeza. Además, hace unos días...
—Cata hizo una pausa dramática, le daba pudor confesar su momento cotilla tras el visillo.

—Hace unos díaaas... —Vera empezaba a estar muy desinhibida—. Desembucha.

—Pues que sin querer..., bueno, o queriendo un poco, le vi desde mi ventana. Estaba con alguien en la cocina. Él gesticulaba mucho, parecía que estaban discutiendo.

—¿Con un hombre o una mujer?

—Con una mujer, sobre la mesa había un bolso y un abrigo que parecía de chica.

—Bueno, eso no quiere decir nada —dijo Bego—. ¿O les viste en actitud cariñosa?

—Supongo que crees que es su ex, ¿no? —preguntó Amaia.

—Sí. Su ex o su amante o la madre de su hijo secreto, pero ahí pasa algo. Bueno, hay más. Semanas antes, en una de nuestras conversaciones en el rellano, recibió una llamada superrara. Al principio no le di ninguna importancia, pero viendo lo que ha pasado después... ¿No creéis que tiene mala pinta?

—La tiene —dijo Vera mientras se terminaba el brownie.

—Qué mal rollo —sentenció Amaia—. Yo le llamaría directamente para saber la verdad. Si es algo turbio te ayudará a pasar página y si ha sido un malentendido podréis reconciliaros como Dios manda: en la cama.

Todas rieron.

—Oye, ¿y tú? ¿Qué ha pasado con Mario? —preguntó Vera.

—Mira que si le has dado puerta yo puedo consolarle —propuso Cata en tono jocoso.

Al escuchar su nombre, Amaia sintió un pinchazo en el estómago. Jamás reconocería en voz alta que le echaba muchísimo de menos. Todos los días se levantaba con la firme idea de llamarle para arreglar las cosas y contarle lo de su embarazo, pero cuando lo pensaba fríamente su cuerpo se paralizaba. Temía que Mario se ilusionara con la noticia y que aquello condicionara la decisión que tomara.

—Ya no hay nada. En breve dejará el estudio y no volveré a verle. Y Cata, te doy vía libre para consolarle, pero, por favor, no lo hagas en casa. No me gustaría encontrarme con él en el rellano —dijo tratando de quitar hierro al asunto.

—¿Otra de vino? —preguntó Vera.

—Yo prefiero cerveza. Voy al baño y pido, que si no van a tardar otra eternidad.

Amaia llevaba toda la cena haciendo malabares para esconder su nueva realidad: nada de vino, cerveza o sidra. Tampoco copas. Con la excusa de ir al baño, pedir más servilletas o una ración extra de croquetas se las había ingeniado para pedir siempre en la barra. La cerveza 00 era idéntica a la normal, así que en el vaso no levantaba sospechas. Para las copas también tenía un plan: tónica con una rodajita de limón, pero de nuevo era indispensable pedir en la barra y llevarlo todo servido. Se sentía de lo más egoísta y superficial por pensar que si seguía adelante con el embarazo tendría que renunciar a sus queridos vinos y a sus cañas. Otro puntito más en contra. Una parte de ella le pedía a gritos que compartiera su dilema con las chicas, pero prefería esperar a una vez tomada la decisión.

—¿No veis un poco rara a Amaia? Está como apagada —preguntó Vera preocupada.

—O igual piensa que sigues enfadada después del accidente de Mateo —apuntó Cata.

—Ya no estoy enfadada. Me disgusté muchísimo, pero ya se me ha pasado, y ella lo sabe. Tiene que ser otra cosa.

—No le pasa nada, no seáis paranoicas. En todo caso echa un poquito de menos al chico ese de su trabajo. Aunque lo parezca no es de piedra —contestó Bego pensativa.

Tras el postre llegaron los chupitos y las copas. Cata cumplió su promesa y se desató. Y hasta contagió a Vera, que por fin se había olvidado de sus hijos, de Leo y de la montaña de ropa sucia de su casa.

—Oye, nunca nos lo has contado. ¿Por qué te dio por venir de Madrid?

—Eso, porque no fue por un trabajo, tampoco por amor… Solo se me ocurre que estés huyendo de algo —apuntó Amaia intrigada.

Cata se quedó pensativa. Revivir otra vez la historia le daba muchísima pereza, pero necesitaba soltar lastre. Además, ocultarles sus verdaderas motivaciones cada vez le resultaba más difícil. Después de tanto vino y sabiéndose en zona segura, Cata lo contó todo. Habló de su familia y de lo desubicada que se había sentido siempre. Que antes de fallecer su padre a ella le diagnosticaron los primeros síntomas de retinosis pigmentaria, una enfermedad ocular degenerativa.

—Ay, pobre —dijo Vera asustada—, ¿y has venido aquí para algún tratamiento?

—No, la enfermedad no tiene cura. Lo importante vino después. Los médicos quisieron hacer un historial familiar para analizar el tipo de transmisión de mi retinosis. Lo normal es que la tuvieran o mi padre o mi madre, pero resultó que no. Mi madre me quiso convencer de que sería una mutación espontánea, pero a mí me olía a chamusquina, así que empecé a investigar y...

—¡No me jodas! —gritó Amaia, que ya estaba atando cabos.
—No entiendo nada.
—Pues que no soy hija de mi padre. Vaya, del que pensaba que era mi padre. Mi madre tuvo una aventura.
—Estoy flipando lo más grande —dijo Vera con los ojos como platos—, pero sigo sin entender qué haces aquí.
—Pues buscar a su verdadero padre —contestó Amaia, mucho más lúcida.
—Eso es. Conseguí que mi madre me diera un nombre y una ciudad. Y por eso me vine aquí.
—¿Y tu familia? ¿Qué opina?
—No están muy de acuerdo. Han intentado convencerme de que vuelva, pero... —Cata se vio obligada a parar para no emocionarse—, pero ya les he dicho que no lo voy a hacer hasta que no sepa quién es.
—Hija, una cosa. —Bego puso una mano sobre la de Cata—. Estoy segura de que habrás sufrido muchísimo, pero ¿seguro que es buen momento para alejarte de tu familia? Ellos también lo estarán pasando mal, especialmente tu madre. Reconocer algo tan duro después de tantos años...

Cata se quedó pensativa de nuevo. Se tragó su dolor y lo escupió en forma de rencor.

—Que se lo hubiera pensado mejor antes de tenernos a todos engañados. Mi verdadero padre no sabe que tiene otra hija dando vueltas por el mundo, ¿a ti te parece normal?

Aquella frase fue un dardazo —involuntario, eso sí— para Amaia.

Las chicas seguían atentas el relato de Cata. Le preguntaron si ya tenía alguna pista fiable de la que tirar. Ella les habló de Iñaki y de su empeño por seguir trabajando en la floristería.

—Pero no sabes si es él, ¿no?

—Todavía no, pero por ahora estar en la tienda es la única manera de confirmar o desmentir si es mi padre. Si no lo es tendré que buscar al siguiente candidato. Prefiero no pensarlo porque sería volver a empezar prácticamente de cero. Con lo que me costó dar con alguien que encajara...

—Y si es él..., ¿qué piensas hacer? ¿Se lo vas a decir?

—Aún no lo sé, cuando llegue ese río ya lo cruzaré. Bueno, qué, ¿nos vamos a echar unos bailes? Ya he pensado suficiente por hoy. Necesito saltar un poco.

—Apoyo la moción. Venga, pido la cuenta y una última ronda de chupitos, y nos vamos —dijo Vera, que se levantó con torpeza de la mesa.

En cuanto llegaron a la discoteca Cata y Vera saltaron a la pista de baile. Amaia necesitaba sentarse y descansar de tanta cerveza 00. Estaba tan hinchada que pensaba que, de pincharla, saldría volando hacia el techo como un globo de cumpleaños. Bego, que se sentía un poco fuera de lugar, también prefirió refugiarse con ella en una zona tranquila y lejos del bullicio de los treintañeros.

—¿Ya sabes lo que vas a hacer? —Bego le cogió la mano a Amaia.

—¿Qué voy a hacer de qué?

—Hija, no hace falta que disimules conmigo. No has bebido alcohol en toda la noche, llevas semanas con ojeras y tienes el pecho que no te cabe en la camiseta. No hace falta ser muy lista para darse cuenta.

Amaia respiró hondo. Nunca había sentido una sensación de alivio tan inmensa. Sus dudas, sus miedos, sus inseguridades. Todo lo que se había echado a la espalda en silencio empezó a brotar por sus ojos en forma de lágrimas. No había sido consciente de cuánto necesitaba hablar del tema.

—Si no quieres contármelo no pasa nada, no tienes ninguna obligación. Solo quiero que sepas que hagas lo que hagas no hace falta que pases por esto sola.

—Es que no sé qué hacer, Bego. —Amaia se derrumbó—. Por momentos pienso que quiero a este bebé. Además, no sé por qué, pero estoy convencida de que es una niña preciosa. Pero es que tengo miedo, muchísimo miedo. No sé si voy a ser capaz, te recuerdo que en una tarde casi mato a Mateo. Creo que no sería una buena madre. Y por otro lado mira a Vera: todo el día de mal humor y cansada. No tiene vida, y eso que tiene un padre. Yo encima estaría sola.

—Amaia, cariño. Por supuesto que eres capaz y por supuesto que serías la mejor madre posible para tu bebé, de eso no tengas ninguna duda. Y sí, estarás cansada y, sí, vas a tener que renunciar a muchísimas cosas, pero aquí vas a tener a tus amigas para ayudarte, no vas a estar sola. Decidas lo que decidas te apoyaré siempre, pero no te pongas límites. Si sientes que quieres tenerlo, adelante —dijo tocando su tripa.

Un escalofrío recorrió la espalda de Amaia.

—¿Sabes quién es el padre?

—Mario.

—¿Y no piensas hablar con él?

—Lo he pensado muchas veces, pero me da pánico que se ponga pesado con tenerlo, con volver a mi vida…

—Tiene derecho a saberlo, Amaia, decidas lo que decidas. Mira lo que nos ha contado Cata. Hay secretos que pueden hacer mucho daño y, por suerte o por desgracia, siempre acaban saliendo a flote, como el aceite.

—Lo sé.

Entonces Cata interrumpió la conversación. Llegó cantando como una loca con una copa en la mano. Como el volumen de la música estaba subiendo, tuvieron que elevar el tono de voz.

—¿Y Vera? ¿La has dejado sola?

—Ha ido al baño, pero debe de haber mucha cola porque está tardando muchísimo. Menudos temazos están poniendo, y eso que no me sé ni la mitad.

—Cómo está disfrutando, qué buena idea tuviste, Amaia.

—Es que encima no estáis viendo el éxito que tiene. Es tan guapa y baila tan bien que se le acercan todos los tíos. Yo en cambio invisible para ellos, como no podía ser de otra manera.

—¿Y ella qué ha hecho? Porque no me la imagino tonteando...

—Pues te sorprenderías. Se ha venido muy arriba moviendo las caderas. Creo que hay una parte de ella que no conocíamos.

Un buen rato después Vera apareció muy sonriente. Había conocido unas chicas de lo más entretenidas en la cola al baño.

La noche transcurrió entre bailes y alcohol. Cuando los pies ya no soportaron más los tacones, era el momento de volver a casa.

Tumbada ya en la cama, Cata miró el móvil por enésima vez. Sin noticias de Jon. Con más ginebra que sangre en las venas, hizo lo inevitable. Lo que sabía que después desearía no haber hecho. «Una última oportunidad y, si no, me abro un perfil de Tinder», pensó.

> No sé nada de ti desde hace muchos días.
> Si no te gusto preferiría que fueras claro.
> Podré soportarlo.

«¿Estoy siendo muy borde? Le hablaré en nuestro idioma». Borró el mensaje y buscó el link de «Stand by Me» de Oasis, y lo copió en WhatsApp.

«Mañana me voy a arrepentir», se lamentó mientras cerraba los ojos aún con el móvil en la mano.

Vera se sentó en el sofá con una botella de agua en la mano: beber dos litros antes de dormir siempre había sido su arma secreta antirresaca. Estaba tan feliz que pareciera que el corazón se le iba a salir del pecho. Por primera vez en muchos años había vuelto a verse joven, guapa, sexy. Y vista por muchos hombres. Especialmente por un chico joven y guapísimo que la había seguido hasta el baño. Durante unas horas había dejado de ser Vera madre para ser Vera mujer. «Joder, qué maravilla», pensó. Se había sentido libre, poderosa, plena. Las palabras de Silvia resonaron en su cabeza: «Si te organizas bien nada es imposible».

Entrecerró los ojos para enfocar la pantalla del móvil y escribió:

> Me echo de menos.
> Si aún estoy a tiempo iré a verte el martes a donde me digas.
> Gracias por rescatarme de mí misma.

Y con la decisión tomada se quedó dormida en el sofá con la botella de agua a medias en la mano.

Amaia no había bebido. Tampoco había bailado. Pero estaba muerta de sueño. Quitó el despertador y abrió el WhatsApp.

> Gracias. Te quiero, Bego.

Bego, pese a estar despierta a unas horas demasiado intempestivas para ella, dejó preparada la mesa del desayuno y la cafetera y la ropa cuidadosamente doblada en la silla para lavarla al día siguiente. Agotada, se metió en la cama y, como todas las noches, cogió la foto de Vicente de su mesilla para besarla y darle las buenas noches. Al lado estaba su pequeño calendario de sobremesa en el que apuntaba sus compromisos. Casi todos los días que quedaban de noviembre estaban tachados. Cuando no era para cuidar a Pablo, era para llevar a vacunar a Jimena o recoger del colegio a Mónica. Le encantaba pasar tiempo con sus hijos y sus nietos. También con las chicas, por supuesto. Pero empezaba a echar demasiado de menos sus tardes de partidas de continental y de cine para jubiladas con sus amigas de Vitoria. «Bueno, diciembre está a la vuelta de la esquina», pensó tratando de recuperar el ánimo. Justo antes de cerrar los ojos, recordó que había dejado el móvil encendido. No le gustaba nada dormir con ese «cacharro desprendiendo ondas toda la noche». Contrariada, se levantó a buscar su bolso y, al cogerlo, una sonrisa se le dibujó en el rostro.

> Y yo a ti, hija. Descansa.

17

«Dancing Queen»

A las nueve en punto Cata estaba esperando en el exterior de La Verbena. La reja estaba levantada, pero la puerta parecía cerrada con llave. Diez minutos después, extrañada, llamó al timbre. Iñaki salió de la trastienda con cara de cansancio, ¿o más bien de preocupación?

—Perdone, Cata. Estaba revisando facturas. ¿Qué lleva ahí?

—Te dije que tenía algunas ideas para el escaparate, así que he comprado lo que necesito.

—¿Y piensa que se lo voy a pagar yo?

—No te preocupes, esto corre de mi cuenta. Y, por favor, te recuerdo que nos íbamos a tutear.

—Pase. Digo, pasa. Voy a seguir con las facturas antes de abrir al público. Haz lo que tengas que hacer.

Había visto muchas imágenes en Pinterest y había llegado a la conclusión de que, en lugar de intentar modernizar el local, lo mejor era potenciar ese aire anticuado que despedía y convertirlo en espacio con encanto. Aprovechando el mercadillo de antigüedades del domingo había comprado vajilla y accesorios para llenarlos de pequeñas plantas y de flores. Se había puesto los auriculares con música indie y estaba tan entretenida colocando cada detalle que no se percató de que Ana había entrado y se había dirigido a la trastienda. En el silencio entre una canción y otra escuchó voces tras el mostrador.

—*Aita*, yo de finanzas sé poco, pero sé sumar. Digas lo que digas, si entra menos dinero del que sale, tenemos un problema.

—Que no te preocupes, hija, de verdad. Ya lo arreglaré. Saldremos adelante.

Cata sintió una profunda lástima.

—Hola, Ana, no te había oído llegar —le dijo cuando esta salió de la trastienda.

—No te preocupes. Te he visto tan enfrascada en lo tuyo que no he querido interrumpir. Que sepas que me encanta el aire que le estás dando. Muchas gracias por darnos esta segunda oportunidad.

—Bueno, en realidad me la estáis dando vosotros a mí —contestó en tono amigable.

—El negocio no va bien. No te cortes en proponer todo lo que consideres. Y si ves que mi *aita* está reticente me lo dices directamente a mí. Aún le cuesta entender que el mundo está cambiando y que nosotros deberíamos hacerlo también.

—No te preocupes, he estado buscando información y tengo muchas ideas, pero creo que es mejor ir poco a poco. Si le contara a Iñaki todos mis planes de golpe me volvería a echar ahora mismo.

Las dos soltaron una carcajada que resultó ser de lo más terapéutica.

—No sabes lo que agradezco tu implicación y tu paciencia. Ojalá todo vaya bien y podamos pagarte mejor muy pronto.

—Todo llegará. Yo también tengo que aprender. Y no te preocupes, ya verás como lo sacamos adelante.

Ana se abalanzó sobre Cata y la abrazó con fuerza. La sorpresa fue tal que Cata tardó unos segundos en devolvérselo. El sentimiento fue tan sincero y familiar que por un momento sintió que era su hermana de verdad.

La mañana transcurrió bastante tranquila: lo bueno de los lunes es que son días de poca afluencia. Cata atendió a los pocos clientes que llegaban interesados por plantas. Si tocaba hacer un ramo, dejaba todo lo que estaba haciendo para grabar lo que hacía Iñaki; prestaba atención a cada detalle. Le sorprendió mucho ver que tras esa apariencia tosca y anticuada hubiera un artista con gran sensibilidad, capaz de componer ramos delicados y perfectamente equilibrados.

En los ratos muertos aprovechó para limpiar la tienda y los jarrones. Tuvo tiempo también de repasar el catálogo de las plantas disponibles. De lo que había visto en Instagram ellos tenían más bien poco. Realizó un listado de las plantas que quería pedir a los proveedores y estudió la web de la competencia para comparar y ajustar precios. Quería contárselo a Iñaki, pero temía su reacción. Habían interactuado más bien poco, y eso se traducía en un ambiente de paz que no quería estropear.

Cata carraspeó.

—¿Quieres algo? —preguntó Iñaki mientras terminaba un encargo.

—¿Podría hacer un pedido de plantas a tus proveedores?

—¿Más plantas? ¿No te parece que tenemos suficientes?

—Tenemos pothos y geranios para una boda, que está fenomenal, no me malinterpretes —se apresuró a aclarar—, pero he visto que ahora se llevan más géneros. Si queremos competir con los bazares y la tienda nueva tenemos que tener más variedad.

—¿Y cómo de caras son esas plantas pues?

—No lo sé, nos tendrán que dar precios y nos fijaremos en los de la competencia para marcar los nuestros.

—Ah, claro, y si la competencia las regala, ¿nosotros también?

—Bueno, no hay que adelantarse, ¿no? Si me dejas los contactos pido precios y ya veremos a cuánto podemos venderlas. —Cata se dio cuenta de que había dado demasiada información de golpe.

—Bueno, luego te los doy, ahora vamos a cerrar para comer. Con que vengas a las cinco es suficiente.

Carraspeó de nuevo.

—Qué pasa ahora. —Iñaki, desesperado, miró a Cata con desdén.

—Pues que he mirado el horario de la competencia.

—Y dale Perico al torno con la competencia. Que me importa un carajo la competencia.

—Pues debería. Piénsalo bien: en este barrio hay muchísima gente que descansa en la hora de la comida. Si quieren comprar algo y nosotros estamos cerrados lo lógico es que se vayan a otras tiendas que sí que abren. He mirado su horario y no cierran a mediodía.

—¿Y qué se supone que tenemos que hacer? ¿Comer aquí en el mostrador?

Cata tragó saliva.

—Había pensado que podría quedarme yo. Por ahora puedo estar de nueve a cinco y cuando vengas tú me voy. Y si algún día hay mucha más gente y tengo que ayudar me puedo quedar hasta el cierre sin problemas.

Iñaki se quedó pensativo. Buscaba argumentos en contra de esa nueva iniciativa, pero no encontraba ninguno convincente.

—Al menos déjame probar esta semana. Si estoy equivocada y no viene nadie a mediodía, volvemos al horario habitual.

—Vale. Pero haz el favor de no meter la pata. No quiero que me obligues a quedarme vigilando en mi ratito de siesta. ¿Serás capaz?

—Lo seré, prometido.

—Y si no sabes hacer un ramo, apuntas la dirección y lo que quiere el cliente, y lo hago yo al volver y lo enviamos a domicilio. Nada de bravuconadas, ¿estamos?

—Estamos —afirmó Cata sin poder esconder una sonrisilla de triunfo.

—Bueno, pues me voy, la dejo al mando... Te dejo —corrigió.

Cata respiró hondo y miró a su alrededor: había mucho por hacer, pero por primera vez en mucho tiempo estaba realmente motivada. Quedarse unas horas sin la mirada inquisidora de Iñaki le daría algo de espacio para pensar con claridad. Además, si todo iba bien evitaría salir de noche en los meses de invierno; la oscuridad cada vez le hacía sentir más insegura. Fue a por una radio vieja que había visto en la trastienda y puso música de fondo para crear un ambiente más acogedor. Sacó su cuaderno y comenzó a apuntar todas sus ideas para después clasificarlas por orden de prioridad y también por facilidad de implementación (o lo que era lo mismo, por facilidad para convencer a Iñaki de llevarlas a cabo).

Su intuición no le falló: en esas primeras horas de la tarde entraron varias personas, la mayoría entre los treinta y los cuarenta años.

—¿Lleváis mucho tiempo abiertos? —preguntó una chica mientras Cata le empaquetaba un ciclamen.

—Podría decirse que toda la vida —contestó concentrada en el envoltorio—, pero antes cerrábamos a mediodía.

—Qué bueno saberlo, porque yo solo puedo venir a hacer recados en la hora de comer.

«Cata 1, Iñaki 0», pensó orgullosa de haber acertado.

Cuando Iñaki volvió de su descanso, ella estaba terminando de ordenar el mostrador. Los tíquets en su sitio, la tierra en la basura y el papel kraft y los cordones de yute escondidos bajo la mesa.

—¿Cómo ha ido tu experimento?

—Pues mira, esto es lo que hemos vendido en este rato y te he dejado apuntados tres encargos de ramos para llevar a domicilio entre hoy y mañana.

Iñaki se quedó mirando en silencio el taco de tíquets de venta. Como era de esperar, no articuló palabra, pero en sus ojos podía apreciarse una sutil expresión de aprobación.

—Vale, puedes irte ya entonces. Según lo pactado es tu hora.

—He visto tres plantas en mal estado. Las guardo para que no den mala impresión y me voy.

Aquella tarde la campanilla de la puerta pareció emitir un tono triunfal. Cata salió de la tienda pletórica: había pasado un buen día y por fin había demostrado que tenía buenas ideas.

Al llegar a casa se encontró con Bego en el portón. Perseguía a su nieto, que corría sin control por las escaleras.

—Pablo, ¡que te vas a matar! —gritó tratando de cogerle del brazo.

—Hola, Bego. ¿Tú no te ibas esta semana a Vitoria a ver a tus amigas?

—Me iba, sí, pero me necesitaba mi hijo. Últimos coletazos del divorcio si Dios quiere. En cuanto pueda me iré.

—Pero, en serio, ¿no tienen una alternativa que no seas tú? —Cata empezaba a estar molesta con aquella especie de esclavitud moderna, no entendía que Bego a su edad no pudiera tener más libertad—. Una cosa es ayudar y otra no tener vida propia.

—¿Te vienes al Loyola a comer churros con Pablo y conmigo? Yo te invito. —Claramente su amiga quería evitar el tema. Su nieto estaba a punto de tirarse a la ría, así que no era momento de tener esa conversación.

—Pues me encantaría, pero he grabado unos vídeos en La Verbena y me gustaría editarlos antes de cenar. Otro día os acompaño.

—Por lo que dices, ¿debo entender que hoy ha ido todo bien por fin?

—Mejor que el primer día. Que no era difícil ya lo sé, pero parece que Iñaki poco a poco empieza a confiar en mí.

—¿Y tienes alguna pista nueva sobre…, ya sabes, lo tuyo?

—No, aún no, pero al menos sigo ahí, que es lo importante.

—Me alegro, hija. Me voy antes de que Pablo acabe en el hospital. ¿Nos vemos esta semana o trabajas todos los días?

—Trabajo toda la semana, pero seguro que encontramos un hueco. Os escribo.

Se despidió de abuela y nieto, y cruzó el portón de entrada. Al subir las escaleras paró frente a la puerta de Jon y suspiró. Sus vergonzosos wasaps de borrachera no habían obtenido respuesta. ¿Qué había hecho tan mal para que no quisiera saber nada de ella? ¿Y si llamaba al timbre? «No seas tan arrastrada, Cata», pensó. Antes de que pudiera retomar las escaleras hacia el tercero la puerta de Jon se abrió. Una chica rubia de piernas infinitas salía entre risas mientras él la despedía con el pelo alborotado y ropa de estar por casa. «¡Mierda! —Cata se quería morir—. Quién tuviera un traslador para desaparecer».

—Hola —dijo la chica rubia al percatarse de la presencia de Cata.

—Hola, Cata —dijo Jon con el rostro serio—. ¿Necesitas algo?

—Hola, no. Hasta luego.

Abochornada, acometió las escaleras intentando aparentar cuanta normalidad e indiferencia le fue posible. Subir andando con calma y con la cabeza bien alta fue todo un reto cuando el corazón le pedía salir corriendo y esconderse hecha una bola debajo del edredón para llorar a escondidas. Solo tenía que subir un piso, pero se le hizo más duro que ascender a la cumbre del Everest. Cerró la puerta y se sentó en el suelo con el abrigo todavía puesto. Se sentía triste, humillada, ninguneada. Jon, el hombre que la había hecho soñar, ahora le decía que todo había sido una broma cruel. Como ignorar sus mensajes y desaparecer de la faz de la tierra no habían sido señales lo suficientemente claras para Cata, pasó al plan B: meter modelos en casa para demostrar que tenía cosas mucho mejores que hacer que dejarle cartelitos a ella en una planta de mierda. Y lo peor era que su voz interior le decía que Jon era una buena persona a la que había dejado escapar. «Forcé demasiado mi cuento de hadas —se lamentó—. Ni yo soy Anne Hathaway, ni él Jim Sturgess, ni nos íbamos a ver siempre el mismo día hasta que yo me decidiera».

Aún aturdida, se quitó el abrigo, se secó las lágrimas y se acercó a la cocina para fumarse un cigarro. La planta de Jon ya no solo tenía una hoja en mal estado: alguna más empezaba a mostrar signos de abandono. Aquella strelitzia terminaría en la basura. «Necesito hablar con alguien a quien le importen una mierda los hombres», pensó. Miró hacia la ventana de Amaia: la cocina estaba vacía.

> Amaia, ¿estás en casa?

> No, estoy en el estudio, ¿pues? ¿Necesitas algo?

> Acabo de ver a una rubia de infarto salir de casa de Jon mientras miraba embobada su puerta. Doy mucha pena, ¿verdad?

> Un poco, no te voy a engañar. Pero tú no necesitas a nadie, Cata, ahora tienes una misión mucho más importante. ¿Necesitas hablar? ¿Dónde estás?

> Necesito hablar. Estoy en casa escondida, no pienso salir de aquí en 6 o 7 años.

Dame media hora y voy a verte. Vas a salir de casa hoy mismo. Ah, y ponte guapa. Bueno, o arréglate la cara al menos, nada de ojos hinchados como pelotas.

18

Una madre maravillosa

Dejó preparados los calendarios de Adviento y se dirigió al salón. Leo estaba tirado en el sofá, abducido por la narración de las mejores jugadas de pádel de no sé qué torneo internacional que se acababa de jugar en Madrid. Vera carraspeó, necesitaba su atención.

—Dime, gorda. —Pero no apartó la vista del vídeo—. ¿Te vas ya?

Le había pedido un rato libre de niños por la tarde, pero lo que no le había dicho era el motivo. Terminarían discutiendo y no había tenido fuerzas —ni ganas— de enfrentarse en aquel momento.

—En un rato. —Volvió a carraspear—. Lo que no te he dicho es adónde voy.

—Con las chicas, ¿no?

—Eh..., no, he quedado con Matías.

Leo levantó la vista de la pantalla; por fin había conseguido captar su atención.

—¿Con Matías? ¿Un sábado?

—Es el único rato que hemos encontrado. O él no podía, o yo tenía clase, o a los niños...

—¿Entonces es cierto? ¿Vas a volver a bailar?

—No exactamente. Hace un par de meses me propuso gestionar la actividad de una pequeña sala que ha comprado en el centro.

—Sí, que me enteré por tu antigua compañera…

—Eso. —Carraspeó de nuevo—. Bueno, pues he decidido aceptar la oferta.

Un silencio incómodo se apoderó del salón. Vera sabía perfectamente lo que estaba pensando Leo, pero por una vez quería obligarle a verbalizarlo. Si iba a tener el cuajo de decirle que no le parecía bien, al menos que fuera valiente y le explicara sus motivos a la cara. El problema era que su marido era cinturón negro en el arte de manejar los silencios, así que, tras fingir indiferencia y contar hasta cien, no tuvo más remedio que dar el primer paso hacia lo inevitable.

—¿Y bien? ¿No vas a decirme nada?

—Qué quieres que te diga. Tú ya has tomado la decisión, ¿no? Supongo que habrás tenido en cuenta los pros y los contras.

A Vera le empezaba a molestar su actitud.

—Pros todos. Si quieres ayudarme con los contras estaré encantada de escucharte. No sé, puede que se me haya pasado alguno.

—Yo creo que ya los sabes. Cuando decidiste cambiar el baile por las clases de inglés fue para conciliar mejor. Si vas a volver a ese mundo…, luego no te quejes si ves poco a los niños o si te sientes culpable.

—Bueno, también estás tú, ¿no? Si se quedan con su padre no tengo por qué sentirme tan culpable. Además, se trata de coordinar la actividad de una pequeña sala, no voy a necesitar irme de gira ni quedarme doce horas encerrada en un despacho.

—Ya sabes que yo tengo mucho trabajo, Vera. Ayer sin ir más lejos me acosté a las dos de la madrugada terminando unos informes.

«Si te hubieras ahorrado tu partido de fútbol de las seis y la caña de después...», pensó furiosa.

—De todas formas, si es lo que quieres y te va a hacer feliz, por mí adelante. Lo único que te pido es que si un día no cenan brócoli o les falta algo importante en la mochila del cole no te enfades. Si me encargo yo, será con mi nivel de exigencia.

Vera sintió tanta rabia que estuvo a punto de estallar. Quería decirle que era un egoísta y que por una vez podría dejar de priorizarse y ser un padre a la altura de su familia. Pero no lo hizo. No quería empañar la ilusión y la alegría de ir a ver a Matías y hablar de los próximos pasos. Respiró hondo, contó hasta diez y miró el reloj. No podía perder más tiempo: tenía que repasar unas notas antes de salir de casa.

—Vale. Todo aclarado, pues. Me voy a la ducha.

Cuando llegó al Teatrín, Matías estaba peleándose con la reja del local.

—Apunto —dijo Vera haciendo como que escribía en un cuaderno invisible—. Primera tarea, arreglar esa reja.

—Siempre tan organizada. —Matías sonrió—. Dame un abrazo, anda. Me alegraste el día, el mes y el año. Lo sabes, ¿verdad?

—Pues espera a que te cuente todo lo que tengo pensado.

—¿Ya? Pero ¿tú no tenías mucho trabajo?

—No sabes lo que cunden las horas en el parque y vigilando durante los exámenes. He tenido tiempo para pensar y he dado con una idea para esta sala que creo que te va a encantar.

—Esa es mi Vera. Venga, abro esta maldita verja y me lo cuentas todo.

Ni siquiera encendieron la luz. Se acomodaron a oscuras en las viejas butacas y Vera sacó el portátil.

—Antes de enseñarte lo que hay aquí, quiero darte el contexto. Desde que vine al Teatrín contigo he pensado mucho sobre todo lo que me ha pasado, sobre lo que hacen ahora algunos de mis excompañeros. Si lo piensas, la carrera de un bailarín tiene una fecha de caducidad temprana. Nosotros no podemos jubilarnos a los sesenta y cinco años. Yo elegí dejarlo y me ha hecho polvo, pues imagínate cuando te ves obligado a hacerlo y no tienes a nadie esperándote en casa.

—Estamos de acuerdo, continúa.

—Tu idea para este local me encantó, pero no podía parar de pensar que le faltaba algo. Siendo realistas, si llenar una sala ya es difícil para una gran compañía, imagínate para bailarines inexpertos y con funciones experimentales. Y entonces pensé: ¿cómo podríamos rentabilizar la sala con garantías?

—No sé por dónde vas, pero me gusta el reto. Sigue.

La adrenalina se le había disparado. Vera sentía la velocidad a la que le latía el corazón. Sonriente, abrió el portátil y lo orientó hacia Matías.

—He pensado que podríamos usarla para montar una pequeña academia de danza multidisciplinar. Por las mañanas la usaríamos para formar a pequeños grupos seleccionados y por las tardes para las funciones alternativas. Así la estaríamos monetizando todo el tiempo posible y no dependeríamos de si vendemos entradas o no.

—¿A qué te refieres con multidisciplinar?

—Piénsalo como un pequeño máster o curso. Formaríamos a bailarines o estudiantes de danza en materias financieras y empresariales, audiovisuales, de maquillaje, vestuario... Así, cuando no tengan más remedio que jubilarse, podrán seguir dedicándose a temas relacionados con la danza sin necesidad de bailar. Mira, aquí lo tengo todo explicado.

Vera pasó la siguiente hora explicando a Matías en detalle el proyecto que había elaborado para aquella sala, todo estaba perfectamente definido. Al principio serían grupos muy pequeños con los que perfeccionar el programa y con el tiempo, si tenían suficiente demanda, ya pensarían en coger locales más grandes e incluso ampliar el temario. También había pensado en los profesores: era importante que fueran exbailarines para que conocieran bien el trabajo y el sector. Vera incluso había confeccionado un programa piloto para el mes de enero del Teatrín: asignaturas, funciones, necesidades. Todo.

Los ojos de Matías brillaban con la misma ilusión que los de un niño con zapatos nuevos.

—Me parece una idea magistral, pero ¿vas a poder con todo?

—No lo sé, Matías, pero debo intentarlo. Si vamos poco a poco... He pensado que durante la reforma puedo avanzar con el programa de funciones, que es lo más fácil de poner en marcha. Y lo más inmediato, claro. Después seguiría con el curso y, si todo va bien, para el próximo año podría estar listo.

—Te vendrá bien algo de equipo. Silvia podría ayudarte al principio y con el tiempo ya ampliaríamos recursos.

Vera reflexionó unos segundos. Llevaba tanto tiempo trabajando de forma autónoma que no se había planteado que necesitaría apoyo.

—Me parece bien.

—Pues no se hable más. Mi respuesta a todo es un sí, Vera. Lo único que no me gustaría es que te quemaras y que volvieras a dejarlo. Por favor, háblalo con Leo y ponte un horario que te permita conciliar.

Escuchar su nombre acabó de golpe con el clima de subidón que se había generado en aquellas butacas.

—Ya está todo hablado con él, por eso no te preocupes.

—¿Y las condiciones? ¿No quieres que hablemos de eso?

—Haz tus cálculos y me dices lo que me puedes pagar por ahora. Si todo va bien en unos meses, no te preocupes, que ya te pediré mi parte de la fortuna.

Matías soltó una carcajada.

—De acuerdo. ¿Algo más que quieras decirme?

—Nada. Ahora solo quiero quedarme aquí sentada mirando al escenario en silencio. Siempre fuiste mi hada madrina. Lo sabes, ¿no?

Matías le devolvió una sonrisa cómplice y apoyó la espalda en la butaca para acompañar a Vera en su ratito de contemplación.

Salió del local tan emocionada que quería llorar, reír y gritar, todo al mismo tiempo. Deseaba contar su día una y otra vez para poder revivirlo palabra por palabra. «Ojalá pudiera llamar a mi madre —pensó—. Ella nunca habría aprobado que dejara el baile». Aunque quería escribir a Patatas y bravas para darles la noticia, pensó que lo más responsable sería llamar primero a Leo para ver dónde estaban. Ya habría tiempo de mandarles un audio a las chicas de camino al parque.

—Hola, peque, ¿dónde estáis? ¿En el parque?

—Pues... íbamos a ir cuando me ha llamado Javi. Les faltaba uno para el pádel. Si no iba les hacía una faena...

—¡¿Cómo?! ¿Para una tarde que te tienes que quedar con los niños y te vas a jugar al pádel? ¿Y puede saberse con quién están?

—Con Amaia.

—¡¿Con Amaia?! —Vera empezaba a ser cinturón negro en el arte de gritar—. ¿No te acuerdas de lo que pasó la última vez que se los dejamos? Tenías que haberme llamado, joder.

—Vera, tranquilízate. Están bien, ya sabes que fue un accidente.

—¿Es que no puedo cogerme una tarde sin que te escaquees de tus responsabilidades?

—¿Quieres que vuelva a casa?

—No, da igual. No vayas a arruinarle la vida a Javi. Voy a llamar a Amaia. Luego hablamos.

Llegó corriendo hasta la puerta y llamó al timbre con un nudo de culpa en el estómago. Amaia abrió ataviada con un vestido marrón y unas plumas en la cabeza. Parecía la versión moderna de Pocahontas.

—¿Y los niños? —preguntó buscando con la mirada por encima del hombro de Amaia—. ¿Qué haces con esas pintas?

—Todo bien, tranquila. Pasa.

El salón se había convertido en un escenario de indios y vaqueros. En el centro de la alfombra había un tipi casero hecho con una sábana y pintado con rotulador. En el suelo, mantas, cuentos y platos con restos de gusanitos. Mateo iba vestido de cowboy y Gala de algo parecido a una india. De fondo, música de Disney.

—*Ama!* —gritó Gala corriendo hacia ella para abrazarse a sus piernas—. ¿Juegas con nosotros? ¡Te toca cowboy con Mateo!

—¿Y esto? —preguntó estupefacta.

—Con ayuda todo es más fácil —contestó Amaia sonriendo.

Leo había llamado a Bego para pedirle que se quedara un rato con los niños. Ella, que estaba a punto de salir hacia la casa de uno de sus hijos para merendar, le sugirió a Amaia, con la que se había detenido a charlar en el patio. Leo, desesperado, aceptó.

—Pero, Bego, después de lo que pasó... ¿En qué estabas pensando? Al menos me podías haber consultado.

—Hija, estás perfectamente capacitada para cuidar niños. No son serpientes venenosas, son personitas que lo único que quieren es jugar. Eres creativa, divertida e inteligente, solo necesitas dejar de pensar que no puedes hacerlo.

—No sé..., nunca sé qué hacer con ellos. Juegas a algo y a los cinco minutos se aburren y ya quieren hacer otra cosa. Y otra. Y luego otra. Son vampiros energéticos.

—Vamos a hacer una cosa. Llamamos a Cata y vemos qué se nos ocurre. Con dos sobrinas seguro que tiene ideas de sobra.

Dicho y hecho, entre las tres pensaron una serie de juegos para entretener a los niños hasta que llegara Leo. La idea del tipi fue de Cata, que había visto algo parecido en Instagram. Bego cogió cuentos y juguetes que tenía en casa para cuando iban sus nietos y Amaia bajó al bazar a por disfraces y a por comida medianamente sana para la merienda. Lo más sorprendente fue que no necesitó recurrir al listado de juegos en toda la tarde. El éxito del tipi y de los disfraces fue tal que el resto de los juegos se le fueron ocurriendo de forma espontánea. Solo hacía falta escucharlos a ellos, que iban dejando las pistas de la siguiente actividad. Indios y vaqueros, adivinar el animal, peinados con plumas, escondite, bailar de la mano…

Se quedaron un rato charlando mientras los niños jugaban en la alfombra. Vera se relajó tanto al ver bien a sus hijos que le contó la gran noticia a Amaia con todo lujo de detalle.

—Vera, creo que voy a llorar —dijo con lágrimas en los ojos—, no sabes cuánto me alegro. Nunca te había visto con ese brillo en la cara.

—Pues te confieso que, aunque estoy muy ilusionada, también estoy asustada.

—¿Pues?

—Me preocupa que no sea compatible con ser la madre que quiero ser. No sé cómo lo voy a hacer con los niños, si Leo va a asumir sus obligaciones como padre, si voy a poder seguir con todas mis responsabilidades y el trabajo a la vez…

—Amiga —la cogió de la mano—, tus responsabilidades son también las de Leo. Si quieres hacer esto, hazlo. Hazlo por los niños, hazlo por él y, sobre todo, por ti. Necesitan una madre viva y llena de ilusión. Necesitan verte así. A lo mejor no estás alguna tarde en casa, pero créeme que cuando estés va a ser muchísimo mejor.

—¿Y si no llego a todo?

—Ya cruzaremos ese río. Y si pasa, aquí estaremos para ayudarte. Como verás parece que yo ya he dejado de matar niños.

Las dos rieron a carcajadas.

Al despedirse, Vera abrazó a Amaia tan fuerte que no pudo evitar llorar de nuevo.

—Eres una amiga, gracias, Amaia —le susurró al oído—. Y, por favor, olvida lo que te dije. Estaba enfadada con Leo, eso es todo. Ya sé que no quieres ni oír hablar de hijos, pero si alguna vez cambias de opinión, estate tranquila porque serías una madre maravillosa.

Amaia cerró la puerta exhausta pero feliz y aliviada. «Serías una madre maravillosa», repitió mientras se miraba en el espejo. La tripa empezaba a aparecer. «Ya no puedo esperar más».

19

Flores de pascua

El último viernes antes de Navidad era uno de los días más frenéticos del año. Los bares se llenaban de compañeros de trabajo eufóricos, y las tiendas, de padres haciendo compras compulsivas de última hora. Los anfitriones aprovechaban a comprar la mejor materia prima para sus comidas y cenas, y los más detallistas, poinsettias, muérdago y otras plantas típicas de esas fechas. Y para alegrar y templar los corazones, aquel día el sol brillaba por fin después de varias semanas de solo viento y lluvia.

Sin duda, esas fiestas iban a ser muy distintas para las vecinas. Bego, por primera vez, no cenaría en Nochebuena con todos sus nietos. Álex quería ir a esquiar con su familia, así que este año la pasarían en Francia. Nico, en pleno divorcio, no había podido negociar las fiestas a su voluntad, así que estaría todas las fiestas sin su hijo Pablo, pero con su novia nueva en el Caribe. Menos mal que Tomás, el pequeño, que había planeado una fiesta con los amigos, prefirió cenar con su madre para no dejarla sola en una noche tan especial. Vera vivía estas fechas como un drama. Cuando su madre falleció se prometió a sí misma no volver a pasar una Nochebuena en familia: su ausencia y la certeza de que nada volvería a ser como antes dolían demasiado. Empezó a pasar la noche con sus amigas más cercanas, incluso mantuvo la tradición con Leo y con los niños. Se reunían en su casa y cantaban villancicos hasta altas horas de la madrugada. El problema era que ya no le quedaban amigas, así que cenaría en familia, con Leo y con sus hijos. Cata y Amaia, que no estaban por la labor de volver a casa por Navidad, habían decidido cenar juntas y darse un buen homenaje de marisco, que, por supuesto, cocinaría Amaia.

Consciente de que le esperaba un duro día por delante, Cata llegó temprano a la floristería. Ana estaba levantando la reja.

—Hola, Ana, ¿hoy abres tú? —preguntó mosqueada.

—Hola, Cata. Sí, mi *aita* está en el médico —contestó distraída mientras movía las plantas amontonadas tras la puerta—. ¿Es necesario tener tantas flores de pascua?

—Sí, se venden como churros. Las estoy llevando incluso a domicilios por el barrio, pero no se lo digas a tu padre, que me mata. Él piensa que son encargos de mis amigas. Oye, pero ¿está bien? —insistió preocupada.

Ana miró a Cata con ternura.

—Sí, es una revisión rutinaria. Durante la enfermedad de mi *ama*, mi *aita* pasó mucho tiempo sin preocuparse por él y ahora estoy tratando de que se ponga al día con todos los chequeos, pero como puedes imaginar no es tarea fácil. De todas formas..., ¿puede ser que esté percibiendo un ligero y muy incipiente sentimiento de preocupación por él por tu parte? —preguntó en tono travieso y despreocupado.

—Bueno, vamos a dejarlo en que progresamos adecuadamente —contestó Cata con la sonrisa de quien tiene una nueva ilusión secreta—. De todas formas, podría haber abierto yo. ¿Tú no deberías estar estudiando?

—No te preocupes, es un ratito. Luego me quedo un poco más y todos tan contentos.

Cata empleó más de una hora en colocar la decoración exterior. Había conseguido guirnaldas, piñas, troncos de madera, cestas y hasta ciervos gigantes con luces. Todo era poco para llamar la atención de los transeúntes, que si de algo andaban sobrados era de estímulos. Aprovechando que Iñaki no estaba, pidió ayuda a Ana para ultimar algunos detalles del interior: él seguro que habría dicho que no era necesario. Justo cuando estaban recogiendo las escaleras entró por la puerta.

—Ya estoy aquí, hija, vete corriendo, anda —dijo mientras se quitaba el abrigo.

—¿Qué te han dicho? ¿Está todo bien?

—Pues lo que ya sabía, que para la vejez no hay medicina.

—En cristiano, *aita*.

—Pues que voy perdiendo vista con los años y que tendré que vigilarme las cataratas. Lo normal con la edad, vaya.

—¿No ves bien? —Cata no pudo evitar intervenir en una conversación que, pese a ser privada, le interesaba demasiado como para permanecer solo de oyente—. Quiero decir, por eso llevas gafas, ¿no?

—Sí, nunca he visto muy bien, por eso digo que no es novedad.

—¿Nunca te has fijado en que mi *aita* tiene como un radar interno? —preguntó sonriente Ana—. Yo siempre he pensado que, como no ve tres en un burro, ha desarrollado su propio instinto arácnido.

—Eso, tú sigue tomándome el pelo. ¡Verás el día que te falte lo que me vas a echar de menos! —le dijo en tono cómplice dándole un beso en la mejilla—. Vete, hija, que vas a llegar muy tarde.

La cabeza de Cata daba vueltas como el tambor de una lavadora. Iñaki veía mal, pero si tuviera la enfermedad lo sabría, ¿o no? Quizá había pasado demasiados años volcado en su mujer. Quizá fuera la típica persona que no pisaba una consulta médica ni para llevar un ramo de flores. O tal vez fuera una mera coincidencia y Cata solo estaba montándose su típica película perfecta en la cabeza.

Entre sus ilusiones y más de cien clientes llegaron las cinco de la tarde sin apenas darse cuenta.

—Cata, te dije que te ibas a las cinco. Me da igual cómo te pongas.

Como llevaba muchos días haciendo horas extra para la campaña de Navidad, Iñaki le había obligado a cogerse varias tardes libres. «A ver si al final me van a acusar de explotación», le dijo. Y aunque le daba cargo de conciencia, lo cierto es que la tarde libre le vino de perlas a Cata para disfrutar de su particular amiga invisible con sus queridas vecinas.

—Ya me voy. Me llevo estas, ¿vale? —dijo mientras cogía una caja de la trastienda—. Las he dejado pagadas, el tíquet está ahí.

—Podías habértelo cogido como aguinaldo.

«Será tacaño el tío», pensó.

—Mañana te veo. ¡Que te sea leve la tarde!

Cata salió disparada hacia la parada del autobús. Le apetecía andar y despejarse, pero ya era tarde y el cartón de la caja empezaba a ceder por la humedad de las macetas. Si se le rompía en mitad del paseo, no tendría forma de llegar a casa con ellas.

Cuando llegó, las chicas ya habían colocado las luces, los manteles de cuadros sobre los bancos de piedra y el picapica rodeado de piñas y acebo. Sobre la fuente central, un abeto natural en miniatura con bolitas doradas y rojas; alrededor tres paquetes de distintas formas y colores. Las plantas, en parte por las últimas tormentas y en parte por la acción natural del invierno, lucían algo mustias y deterioradas. Por suerte, el toque navideño que le habían dado le devolvía al patio su magia y su encanto originales.

—Pero bueno, ¡si he venido a mesa puesta! —dijo Cata algo avergonzada—. Perdón por llegar tarde. Hemos tenido tantos clientes que se me ha pasado la hora.

—Te perdonaremos por ser tu primera vez —contestó Amaia—. ¿Has conseguido no meter la pata un día más?

—Correcto, hoy al menos he llamado a cada flor por su nombre. Pero esa no es la noticia.

—¿Y cuál es?

Amaia, Bego y Vera dejaron lo que tenían entre manos para escuchar a Cata con atención.

—Bueno, realmente no sé si es una noticia, puede que más bien sea un indicio. Por lo visto Iñaki ve mal, muy mal, desde hace mucho tiempo.

—Pero eso no quiere decir nada, ¿no? Hay mucha gente que ve mal. —Vera, ceniza como siempre.

—Pues por eso lo llamo indicio. Podría no ser nada o podría ser que no le hayan diagnosticado la enfermedad. Según su hija nunca le han gustado los médicos y cuando su mujer enfermó él se descuidó por completo.

—¿Y qué vas a hacer?

—No lo sé. En este rato he pensado en hablar con Ana y animarle a que lleve a su padre a hacerse más pruebas…, pero no sé cómo decírselo sin que note nada raro.

—Pero, hija, pensándolo bien, ¿no sería más fácil mandarle una foto de Iñaki directamente a tu madre y salir de dudas? —preguntó Bego.

—Pues en cualquier otro caso probablemente sí, pero te recuerdo que mi madre estuvo meses tratando de convencerme de que lo mío era una mutación espontánea. ¿Cómo voy a confiar ahora en ella? ¿Y si no me dice la verdad? Es más, ya envió a mi hermano de emisario para quitarme la idea de que siguiera con la búsqueda.

—¿Tu hermano? ¿Será verdad que ha venido tu hermano y no me lo has presentado? —A Amaia se le acababa de iluminar la cara.

—Sí, vino hace un mes, más o menos. Se presentó en mi casa sin avisar para ver cómo estaba y convencerme de volver a Madrid.

—¿Está bueno? —insistió.

—Amaia, por Dios, que es mi hermano. Y está casado y tiene hijas. —Puso los ojos en blanco—. Además, no es tu tipo. Es un rollo un poco Cayetano. Con sus patillas largas, el pelo engominado impoluto y los ojos verdes. Y siempre va de traje y con abrigos impecables.

—Bueno, pues nada, tendré que pasar al plan Jon. Ahora que ha pasado de ti imagino que no te importará compartir...

—¡Shhh! Que su habitación es esa ventana, ¡joder! —interrumpió Cata en un susurro, muy molesta con el cariz que tomaba la conversación.

—Vale, vale, ya me callo. Perdón —se disculpó en voz baja.

—Venga, vamos a darnos nuestros regalos mientras comemos, ¡que dentro de nada va a hacer demasiado frío! —dijo Bego.

Enfrentaron los dos bancos de piedra y se sentaron alrededor de la mesita sobre la que habían colocado el abeto. El primer regalo fue el de Cata. Cogió el paquete que llevaba su nombre y lo abrió con una ilusión inusitada. Odiaba abrir regalos en público, pero esta vez era diferente: no había presión, no había expectativas. Nada más quitar el envoltorio empezó a reírse a carcajadas.

—¡¡¡Un satisfyer!!! Este regalo tan estudiado y elegido con mimo por una experta en la materia no puede ser de otra que... ¡¡¡de Amaia!!! —exclamó señalándola entre risas.

—¡Bingo! Espero que te acuerdes de mí cuando lo uses. Bueno, pero en el momento no, ya sabes, mejor acuérdate después.

No podían parar de reír.

El siguiente fue el regalo de Bego: un sobre de papel kraft exquisitamente decorado con una cuerda de yute, una rama de abeto y varias piñas pequeñas pintadas de blanco y oro. Lo abrió con verdadera curiosidad y al ver el contenido sus ojos se empañaron.

—Bego, ¿qué es? —preguntó Vera impaciente.

—Unos billetes de autobús a Vitoria para celebrar mi cumpleaños con mis amigas.

Las tres se miraron en silencio esperando que Bego dijera algo más. No sabían si le había encantado o si había sido una idea pésima.

—Pero, Bego, ¿te gusta o tu amiga invisible no ha acertado? —preguntó Amaia preocupada.

—Me encanta, hija. Es el regalo más personal que me han hecho en muchísimo tiempo. Ni colonias ni camisas…, mi amiga invisible de verdad ha pensado en mí —dijo entre lágrimas.

—¿Y de quién crees que es?

Bego pensó un momento mientras miraba a los ojos a Cata y a Vera.

—¿De Cata? —contestó tímidamente.

—¿Y por qué crees que es mío?

—Pues porque… Vera ya sabe lo difícil que es desentenderse de las obligaciones como madre. Y en mi caso como abuela también. Así que pienso que ella nunca se habría lanzado a hacerme este regalo.

—Pues no —dijo Vera, que se acercó a ella para rodearla con el brazo—, yo he sido tu amiga invisible. Y sí, sé de sobra lo difícil que es desentenderse. Y por eso precisamente he escogido este regalo, porque también sé lo bien que viene que de vez en cuando alguien te coja de la mano y te anime a atenderte a ti.

Bego, con lágrimas en los ojos, abrazó a Vera con tanta ternura que todas terminaron emocionadas.

—Venga, ¡me toca a mí! —Amaia, que no era de emocionarse en público, interrumpió cogiendo su paquete—. Además, yo también quiero adivinar quién es mi amiga invisible.

Era un cilindro bastante pequeño, del tamaño de un calabacín.

—Anda que..., espero que esto no sea un satisfyer raro, ¿eh?..., ¡que no soy tan moderna! —dijo riendo mientras lo abría.

Al asomarse por el lateral del envoltorio empezó a reírse a carcajadas.

—¡Un paraguas! Esto solo puede ser de... ¡Bego!

No podían parar de reír.

—Lo siento, hija, ya sabes que soy muy mala con los regalos. Y es que cada día que llueve vienes a casa, me pides un paraguas y si te he visto ya no me acuerdo. ¡A ver si con este dejas de robarme los míos! —exclamó en tono divertido.

—Tienes razón, Bego, es el mejor regalo del mundo. Además, es precioso. Te adoro —dijo dándole un beso.

—¿Y ahora? Ahí no hay regalo para mí —dijo Vera en tono serio mirando el abeto vacío.

—Ya lo sé. Vera, a estas alturas ya sabrás que me habías tocado a mí. El problema es que después de darle muchas vueltas pensé que no solo quería hacerte un regalo a ti, en realidad os lo quería hacer a todas. —Cata se levantó y fue hasta el portón de entrada.

Se miraron entre ellas con expectación.

—Hace unos meses llegué a esta ciudad dejando atrás una vida en la que nunca terminé de encajar. Soñaba con encontrar un padre divino y un hermanastro con el que tener una aventura prohibida. Bueno, también esperaba vivir en una casa con ascensor —dijo en tono chistoso—, pero lo que nunca imaginé fue que iba a conocer a tres mujeres que se convertirían en mi verdadera familia. Me habéis acogido, me habéis apoyado y no me habéis juzgado. Y eso es mucho más de lo que he tenido nunca.

—¿En serio me vas a hacer llorar otra vez, cabrona? —Amaia a duras penas contenía las lágrimas.

—Ya me queda poco, tranquila. Por todo esto y, tras mucho pensar, he querido regalaros una planta a cada una. Eso sí, no son plantas elegidas al azar, sino que tienen su explicación. Así que aquí voy. —Respiró hondo y continuó—. Vera, para ti he cogido esta calathea.

—Me parece preciosa, pero el nombre se me va a olvidar en cinco minutos. ¿Y por qué esta?

—La calathea es una planta bella, elegante, sus hojas llaman la atención. Así es como te veo yo. Eso sí, para que no se muera tienes que saber que necesita bastante cuidado: no puedes dejarla demasiado tiempo seca ni regarla en exceso. En el término medio está la virtud.

—Joder, ¿con todo lo que tiene la pobre Vera encima y le das una planta de la que hay que estar pendiente?

—Precisamente por eso lo hago. Quiero que te obligue a dedicar unos minutos a la semana a cuidar de ella para que te recuerde que también es importante cuidar de ti. Y de paso, que te ayude a encontrar un término medio que te aporte equilibrio. Es una de mis plantas favoritas, como tú.

Vera abrazó a Cata, cogió su planta con un pellizco en el estómago y se sentó para ver cuál sería la siguiente.

—Esta es la de Bego, una verbena.

—Uy, ahí me has sorprendido. Y me viene de maravilla para el balcón. ¿Y por qué una verbena?

—Es una planta dura y resistente, como tú. Siempre al pie del cañón pase lo que pase. Pero es que además tiene muchísimos beneficios. Es calmante, alivia el estrés y la ansiedad, y fortalece el sistema inmunológico.

—Joder con la farmacéutica, pues sí que sabes, ¿no? —interrumpió Amaia.

—Bueno —Cata sonreía con timidez—, todo esto es lo que se dice de la verbena. Lo que quería decirte con esto —se acercó a Bego— es que eso es lo que siento cuando estoy contigo. Me calmas, me fortaleces, me enseñas, me haces más grande. Y estoy segura de que eso nos pasa a todas.

—Amén, hermana.

La carcajada de Amaia resonó en el patio.

—Gracias, hija —contestó Bego emocionada—, dame un abrazo.

—¡Y por fin te toca a ti! —gritó Cata señalando a Amaia—. Para ti es…, redoble de tambores, por favor —dijo moviendo las manos—. ¡Este rosal mini!

Bego y Cata empezaron a aplaudir.

—¡Shhh! —interrumpió Amaia moviendo los brazos—. Por favor, señoras, silencio. Me parece tal cursilada que necesito escuchar la explicación.

—Aquí me voy a poner más intensa aún, ¿eh? Allá voy. Lo primero y más evidente: las rosas rojas están relacionadas con Afrodita, la diosa del amor. Vamos, la versión griega de Amaia. —Todas rieron el comentario de Cata. Continuó—: Pero en realidad lo que más me recuerda a ti es que el rosal engaña: si lo ves sin flores piensas que no es más que una planta hostil y llena de espinas que no deja que nadie la toque. Sin embargo, si le das tiempo y cariño, te regala la flor más bella del mundo: la rosa. Y así es como te veo, Amaia. Cuando te conocí pensé que solo tenías espinas, pero con el tiempo he visto todas las flores que tienes en realidad. Eres sensible, empática y la mejor de las amigas.

Esta vez fue Cata quien terminó llorando. Amaia corrió a abrazarla.

—Me encanta, Cata, muy bonito. Pero ¿me puedes decir cómo coño se cuida? Ahora me da pánico que se me mueran mis rosas.

Cata pasó del llanto a la risa en un santiamén.

—Por eso no te preocupes. Ya iré yo a cuidarla, a ver si conseguimos que llegue a primavera. Por ahora déjala en el balcón.

—¿Y esa planta que queda ahí? —preguntó Vera señalando la caja.

—Es un regalo para mí.

—¿Y por qué un helecho? —preguntó Bego cogiéndola de la percha.

—No sé, es una planta que siempre me ha gustado. Recuerdo que mi madre la odiaba porque decía que era imposible mantenerla con vida, pero ahora que vivo aquí, creo que el problema era el tiempo, porque con esta humedad los veo creciendo hasta en las aceras. A veces pienso que me miran desde el asfalto para recordarme que cuando las cosas no van bien no siempre se le puede echar la culpa a alguien. A veces el problema es el sitio, que no es el adecuado.

Las tres la escuchaban con atención y ternura en los ojos. Cata tenía un mundo interior impresionante: lleno de sentimientos, reflexiones y sueños que parecían llevar encerrados desde su infancia.

—Señoras, quiero proponer un brindis. —Amaia se puso en pie con una Coca-Cola en la mano. La sensibilidad y la emoción eran palpables en el ambiente—. Por nosotras. Por nuestra pequeña familia, que dentro de poco será un poquito más grande.

Cata y Vera se miraron con cara de no entender nada. Bego se levantó y abrazó a Amaia.

—Me alegro muchísimo, hija.

—Necesito un croquis, no entiendo nada.

—¡No jodaaas! —Vera acababa de entender lo que estaba pasando—. ¿En serio? —Empezó a gritar y a saltar como una loca mientras Amaia se acariciaba la barriga.

—¡No! —Cata por fin lo pilló—. ¡No me digas! —chilló uniéndose a la locura de Vera.

Las cuatro se fundieron en un abrazo antes de bombardear a Amaia a preguntas.

—Si no os importa lo hablamos otro día, ¿vale? No quiero monopolizar la tarde con este tema. Necesito distraerme.

—Vale —respondió Cata—, lo que estoy pensando es que me espera una Nochebuena maravillosa, ¡todo el vino para mí! —soltó riendo.

—Oye, ¿y si cenamos juntas en Nochebuena? —aventuró Amaia—. Total, ¡tampoco somos tantos!

Bastó un segundo para que con tan solo mirarse se pusieran de acuerdo.

—Eso sí, Bego, en tu casa, que es la más grande.

—Y la que más vajilla tiene —apuntó Vera.

—Me parece una idea estupenda, hijas. Mañana si queréis pensamos un menú y lo organizamos.

20

Cañas, vinos y champán

El 24 de diciembre amaneció con un aire muy navideño: gélido, gris, el cielo cubierto por una niebla que se desplazaba lentamente a través de los árboles desnudos. Cata se despertó pronto, muy motivada, el día prometía: prepararía con Amaia los entrantes, bajarían a tomar el aperitivo las cuatro, una buena siesta reparadora y a eso de las seis iría a casa de Bego para ayudar a poner la mesa. Amaia, que andaba más cansada desde que estaba embarazada, les había pedido empezar a cenar pronto. «Si no corro el riesgo de quedarme dormida encima del pavo —amenazó—, y nada de jamón, bastante voy a sufrir ya sin poder tomar vino». Tras su justificada petición, acordaron empezar con los aperitivos a las ocho.

Encendió los altavoces, puso a Mariah Carey a todo trapo y salió al balcón a tomar el café y fumarse un cigarro. Año tras año aquella canción le hacía recuperar la esperanza de vivir un amor romántico y apasionado. De esos que se fraguan lentamente, en los que todo sale mal, hasta que un día de las fiestas el chico en cuestión aparece en la puerta de casa, cubierto de nieve y con un jersey hortera, y le confiesa su amor por ella. Todo muy a lo Bridget Jones, ya, pero es que la edad te da los referentes. «Pues parece que este año tampoco será», pensó con nostalgia.

Recogió y ordenó la cocina y la mesa del comedor para liberar espacio y cocinar con comodidad. Necesitarían tablas para cortar, sitio para las bandejas del horno y otra superficie en la que dejar los platos ya preparados. Su móvil vibró: un mensaje de su madre.

> Hija, sé que sigues un poco enfadada conmigo, pero hoy es Nochebuena.
> Cuando tengas un ratito, ¿podrías llamarme?
> Al menos me gustaría felicitarte la Navidad.

Cata sintió un pinchazo. La Navidad siempre le había generado sentimientos encontrados. De pequeña era la mejor época del año. Las cenas de Nochebuena y Nochevieja en familia eran divertidas y entrañables: se reunían con sus abuelos, sus tíos y sus primos para comer, cantar y bailar hasta desfallecer. Después, Reyes, su día favorito de todo el año. No pegaba ojo en toda la noche y, cuando se despertaba, se sentaba en la cocina a comer roscón para hacer tiempo hasta que su hermano se levantara. Recordaba que mientras desayunaba evitaba mirar hacia el salón para no descubrir los regalos antes de tiempo. A los diez años todo cambió. Aquel día tocaba la clásica función de Navidad del colegio en la que cada clase interpretaba un villancico. Como hacían cada año, después de la actuación sus padres los llevaron al mercadillo navideño de la plaza Mayor. Durante el trayecto, Nacho hizo la pregunta que Cata llevaba mucho tiempo no queriendo formular.

—Juanito me ha dicho que los Reyes Magos no existen, que sois vosotros. ¿Es verdad? —dijo distraído mientras miraba por la ventanilla.

Sus padres se miraron de reojo.

—¿Y de dónde ha sacado eso? —preguntó su madre.

—Se lo ha dicho su hermano mayor.

—No hay que creerse todo lo que...

—Es verdad —interrumpió su padre.

—¡Alfonso! Por amor de Dios, ¡son niños!

—Es mejor que sepan la verdad, Ceci. Cata tiene ya diez años y Nacho tarde o temprano se iba a enterar.

Su madre, impotente, se tragó sus palabras y dirigió la mirada hacia el exterior del coche. Su hermano se quedó tan campante, pero Cata empezó a llorar con desconsuelo. A ella también le había llegado el rumor en el colegio, pero había preferido ignorarlo. Deseaba vivir la magia de aquel día un poquito más. Cuando llegaron a la plaza Mayor, su madre se adelantó con Nacho y con ella con la excusa de comprar otra figurita para el belén mientras su padre aparcaba. Al llegar al primer puesto, se agachó frente a ellos y les dijo:

—Que los Reyes Magos existan o no depende de lo que vosotros queráis, no de lo que digamos vuestro padre, Juanito o yo.

—No entiendo, mamá —contestó Cata con un halo de esperanza—. ¿Cómo se hace eso?

—Los Reyes Magos existen en el corazón de cada uno. Siempre que vosotros creáis en su magia, ellos vendrán a dejaros un regalo. Que nada ni nadie os obligue nunca a dejar de creer, ¿me habéis entendido?

—Sí, mami —contestaron los dos a la vez.

Cata abrazó fuerte a su madre. Le había ofrecido una tabla de salvación a su inocencia para que recurriera a ella siempre que fuera necesario.

Cuando cumplió los dieciocho años, mientras preparaban la cena de Nochebuena, su padre le comunicó una nueva norma familiar que de nuevo vendría a tumbar el espíritu de aquel día tan especial.

—Hija, tengo que pedirte algo. Como sabes, las fiestas se nos hacen cada vez más cuesta arriba. En lugar de pedir sorpresas por Reyes, te agradecería que te busques tú tu propio regalo y nos lo traigas envuelto. Bastante tenemos con organizar comidas y cenas como para tener que buscar regalos. Si todos hacemos lo mismo será mucho más fácil para todos. Presupuesto el que quieras, pero nada de extravagancias, por favor.

Cata no estaba en absoluto de acuerdo con esa medida, pero, como siempre, la acató sin objeciones. Ella disfrutaba muchísimo diseñando el mejor regalo posible. Daba igual el presupuesto: podía costar un euro, pero valía la pena si era personal y sorprendente. Le encantaba prepararlo con tiempo y ver la cara de la persona al recibirlo. Con el paso de los años entendió que probablemente había heredado de su madre esa ilusión. Los dos años siguientes, Ceci siguió dejando algún detalle sorpresa para cada uno. Era su forma de decir que estaba en desacuerdo con esa medida y que había encontrado la forma de mantener viva la magia. Sin embargo, al tercer año dejó de hacerlo, y el día de Reyes se fue degradando hasta convertirse en un mero trámite de ilusión fingida y sonrisas falsas.

Y así, conforme pasaban los años, la Navidad se convirtió en una insoportable maratón de comilonas de trabajo, cenas reducidas en las que apenas se dirigían la palabra y compras de camisas anodinas en tiendas abarrotadas donde lo más bonito siempre estaba agotado.

Cata no perdía la esperanza de que algún día la chispa volviera a prender en su familia.

¿Qué haría esta Navidad sin su madre? ¿Estaba siendo egoísta al no volver a casa para pasar esos días con ella? La culpa empezaba a pesar.

La última Navidad fue especialmente triste: la primera sin su padre. Solo celebraron el día de Reyes, lo hicieron para sus sobrinas. Ellas no hubieran entendido que los Reyes Magos se cogieran vacaciones, que fue lo que propuso Nacho, perfecto y creativo como era. Necesitaba llamar a su madre, pero temía que volviera a salir el maldito tema de Iñaki. No estaba preparada para escuchar otra retahíla de excusas. Tampoco de verdades.

> Hola, mamá. Te llamo en estos días.
> Me gustaría ir pronto a Madrid
> para veros, os echo de menos.

Borró la última frase.

> Hola, mamá. Te llamo en estos días.
> Feliz Navidad para vosotros también.

«Copenhague», de Vetusta Morla, empezó a sonar en sus altavoces. Esa canción siempre pellizcaba a Cata, y desde que decidió dejar Madrid había cobrado una nueva dimensión. Su nuevo comienzo, su padre, sus amigas, Jon... Las letras de aquel grupo siempre tenían un significado tan profundo que antes o después encajaban con alguna de sus emociones. Subió el volumen y se dejó llevar por su tristeza.

Aeropuertos. Unos vienen, otros se van,
igual que Alicia sin ciudad.
El valor para marcharse,
el miedo a llegar.

Su helecho la miraba majestuoso desde el salón. Lo había colgado encima del sofá, donde recibía la luz indirecta más brillante de la casa. Sus frondas eran de color verde intenso y caían sobre la maceta en cascada. De momento parecía que su teoría —que en realidad era de Iñaki— era cierta: mientras que en Madrid ya se habría secado allí estaba espléndido sin hacer prácticamente nada. Qué curiosas son las plantas.

Miró el reloj: aún le quedaba una hora. Se subió al altillo y sacó la caja de disfraces navideños que había comprado días atrás. Al hacer la mudanza, decidió priorizar la ropa. Con todo el dolor de su corazón, tuvo que dejar su colección de atrezo navideño creado durante toda una vida en Madrid. Veinte años yendo a comprar chorradas a la plaza Mayor dan para mucho. Podía recordar en qué puesto había comprado cada cosa y por qué la había elegido. También la rabia que le daba que su hermano eligiera después y mejor que ella. Lo bueno es que él renunció pronto a esas cosas y Cata las heredó. Para ella eran un tesoro. Y como volver a Madrid a por su colección no era una opción, decidió comprar lo indispensable para pasar su primera Navidad allí. Mientras tarareaba villancicos, se puso una especie de chándal de pantalones verdes tipo *leggings* y un jersey con borlas de colores cosidas a modo de árbol de Navidad. Se sujetó el pelo con la diadema con cuernos de reno y sacó el resto del atrezo para llevar a casa de Bego.

Sonó el timbre.

«Qué raro, aún es pronto —rumió dirigiéndose a la puerta—. Estará aburrida». Sin pensar más, abrió la puerta al tiempo que se ajustaba los cuernos.

Se quedó quieta como una estatua. Jon, que estaba de pie al otro lado de la puerta, empezó a reírse a carcajada limpia.

—Lo siento. —Trató de mantener la compostura al ver que Cata no movía ni un músculo del rostro—. No me esperaba este atuendo.

—¿Algún problema con tu flor de pascua? —contestó con cara digna y mirando a la poinsettia que traía en las manos, en un esfuerzo por ocultar la vergüenza que estaba sintiendo.

—Eh..., no. Es para ti. —Se la acercó—. ¿Puedo pasar?

Vale, ahora sí que sí, aquello tenía que ser una cámara oculta. El día de los santos inocentes estaba a la vuelta de la esquina.

—Pues... supongo que sí. Pasa. ¿Quieres un café?

—Te lo agradezco —dijo Jon mirando a su alrededor tratando de encontrar un sitio en el que acomodarse.

—Siéntate en el taburete de la cocina y deja la planta en la mesa.

—¿Siempre tienes todo así de ordenado?

—¿Qué quieres? —soltó Cata, con los brazos cruzados—. Me vas a perdonar, pero no entiendo que después de desaparecer de la noche a la mañana y de lo mal que me has hecho sentir te plantes aquí y me preguntes si soy ordenada. Que, por cierto, no lo soy. Si puedes ir al grano, mejor. Sobre todo por si no me convence la explicación. No estoy ya para bipolares.
—Pues sí, se acababa de quedar muy a gusto.

Jon comprendía el enfado de Cata. Un par de meses antes había ido a verla con el firme objetivo de pedirle una cita, pero, al ver salir a un chico trajeado de su casa, se echó para atrás. Era primera hora de la mañana, así que asumió que había dormido allí e iba directo a trabajar. En un primer momento pensó que sería un ligue de Tinder y no le dio mucha importancia. Pero luego se convenció de que igual era su novio de Madrid y terminó pensando que iba a sufrir, así que decidió desaparecer.

Cata necesitó unos minutos para procesar la información. Si el único hombre que había pisado su casa en cuatro meses había sido Nacho… ¿Realmente había confundido a su hermano con un ligue? ¿De verdad habían sido los dos tan inmaduros como para dar las cosas por hecho y tirar su bonito comienzo por la borda?

—No me puedo creer que confundieras a mi hermano con un ligue.

—¿Cómo? ¿Era tu hermano?

—Sí, bobo. Era mi hermano. Tenía una reunión de trabajo aquí y aprovechó para venir a visitarme. ¿Y no hubiera sido más fácil preguntarme?

—Pues…, a juzgar por lo que acabas de contarme, sí. Habría sido lo más inteligente. No es excusa, y lo sé, pero justo esos días tuve algunos problemas familiares que creo que no me dejaban pensar con claridad.

—¿Aquella rubia de piernas infinitas se llamaba «problemas familiares» entonces?

Los dos rieron.

—Claro que no, Cata, ella sí era un rollo. Entenderás que te daba por perdida y que de vez en cuando quedo con chicas. No lo hago mucho, pero a veces pasa. Lo que siento es que estuvieras allí para verlo, fue una mala coincidencia.

Cata quiso preguntarle también por la dueña del bolso que vio en su cocina, pero recordó que había presenciado la escena escondida tras la ventana. Reconocer que había estado cotilleando no era buena idea, así que asumió que sería un ligue más sin importancia.

—De todas formas sigo sin entender por qué estás aquí. Si pensaste que era mi novio, ¿qué te ha hecho cambiar de opinión? —Necesitaba asegurarse de que aquella historia era real y no un espejismo más.

—Te parecerá una locura y probablemente hasta engreído por mi parte, pero cada vez que escuchaba una canción a través del patio sentía que me la estabas dedicando a mí. «Cadillac solitario», «Puedes contar conmigo», «Read My Mind»… Y no sabía si me estaba montando una película en la cabeza hasta que hoy he escuchado «Copenhague». Nos representa tanto…, te he echado de menos.

Cata estaba a punto de romper a llorar. Se acordó de la Cata adolescente. La que tan humillada se sintió. La que siempre se hacía ilusiones en vano. La que nunca se sintió suficiente. Se compadeció de ella, la abrazó e incluso le pidió perdón por haberle hablado tan mal durante tanto tiempo.

—¿Me equivocaba?

—No. Bueno, al menos no del todo. Si te soy sincera, esa no la he puesto voluntariamente, pero las anteriores que has mencionado puede, y solo *puede*, que fueran un poquito para ti. Y «Copenhague» también es posible que me recuerde a nosotros. Pero no te vengas muy arriba, que mis listas de reproducción no giran en torno a ti.

Jon levantó la mirada con esa sonrisa capaz de desarmar al más despiadado de los ejércitos.

—De todas formas, Jon, no está bien desaparecer. No hacía falta ni siquiera una explicación, con que me hubieras dicho «no quiero nada» me hubiera valido.

—Tienes razón y lo siento de verdad. Me dolió mucho pensar que habías jugado conmigo, yo creía que teníamos algo de ver...

El móvil de Jon interrumpió el clima de reconciliación exprés que flotaba en el aire. Cata se deslizó hacia el salón para dejarle privacidad.

—¿Sí? Igualmente... Aún no estoy preparado... Ya te lo expliqué. No se desaparece de la noche a la mañana cuando alguien te importa tanto... Bueno, déjame que lo piense. Ahora no es buen momento... Feliz Navidad. Agur.

Jon colgó con gesto serio, parecía molesto.

—¿Todo bien? —preguntó Cata con curiosidad.

—Sí —contestó Jon absorto mirando al infinito.

—Si necesitas hablar...

—No es nada —interrumpió.

Era evidente que no quería, pero a Cata empezaban a intrigarle demasiado aquellas conversaciones tan escuetas.

—Bueno, entonces ¿esta planta es para mí? —exclamó tratando de destensar el ambiente.

—Sí. Era un soborno por si no me perdonabas.

—¿Y qué te hace pensar que te he perdonado?

—Hombre, no te veo enfadada.

—Estoy enfadada. Muy enfadada —dijo con aires teatrales mientras cruzaba los brazos.

Jon se levantó del taburete y se acercó hacia ella.

—Bueno, pues tendré que pasar al plan B.

Le rodeó la cintura con los brazos y se apretó contra ella. Cata no recordaba haber estado tanto tiempo sin poder respirar.

—¿Y cuál es el plan B? —preguntó para ganar tiempo.

El silencio la estaba poniendo muy nerviosa.

Sus labios casi se tocaban.

—¿Interrumpo algo?

Amaia acababa de aparecer en el salón con los brazos llenos de bolsas. La muy canalla hasta parecía estar disfrutando de haber parado semejante momentazo. «Te odio fuerte», pensó Cata fulminándola con la mirada. Los tortolitos, como dos adolescentes avergonzados, se separaron de un salto y miraron hacia otro lado.

—La puerta estaba abierta y te recuerdo que habíamos quedado hace diez minutos. Para la próxima ya sabéis la moraleja: puerta abierta, vecina que entra.

Ni Cata ni Jon levantaron la vista del suelo mientras Amaia sacaba las bandejas de las bolsas y continuaba con su particular monólogo.

—De todas formas, ¿tú has vuelto a casa por Navidad o cómo? —le soltó a Jon mientras se comía un hojaldre.

—Luego te cuento, Amaia. —Fue Cata la que respondió al ver la cara de incredulidad de Jon.

—Vale —contestó esta a dos carrillos sin dejar de mirar a Jon—, al menos espero que la excusa sea buena.

—Luego hablamos, ¿vale?

—Sí, mejor.

Acompañó a Jon a la puerta. Cerró y se giró hacia Amaia.

—Te quiero matar. En serio, ¿no podías haber vuelto a tu casa y esperar un rato ahí tranquilita?

—Venga, Cata, es mucho más divertido así, y lo sabes —contestó sonriendo—. Resulta que vuelve semanas después de hacerte *ghosting*, te trae una plantita, ¿y ya caes rendida a sus pies?

—Amaia, la dignidad decidí dejármela en Madrid hace tiempo ya. Le tengo tantas ganas que me transformaría en alfombra si hiciera falta.

—Ya, ¿y con ese look de loba creías que iba a pasar algo? ¿En serio?

Cata se miró en el espejo.

—¿Qué pasa? Bien mona que voy, imbécil. No me ha parecido que le disgustara.

—Lo que tú digas, pero mañana agradecerás mi intervención. Y si no, al tiempo.

Pasaron la mañana entre hojaldres, aguacates, gambas y quesos. También hicieron brochetas, consomé para poner en vasitos y bocaditos de dátiles con beicon. Dejaron varias cosas preparadas a falta de calentar y otras en la nevera listas para emplatar.

A la una del mediodía habían quedado en El Muelle para el aperitivo. El sol poco a poco se había abierto paso entre la niebla y el margen de la ría estaba repleto de gente de todas las edades pidiendo cañas, vinos e incluso champán.

Tras la merecida siesta, Cata se duchó y se puso la ropa que había comprado para la ocasión: un vestido corto y ceñido de terciopelo negro y de manga larga con unas aberturas estratégicas a la altura de la cintura. En las piernas, unas medias tupidas y unos botines negros de tacón considerable. Se deshizo de su habitual trenza y se dejó el pelo suelto, con esas ondas naturales que tanto odiaba, pero que tan bien le quedaban. Por desgracia, debía ponerse también su complemento estrella de los últimos años: las gafas. No eran las primeras, en la universidad llegó a comprar unas sin graduar porque estaba convencida de que la hacían más interesante. Sin embargo, aquellas le recordaban que tenía una enfermedad degenerativa. Había pasado a un segundo plano con todo lo de su padre, eso era cierto, pero cuando se paraba a pensar en ello le asustaba, y mucho. Se miró al espejo con gafas y sin ellas, y sopesó la posibilidad de dejarlas en casa, pero recapacitó a tiempo: si no quería untar el foie en un posavasos las iba a necesitar. Amaia llamó por teléfono.

—¿Estás ya retozando con el vecino o puedo ir a tu casa?

—Puedes venir —contestó con resignación.

Su vecina llamó al timbre en ese mismo momento. Estaba en plena crisis. Toda su ropa del año pasado ya no le quedaba bien.

—Me veo fatal, Cata. Mira qué anchura —dijo con las manos en la cintura mientras se miraba en el espejo—. Y mira qué careto: parezco un oso panda. Da igual el colorete que me ponga, sigo más blanca que la loza del lavabo.

La verdad es que el embarazo se le empezaba a notar. Tenía poca tripa, pero su cuerpo estaba perdiendo sus vertiginosas curvas y lo de la mala cara... a veces también era verdad.

—Amaia, estás cocinando una vida ahí dentro.

—¿Y? ¿Ya por eso voy a tener que verme como un despojo?

—Para nada, pero date un respiro. Los rosales no están en flor todos los días del año y tú tampoco necesitas estar perfecta estos nueve meses. Ya volverás a estar como antes.

—O no.

—Además, tú no lo ves, pero estás guapísima, te lo digo de verdad. Y lo de la anchura solo lo notas tú —mintió—. Te pongo un poco de mi colorete mágico y nos vamos.

Si de algo Amaia había ido sobrada siempre era de autoestima y ahora que estaba empezando a perderla le estaba costando una barbaridad lidiar con ello. Se había imaginado sexy hasta la vejez, incluso durante el embarazo. Vestidos ceñidos, el pecho grande y asomando por un conjunto de lencería... Y la realidad estaba siendo bien distinta: se notaba pesada, cansada y desfavorecida. A ratos pensaba que lo mejor sería quedarse en casa escondida como una oruga y volver a salir tras el parto convertida en una mariposa.

Cómo no, llegaron las últimas a casa de Bego. Todos, incluso los más pequeños, estaban ayudando ya a poner la mesa. Bego había dedicado semanas a la decoración navideña, y el resultado era todo un espectáculo. En una esquina, un árbol enorme repleto de bolas y adornos en tonos rojos y dorados y rematado por una original estrella llena de luces. Sobre los muebles, varios candelabros con velas encendidas daban un toque muy chic y hogareño, y en la mesa unos centros que había confeccionado Vera con ramas de pino natural, piñas, naranja seca y canela en rama. El ambiente era tan acogedor y familiar que Cata por un momento creyó estar volviendo a su infancia.

Pasaron una noche maravillosa. Tomás, el ojito derecho de Bego, se dedicó a contar las mejores anécdotas de su madre cuando era joven.

—Hijo, estás aireando todas mis vergüenzas. Te vas a quedar castigado un año sin lentejas —le reprendió con cariño entre risas.

Amaia, nostálgica, narró también con todo detalle algunas de sus andanzas en Brasil y Suecia. Solo con escuchar sus historias se entendía por qué añoraba tanto aquella época y su forma de ver la vida.

—No sé si poner dos rombos a estas historias —dijo Vera mirando a los niños.

—Que vayan escuchando, Vera, que sepan lo divertida que va a ser su vida en unos años.

Cuando Bego sacó su tradicional bandeja de turrones y Cata las panderetas, comenzó la fiesta. Cantaron villancicos y tan pronto como los niños se quedaron dormidos pasaron al karaoke. A eso de las doce Amaia se había quedado dormida en el sofá y Tomás se iba a una fiesta con amigos. Recogieron la mesa y la cocina entre los que quedaban despiertos y se despidieron. Para Cata había sido la mejor Nochebuena en muchísimos años. La más sincera, la más tranquila y la más familiar, por irónico que pudiera sonar.

Llegó a casa y salió al balcón a disfrutar de una última copa de vino y de un pitillo mientras se deleitaba con todo lo vivido durante el día. Había sido todo tan perfecto que necesitaba estirarlo al máximo, como si fuera un sueño bonito del que todavía no quieres despertar. Estaba a punto de encenderse el cigarro cuando sonó el timbre. «Verás. Esta es Amaia, que no se puede quitar las botas». Abrió la puerta: la segunda sorpresa del día.

—¿Brindamos? —dijo Jon sonriente levantando la botella de vino que llevaba en las manos.

Cata rectificó en su cabeza: el día había sido real, el sueño empezaba ahora. Bajo una americana azul desabrochada, una camisa abierta hasta el tercer botón que dejaba entrever las clavículas más masculinas que se recuerdan. Y esa sonrisa. Y esos ojos azules. Y esos hoyuelos. Entró, esta vez sin preguntar, y se fue directo al sofá botella en mano.

—No me pillas en pijama de milagro, ¿cómo has sabido que estaba ya en casa?

—De todos es sabido que «Un beso y una flor» es la canción que cierra un karaoke. Si a eso le sumas la escandalera con Amaia por la escalera…, no ha sido difícil.

—¿Dónde has cenado?

—Con mi madre —contestó torciendo el gesto—. Nos encanta el *petit comité*. ¿Lo habéis pasado bien?

—Mucho, hacía tiempo que no disfrutaba tanto de una Nochebuena.

Justo cuando Cata iba a sentarse a una distancia prudencial para sus nervios, Jon se levantó.

—¿Adónde vas?

—Ahora lo verás. No quieras controlarlo todo.

Desapareció tras la puerta de la cocina y al cabo de unos segundos unos acordes empezaron a sonar. A Cata se le pusieron los pelos de punta. Era «Forever Young». Se acercó a ella despacio y sin dejar de mirarla a los ojos, le quitó la copa de vino y tiró de su mano hacia arriba. Sin prisa, como si quisiera seguir el ritmo lento de la canción, colocó los brazos de Cata sobre sus hombros y le rodeó la cintura con las manos. En silencio y sonriendo con la mirada, empezó a moverse de un lado a otro mientras se acercaba cada vez más. Por fin, Jon besó sus labios. Fue un beso lento, sensual, eléctrico. Perfecto.

El momento álgido de la canción se aproximaba. Cata por nada del mundo quería dejar de besarle, pero su yo adolescente frenó y le miró sonriendo. Él, que entendió perfectamente lo que venía, asintió con la cabeza. Fingiendo tener un micro en la mano, cantaron a pleno pulmón:

> *Forever young*
> *I want to be forever young*
> *Do you really want to live forever?*
> *Forever, and ever*

Cantaron, bailaron y se besaron. Se besaron mucho. Antes de que terminara la canción, Cata ya le estaba quitando la camisa. La siguiente canción que sonó fue «All I Want for Christmas Is You». Cata no pudo evitar reírse en voz alta. Después de tanta queja, al final no le iba a quedar más remedio que agradecerle a Amaia su inoportuna intervención.

—¿Todo bien?

—Sí. Tú a lo tuyo, no te distraigas.

21

Una idea fugaz

Amaia se despertó sin náuseas por primera vez en meses. Se desnudó y se miró en el espejo. Tenía sentimientos encontrados. Se sintió poderosa pero vulnerable a la vez. Su cuerpo estaba creando vida, pero aquel milagro dependería de ella. Debería aprender a cuidar de sí misma y de la criatura que gestaba en su interior. Y así sería el resto de su vida. El embarazo no era más que un breve tráiler de lo que estaba por llegar. Adoraba su vientre abultado, pero odiaba su cuerpo. Se acarició la tripa, tersa; le pareció preciosa. Se fijó en su cintura, que ya no era de avispa, sino dos líneas rectas entre el torso y las caderas. Subió la vista hasta el pecho, hinchado, y los hombros, que empezaban a perder definición. Suspiró. Para colmo, los tobillos estaban ya como los de un elefante. «¿Esto no se supone que pasa al final del embarazo?», pensó contrariada.

El día se presentaba movidito. A primera hora tenía revisión ginecológica y, con suerte, si el garbanzo tenía a bien, sabría si era niño o niña. Fuera lo que fuera debía venir con carácter ya de serie, puesto que en las ecografías solo se dejaba ver de espaldas; eso decía la ginecóloga, porque Amaia no veía ni espalda ni cara ni culo ni nada. La mala noticia es que aquel día celebraban la despedida oficial de Mario. Hasta el último momento barajó inventarse alguna excusa de mal pagador para escaquearse, pero las chicas la convencieron de que lo más correcto era ir. Y no solo por él, sino también por ella: era fundamental aparentar normalidad. De hecho, ese argumento fue el que inclinó la balanza a favor de asistir.

Las últimas semanas en el estudio habían sido una pesadilla. Amaia no lograba concentrarse en el trabajo más de diez minutos seguidos. Se le olvidaban las reuniones, las tareas urgentes y hasta lo que había pedido una hora antes. Le preocupaba tanto cometer un fallo garrafal que se apuntaba todo por duplicado en pósits para tenerlo a la vista siempre. Las náuseas, el sueño y las visitas a la ginecóloga habían bajado su productividad a cotas casi inexistentes. Y por si todo esto fuera poco, la aparente indiferencia de Mario le provocaba tanta tristeza que ahora se atrevía a pensar si realmente sentía algo por él. Ah, bueno, y la pedorra de la eterna becaria tampoco ayudaba. Apostaba a que habría pasado por Bershka a por todos los looks de ejecutiva agresiva que hubiera disponibles en la tienda, y no había día en que no le pusiera las tetas en la cara con cualquier excusa peregrina. Por suerte, Amaia podía trabajar desde casa, así se ahorraba las siestas en la silla del despacho, salir corriendo al baño cada dos horas y el espectáculo del cortejo del mirlo blanco.

Después de probarse y descartar los siete pantalones que ya no le cerraban, las faldas de cintura alta y los jerséis ceñidos, optó por un vestido escotado, largo y suelto, que dirigiera la mirada al canalillo, cortesía del embarazo. Se puso bien de colorete y de rímel, el pelo salvaje (el favorito de Mario) y salió decidida a confirmar que el garbanzo era en realidad una «garbanza».

Al salir a la calle se topó con Bego en el patio. Estaba muy concentrada, tijera en mano, dejando las hortensias, los rosales y los geranios calvos y redondos como bolas de billar.

—¡Hola, Bego!

—Hola, hija —contestó mientras se quitaba los guantes—. Caray, qué guapa estás. ¿Adónde vas pues?

—Primero a la ginecóloga y luego a la maravillosa y muy apetecible despedida del estudio del padre de mi beb… —El rostro de Amaia se petrificó de golpe. Sacó el móvil y abrió el calendario—. ¿Tú no tendrías que estar preparando la maleta para irte a Vitoria? —preguntó abriendo las aletas de la nariz cual toro antes de embestir.

—Pues debería, sí, pero mi nieta mayor se cayó ayer por la tarde y la han tenido que escayolar. Pobrecita mía, no sabes cómo lloraba.

—Pobre, sí —repitió apretando los dientes—, pero ¿y qué tiene que ver eso con tu fin de semana en Vitoria?

—Me voy a quedar por si me necesitan, hija. La pequeña está con fiebre, ahora la mayor escayolada… Se lo ofrecí a mi hijo y me dijo que si no me importaba…, que seguro que en algún momento necesitaban otra mano.

El toro, que ya estaba preparado, embistió.

—Lo siento, pero es que no lo puedo entender. Llevas toda la vida cuidando de tus hijos. Un finde, ¡un finde!, que quieres irte por tu cumpleaños ¿y no puedes hacer ni eso? ¿No puedes cogerte un solo fin de semana? ¿De verdad me dices que nadie más que tú puede ayudarles? ¿Acaso no son tres hermanos? ¿Qué pasa, que entre ellos no hablan?

Bego la miró perpleja. Amaia era un poco espídica, sí, pero nunca la había visto así.

—Y no me digas eso de que cuando sea madre comeré huevos. Comeré huevos, ensaladilla, paella y tartas de queso. Y eso es lo que tendrías que hacer tú: pirarte el fin de semana y que se apañen, que son tres putos días y para eso tienen hermanos.

—¿Estás bien, hija?

—Estoy perfectamente —contestó consciente de que había sacado un poco los pies del tiesto—, perdona, Bego, pero es que me parece tan injusto… ¿No crees que ha llegado el momento de pensar un poco en ti, que solo son dos días?

—Hacemos una cosa. Yo te prometo pensármelo por si decido irme esta tarde y a cambio tú respiras hondo un momento mientras me cambio para acompañarte a la ginecóloga, ¿vale?

Como de costumbre, Bego había sabido leer entre líneas: un poco de apoyo era justo lo que Amaia necesitaba. Respiró hondo, relajó las aletas de la nariz y aceptó el trato.

Amaia salió levitando de la consulta. El bebé estaba bien y ella, pese a su estreñimiento y su anemia galopante, también. Y lo mejor de todo, por fin había confirmado sus sospechas: era una niña. Una niña fuerte, valiente, inteligente. Su cabeza empezó a maquinar a toda velocidad cómo serían su pelo, su sonrisa, sus manitas, su ropa.

—¿Cuántos millones de cosas necesita un bebé? —preguntó a Bego mientras encaraban la calle.

—Pues en realidad no tantas, de hecho diría que casi ninguna. —Esbozó una sonrisa condescendiente—. Lo único que va a necesitar es a ti, pero antes de que te des cuenta de eso habrás llenado tu casa de cosas que no sabes ni para qué sirven. No pongas demasiada resistencia, nos ha pasado a todas. Es parte del proceso.

La compañía de Bego durante la ecografía había sido un regalo inesperado. Acudir sola a las pruebas empezaba a ser un reto cada vez mayor. Y es que pese a que no dejaba de repetirse que todo iba a ir bien, unas horas antes de la cita siempre aparecían pensamientos catastrofistas que anulaban hasta al más optimista de los mensajes. La sensación de coger una mano amiga en la camilla fue de lo más reconfortante.

—Gracias por venir, Bego, ha sido mucho más fácil acompañada.

—Vendré siempre que lo necesites, hija, pero ¿no se lo piensas decir a tus padres?

Aún no había tenido el valor de dar la noticia a su familia, que con lo tradicionales que eran pondrían el grito en el cielo, y eso era lo último que necesitaba en su estado emocional.

—Lo haré más adelante. Yo me voy a la oficina, tú te desvías aquí, ¿no?

—Te acompaño hasta la puerta y me voy.

—¿Me prometes que te irás a Vitoria?

—Te prometo que hablaré con Álex y en función de lo que me diga me lo pensaré. Ese era el trato.

Amaia tenía claro que la respuesta final sería un «no», pero prefirió no insistir. Si finalmente no se iba ya pensaría algo para forzarlo más adelante.

Entró en su despacho y se sentó a trabajar sin saludar a nadie. Todo el subidón de la ecografía había bajado de golpe al ver a Mario preparar el piscolabis de su despedida en la cocina. No quería ni pensarlo. Se centró en otra cosa, y la mañana pasó rápido entre búsquedas de carritos, ropa de primera puesta y consejos de lactancia. A eso de las dos sus compañeros se reunieron en torno a la comida. Amaia, que quería pasar lo más desapercibida posible, esperó a que la cocina estuviera llena hasta la bandera para hacer acto de presencia. Ale, la mejor de su equipo de largo, se acercó a ella con un botellín de cerveza en la mano.

—Toma, jefa, damos el finde por inaugurado.

«Mierda». Mario estaba en el fondo de la sala contemplando la escena en silencio. Amaia cogió la cerveza y fingió darle un sorbo mientras sonreía. Deseaba aparentar normalidad.

—Gracias, Ale, voy a por algo de comer, que me muero de hambre.

Cogió un pincho de tortilla y dejó la cerveza escondida entre otros botellines que había encima de la mesa. Con suerte, alguien la cogería sin darse cuenta.

Habló con unos y otros sobre proyectos, clientes y otras cosas que ahora carecían de todo interés para ella. Ya no era la *workaholic* que solía ser. De vez en cuando miraba a Mario por el rabillo del ojo, sobre todo cuando la ejecutiva agresiva revoloteaba a su alrededor. Él intentaba aparentar normalidad, pero Amaia conocía bien esa mirada: estaba triste.

«Las tres y media, yo ya he cumplido», pensó mirando el reloj. Había llegado el punto álgido del día: la despedida. Le había dado muchas vueltas a cómo proceder para no montar el numerito delante de sus compañeros, que, aunque disimulaban bien, eran unos carroñeros profesionales que siempre estaban buscando a alguien al que despellejar. La sospecha de que entre ellos había algo siempre había sobrevolado el estudio y, cuando Amaia le sacó del proyecto y se dejaron de hablar, aún más. Trató de captar su atención varias veces. Cuando al fin cruzaron la mirada, le hizo un gesto sutil con la cabeza para indicarle que se veían en la entrada. Tanto tiempo escondiendo su relación tenía sus ventajas: habían desarrollado unos códigos imperceptibles dignos de una película de espías. Amaia se deslizó entre la gente hacia su despacho, cogió el abrigo y el bolso, y se dirigió hacia la puerta del estudio. A los dos minutos Mario apareció en el rellano del ascensor. Se miraron en silencio; ninguno sabía cómo iniciar la conversación.

—Siento que te vayas, Mario. De verdad que lo siento.

—Has sido como un tsunami, Amaia. Cuando empecé contigo vi una ola enorme venir desde lo lejos, supe que arrasaría con todo y me destrozaría a su paso. Pero no pude ni quise pararlo. Y quiero que sepas que no me arrepiento de nada, contigo he pasado algunos de los momentos más intensos y felices de mi vida.

Amaia quería llorar, pero contuvo las lágrimas.

—Espero que seas feliz. Cuídate mucho. ¿Me das un abrazo de despedida?

Mario se acercó a ella con tristeza y le dio un abrazo tan sentido, sincero y lleno de cariño que Amaia no pudo más. Arrancó a llorar con desconsuelo. Mario la soltó de golpe y miró sus ojos arrasados por las lágrimas, extrañado. Por un momento pareció querer decir algo, pero rápido cerró la boca, como si se lo hubiera pensado mejor. Unos segundos después, consiguió articular palabra.

—Mejor vuelvo dentro. Cuídate.

Amaia se quedó en el descansillo. Se permitió que saliera toda la pena y la rabia contenidas. «Al final va a ser cierto eso de que no sabes lo que tienes hasta que lo pierdes», pensó entre sollozos mientras recuperaba poco a poco el aliento.

—Algún día te hablaré de tu maravilloso padre. —Se tocó la barriga—. Ojalá te parezcas también a él.

Al llegar a casa se desplomó sobre el sofá con el ánimo por los suelos. Llevaba mucho tiempo imaginando la despedida de Mario. Sabía que sería dura, se había mentalizado y lo tenía asumido. Lo que no esperaba es que acabara de manera tan fría, tan abrupta. De vez en cuando soñaba que los dos tenían la misma edad, se conocían en otro momento vital y lograban formar una familia. Sacó la ecografía del bolso, miró las imágenes con atención: aquellas formas confusas eran su niña. Su preciosa niña. Una mezcla de felicidad y tristeza anegó de nuevo sus ojos. «Malditas hormonas», bramó.

El sonido del móvil la despertó de su corta siesta; se había quedado dormida sentada y con la ecografía en la mano. Era un recordatorio: esa tarde tenía de nuevo a Gala y a Mateo. «Mierda —pensó—, se me había olvidado por completo». Vera, que estaba en plena incorporación a su trabajo soñado, de vez en cuando necesitaba unas horas libres. Y Amaia, muy motivada tras el éxito de la última tarde, se había ofrecido a quedarse con ellos los viernes. Ahora que Vera se había decidido a encontrar el equilibrio lo último que necesitaba eran palos en las ruedas. Además, le venía bien seguir practicando.

—No sé, Amaia —le había dicho Vera—, debería encargarse Leo. ¿No es un marrón para ti?

—Que no, ya te he dicho que es un plan sin fugas. Tú necesitas tiempo y yo saber si lo del otro día fue un milagro o realmente estoy capacitada para cuidar niños. Además, ya me voy encontrando mejor.

Movió los muebles del salón, volvió a montar el tipi y sacó unos libros que había comprado para ellos. Vera apareció con los niños a las cinco en punto. Estaban muertos de hambre, así que les hizo unas tortitas de avena y les dejó untarlas con toda la nata que quisieron. Merendaron emocionados con la idea de volver a disfrazarse. Sacó las plumas, las cartucheras y el resto de los complementos, y se lanzaron a reproducir una verdadera película de indios y vaqueros en el salón.

El timbre de la puerta interrumpió el clímax del largometraje, el momento en el que Pocahontas y Billy por fin se hacían amigos. «Qué raro —pensó mirando el reloj—, me dijo que Leo vendría sobre las ocho».

Abrió la puerta. Se quedó petrificada. Ni le esperaba ni sabía qué decir.

—No sabía que tenías compañía —dijo Mario asomándose al recibidor.

—Son los hijos de Vera, estoy cuidando de ellos hasta que vuelva de trabajar.

Mario la miró de arriba abajo. Acaso sería por el atuendo de pijama, trenzas y sombrero de plumas que lucía Amaia, no muy propio de ella, pero estaba raro. Muy raro.

—Tú cuidando niños, Vera trabajando..., pues sí que ha cambiado todo en estos meses, ¿no? ¿Puedo entrar? Necesito hablar contigo.

—Sí, supongo que sí. Espérame en la cocina. Voy a ponerles una película para que no se abran la cabeza en este rato y ahora estoy contigo.

Amaia se tomó más tiempo del habitual en elegir la película para Gala y Mateo. Necesitaba respirar. La visita de Mario la había pillado por sorpresa y su cambio de actitud también. Tenía algo distinto en la mirada. Como si el cariño hubiera vuelto de golpe. Como si no se hubiesen despedido.

—Ya está. —Se esforzó por disimular la emoción—. Siendo optimista, calculo que nos darán una pausa de… veinte minutos. No te esperaba, ¿todo bien?

—Sí. —Carraspeó—. Es solo que… quería pedirte perdón por la forma en la que me he despedido de ti. Me sentía muy incómodo. Todo el mundo ahí dentro, tú tan…

Mario estaba cada vez más nervioso, y Amaia, también.

—¿Tan qué?

—Distinta.

—¿Distinta? —Ahora era Amaia la que estaba intrigada.

—No sé. Has cambiado de estilo, ¿no? Con esos vestidos, cómo te acentúan las curvas… Te veo guapísima.

Vale, oficialmente Amaia estaba fuera de juego.

—Bueno, sí. He optado por vestidos escotados pero cómodos. Estaba harta ya de ir todos los días como una chistorra a trabajar.

—¿Y el maquillaje? ¿También lo has cambiado? O las cremas. Tienes un brillo especial en la piel, en el pelo y, sobre todo, en los ojos.

—Sí, he cambiado de rutina facial y de champú. Además, estoy tomando colágeno. Debe de ser eso. —Amaia ya no sabía qué más inventarse, solo le quedaba recurrir al bótox.

—Ya —dijo mientras se acercaba a ella—, y también puede ser porque ahora bebes menos alcohol, ¿no? Dicen que es malísimo para las arrugas. He visto que ibas dejando botellines por ahí, y con lo que tú has sido…

—Pues sí, y tú también deberías dejarlo. No sabes los efectos tan nocivos que tiene en nuestro cuerpo. Y si no te lo crees, ya te pasaré el documental que vi el otro día para convencerte. —Necesitaba sonar tan convincente que empezaba a meterse demasiado en el papel.

—Intuyo que entonces estarás en plena fase de desintoxicación.

—Ni que fuera una alcohólica, chico. Igual exageras un poco, ¿no?

—Puede ser. Pero es que verte llorando al despedirnos me ha dado que pensar. Eso sí que es nuevo. De hecho, estaba seguro de que no tenías glándulas lagrimales.

Amaia soltó una carcajada mientras le tiraba el cojín del taburete a la cabeza.

—¡Oye! Cómo te pasas. Claro que las tengo. Lo que pasa es que las controlo muy bien. Entonces ¿en serio has venido para preguntarme esto? ¿Después de dejarme ahí tirada en la puerta del ascensor?

—En realidad quería preguntarte otra cosa. —Se acercó despacio—. ¿Puedo?

Amaia sentía palpitaciones en el pecho. Podía escuchar su corazón latiendo a toda velocidad.

—Supongo —contestó con la voz entrecortada—, otra cosa es que yo te conteste.

Mario se paró frente a ella y cogió su mano.

—Estás embarazada, ¿verdad?

Amaia sintió cómo su estómago daba un giro perfecto de ciento ochenta grados. Quería hablar, pero no le salían las palabras.

—Vale, o sea que sí.

De nuevo otro silencio. Amaia trataba de interpretar la mirada de Mario, pero no sabía identificar si era de enfado, tristeza, esperanza o ilusión. La mezcla era de lo más confusa.

—¿Y no pensabas decírmelo? El... —carraspeó— bebé y tú... ¿estáis bien?

Amaia respiró hondo. Había imaginado muchas veces cómo le daría la noticia, pero nunca pensó que sería una vez decidida a ser madre y menos aún con Mario fuera de su vida. Le contó que había confirmado su embarazo justo después de que él decidiera terminar con la relación. Que al principio tenía claro que quería abortar, pero que con el tiempo cambió de idea y que ahora solo podía pensar en su preciosa niña.

—¿Es una niña? —Una sonrisa se le dibujó en la cara.

—Sí, me lo han dicho hoy. Lo siento, Mario, siento no habértelo dicho. Pero no quería cargarte con una responsabilidad que no quieres tener y sabía que si te lo decía te estaría forzando a ello.

—Das por hecho que es mío por lo que veo..., mía —corrigió.

—Sí. Por las fechas tiene que ser tuya. Pero, insisto, no tienes ninguna obligación aquí, Mario. Tomé la decisión de seguir adelante con el embarazo y puedes estar tranquilo porque no voy a pedirte absolutamente nada. Podrás seguir con tu vida y formar una familia cuando encuentres a la persona adecuada y estés preparado.

Gala y Mateo aparecieron en la cocina corriendo. Como para los niños el concepto espacio-tiempo es relativo, los diez minutos de gracia que les habían concedido a los mayores habían sido más que suficientes: querían volver a su película de carne y hueso. Mateo, que siempre decía que era injusto porque había más indias que vaqueros, aprovechó para invitar a Mario a sumarse a su causa.

Pasaron la tarde jugando a todo lo que los niños pedían: al fútbol, a las muñecas, a construir casas con bloques y hasta al escondite inglés (idea de Mario, que, por cierto, fue todo un éxito). Entre juego y juego Amaia y Mario se miraban y por unos instantes se respiraba complicidad. Podría decirse que amor incluso. La idea fugaz de pedirle que estuviera a su lado pasó por la mente de Amaia, pero la necesidad urgente de ir al baño de Gala había saboteado sus intenciones.

Leo llegó a recoger a los niños a la hora prometida. Venía empapado en sudor y con su pala de pádel en la mano. Su cara al ver a Mario fue todo un poema. Amaia le hubiera querido estrangular por descarado y por cortarles el rollo. Por extraño que sonara, se lo estaba pasando muy bien.

Ya en la quietud de la casa vacía y con el salón y la cocina patas arriba, los dos se tiraron a descansar en el sofá.

—Estoy muerta. Espero que esta señorita sea un remanso de paz. —Se acariciaba la tripa.

—Pues como salga a mí... —contestó Mario.

—Pido que me devuelvan el dinero.

Los dos rieron a carcajadas. Siguió un largo silencio en el que casi podían escucharse sus pensamientos.

—Gracias por tu ayuda esta tarde, Mario, pero creo que será mejor que te vayas. Estoy tan cansada que necesito meterme en la cama y ponerme una serie hasta caer redonda. Calculo que no llegaré a ver ni la introducción.

Como siempre, cualquier cosa menos enfrentarse a los sentimientos.

—Claro, como quieras. ¿Te ayudo a recoger?

—No te preocupes, Vera me hizo prometerle que lo haría ella. Me amenazó con no volver a dejármelos si lo hacía yo —contestó mientras le acompañaba a la puerta.

—¿Me dejarás acompañarte en el proceso al menos? Luego, si no quieres que esté, no estaré.

«Esto sí que no me lo esperaba», pensó. Las defensas de Amaia empezaban a desmoronarse.

—Nos lo pensaremos —dijo Amaia con una sonrisa cariñosa—, no sé por qué, pero creo que le caes bien.

—Descansa.

La abrazó y la besó en la mejilla. Amaia buscó sus labios.

—¿Interrumpo algo?

Los dos se despegaron de un salto. Cata acababa de aparecer en el rellano con dos bolsas de la compra llenas hasta arriba. Cuando Amaia se dio cuenta de que le estaba devolviendo su ya archifamosa interrupción con Jon no pudo evitar empezar a reírse a carcajadas. Cata rio también.

—Eres una perra —exclamó Amaia con lágrimas de risa en los ojos.

—Le dijo la sartén al cazo...

22

Dondequiera que salga el sol

—Li priximi viz prifiririi quimprir inlin —repitió Cata en voz baja cuando el cliente cerró la puerta tras de sí.

—¿Te pasa algo en la lengua? —preguntó Iñaki con su habitual sarcasmo.

A Cata le molestaban mucho las críticas de los clientes, y más aún cuando eran con razón. Tenía claro que La Verbena debía modernizarse: necesitaban unas buenas redes sociales, nuevos servicios adaptados a la gente joven y, sobre todo, una página web. Y poner el nombre de la tienda en el escaparate. Estaba contenta con el trabajo que había hecho en redes, incluso había logrado que Iñaki se prestara a que lo grabara haciendo ramos para luego colgar los vídeos. Pero entre los contenidos, aprender sobre flores, limpiar la tienda y atender a los clientes que entraban por la puerta, cubría y con creces su jornada laboral.

A las cinco en punto, como todos los días, Iñaki le recordó que era hora de irse. «Venga, vete, que ya te he soportado suficiente por hoy», le decía siempre. Cata cogió su abrigo y una planta mustia que estaba para tirar y se fue directa a El Muelle. Había quedado con Jon para tomar unas cañas y de paso darse unos cuantos besitos como los buenos quinceañeros intensos en los que se habían convertido. Los últimos días habían seguido el mismo patrón en bucle: madrugar, trabajar, quedar con la excusa de tomar algo, practicar sexo durante horas, dormir lo que pudieran, repetir. Si alguien le hubiera pedido a Cata que describiera su día perfecto probablemente sería algo muy parecido a eso. Jon era buena persona, cariñoso, sexy y sobre todo gracioso. Tenía ese sentido del humor rápido e ingenioso que Cata siempre había admirado. Bueno, y a todo eso había que sumarle su *six pack*, que podría ser la envidia hasta del mismísimo Thor.

Después de diez minutos de darse el lote sentados en una mesa del bar, Luis, el dueño, decidió que ya era momento de ponerles una consumición. Con tanto morreo a la fuerza debían tener sed.

—Perdón, ¿os pongo algo? —preguntó después de carraspear.

—Dos cañas y unas aceitunas, por favor.

—Marchando, ya podéis seguir —dijo guiñándoles un ojo.

—¿Qué tal el día? ¿Has vendido muchas plantas?

—No ha ido mal, pero creo que ha llegado la hora de dar el siguiente paso. ¿Tú podrías ayudarme?

—¿Yo? ¿Me quieres poner a vender desnudo, tapado únicamente con hojas de parra?

—Uf, pues agotaríamos el stock seguro. —Cata sonó traviesa—. Pero no, estaba pensando en la página web. Yo más o menos me apaño con lo básico, pero seguro que necesito ayuda para hacer el rollo ese del servidor y algunos ajustes más. Siempre que llego a esa parte se me hace bola.

—Venga, si nos sobra tiempo después de cenar nos ponemos con la web —dijo Jon en tono de guasa, ya que últimamente se saltaban la cena todos los días.

—En serio, Jon —Cata trató de ponerse seria—, esto es importante para mí. ¿Te enseño lo que tengo pensado? He hecho algunos bocetos, mira.

Cata le enseñó todas las páginas que había guardado como inspiración. También unos esquemas de cómo y dónde quería colocar el menú, las fotos, las fichas de producto... Tenía todo muy avanzado, solo le faltaba elegir los colores corporativos y pensar si convenía aprovechar el cambio para proponer una renovación del logo, que era igual de casposo y anticuado que la tienda.

—Veamos..., ¿tienes una foto del logo actual? Se la podría mandar al diseñador gráfico de mi empresa. Nos llevamos muy bien y seguro que me hace un par de propuestas rápidas, así no vas con las manos vacías.

—Por pedirles tantos favores como esos, los diseñadores un día acabarán vengándose de todos nosotros y provocarán el caos mundial con la Comic Sans. —A Cata le encantaba poder permitirse hacer bromas frikis sin espantarle—. Pero en este caso me urge tanto que voy a contribuir a su cabreo global. Mira, te lo enseño.

Desbloqueó el móvil y buscó una foto del logo actual. La primera que encontró fue una en la que aparecía Iñaki colocando unas flores en el escaparate. Al verla, la expresión de Jon se congeló.

—¿Qué pasa? Ya te dije que era una mierda, ¿es peor de lo que habías imaginado?

Jon tenía los ojos clavados en la pantalla del móvil, pero su mente se había ido lejos. De viaje astral podría decirse.

—¿Jon?

—Sí, perdón —dijo tratando de recomponerse—, es que acabo de recordar que tenía que ir a ver a mi madre y voy a llegar tarde. Pásamelo por WhatsApp y se lo envío al diseñador a ver qué puede hacer, ¿vale? El próximo día invito yo.

Sin darle siquiera turno de réplica la besó en la frente y se fue. La brusca despedida desconcertó a Cata, pero después de todo lo que había vivido con él en las últimas semanas y más confiada en su relación que nunca, decidió no darle importancia y dedicar el resto de la tarde a avanzar con su proyecto. Buscó inspiración para presentar a Iñaki y su tienda en la web. «Tenemos que contar una buena historia», pensó. Redactó unas primeras líneas, pero no le salía nada fresco, solo discursos manidos y enlatados que más bien parecían escritos por ChatGPT. Abrió su álbum de fotos de la tienda para ver si venía la musa. Se detuvo en las de Iñaki: en todas salía trabajando, con las gafas a medio camino entre los ojos y la punta de la nariz y con la tristeza habitual de su mirada. En los últimos tiempos la relación había mejorado. Como bien había dicho Ana, descubrir su lado entrañable era solo cuestión de tiempo. Discutían de vez en cuando, pero siempre acababan haciendo las paces y echándole la culpa al cliente.

Con todo, llevaba unas semanas con el runrún de que Iñaki pudiera tener también retinosis. Incluso le había llegado a plantear a Ana que se hiciera más pruebas.

—Pues no sabía que existía esa enfermedad. ¿Tú sabes si los síntomas son los mismos?

—Bueno, yo en realidad no tengo mucha idea —mintió—, pero un amigo de mi hermano la tiene y me suena que se parecen. No sé, quizá debería hacerse más pruebas para descartarlo.

—Eso lo dices porque no conoces a mi padre, ¿no? No he conseguido que pise una consulta médica en diez años. Lo del otro día fue por causa de fuerza mayor: si sigue perdiendo vista dentro de poco no podrá trabajar. Porque le toqué el tema de la tienda y ya se quedó sin argumentos, que si no… Gracias por avisar, en cualquier caso. Si tengo oportunidad le llevaré yo misma al médico de la oreja si hace falta.

Cata sabía de sobra que no lo conseguiría. Conociéndole, le quitaría importancia y diría que mientras las gafas le dejaran ver sería suficiente. «Le conozco ya como si fuera mi padre», pensó riéndose de sí misma.

Sin darse cuenta, el efecto de las cervezas empezaba a despertar el lado creativo de Cata: la inspiración que había encontrado en internet por fin se materializaba en ideas que fluían con facilidad. Entró en la galería de imágenes del móvil y se fijó en una fotografía que había tomado del corcho de la trastienda. La metió en Google para buscar coincidencias, pero solo obtuvo información de la floristería. Cosas que ya sabía. En estas recibió un wasap.

> Hola, hermanita, ¿cómo estás? Hemos pensado en ir a verte con las niñas para primavera. Están deseando verte. ¿Qué me dices?

«Que mejor me las mandáis por correo», pensó. Adoraba a sus sobrinas, pero la perspectiva de pasar un fin de semana con la pareja que personificaba la perfección casi le hizo vomitar las cinco cervezas que se había tomado. Pidió otro doble y un pincho de tortilla, y volvió a la foto de Iñaki de joven. Su hermano le acababa de recordar a su madre, y su madre, lo que había prometido que nunca haría. Abrió el WhatsApp de nuevo.

> Hola, mamá. ¿Es él?

Y adjuntó la foto.

Respiró hondo. «Que salga el sol por donde quiera». Enviar.

Se quedó contemplando fijamente a la pantalla. Última conexión: 19:32. Se terminó el pincho. Pidió más aceitunas. Nada. No pensaba moverse de allí hasta que llegara la respuesta que tanto necesitaba. Dudó si debía llamarla. Estaba a punto de proceder cuando el estado del WhatsApp cambió: «En línea». Doble tic azul. Lo había leído. Un minuto después pasó a «Escribiendo». Cinco minutos, diez minutos… «Qué coño me estará poniendo», pensó impaciente. Su corazón latía tan fuerte que podía escucharlo.

> Sí.

El impacto de la respuesta fue tan grande que todo a su alrededor se detuvo. La cabeza de Cata se sumió en el más absoluto silencio. Poco después empezaron a llegar imágenes entremezcladas a toda velocidad: el día de su graduación, su llegada a la ciudad, el funeral de su padre, la primera sonrisa de Iñaki, el abrazo de Ana, sus clases de vela con su hermano. Cada vez pasaban más rápido y cada vez era más difusa la línea entre su vida real y la que tendría que haber sido. Era como si su identidad se estuviera borrando por completo.

—Otra cerveza —indicó al camarero.
—¿Estás segura?
—Tienes razón. Que sean dos, por favor.

23

Tenemos que hablar

La confirmación de la identidad de Iñaki fue un golpe para Cata. Y lo peor era que, para variar, su hermano tenía razón: no tenía ni la más remota idea de qué hacer con esa información. Había pasado por todos los estados de ánimo: euforia, pena, vergüenza, esperanza, ilusión. Tras muchas vueltas en la cama y conversaciones con su almohada, llegó a la conclusión de que lo mejor sería sincerarse. Sería un shock para él y también para Ana, pero si algo había aprendido es que las mentiras sostenidas en el tiempo acababan provocando muchos más daños. Y de la misma forma que ella había querido descubrir la verdad una vez superado el duelo, creía que era de justicia que su verdadero padre supiera que tenía otra hija. Además, ¿cómo iba a seguir trabajando allí como si nada? No quería dejarlo por nada del mundo: no se veía haciendo otra cosa. Durante las dos semanas que siguieron su madre la llamó todos los días. Cata nunca llegó a contestar al «Sí». Tampoco a los mensajes posteriores. Aún no se sentía preparada.

Una vez que se decidió a confesar la verdad, había que pensar la mejor forma de hacerlo. Se había imaginado cientos de veces entrando a la tienda y diciéndole a Iñaki el clásico «Tenemos que hablar», pero no sabía ni por dónde empezar la historia. ¿Se lo contaba todo desde el principio? ¿Le decía a bocajarro: «Hola, papá, yo soy tu hija»? Si algo había aprendido Cata de su —otro— padre es que para todo trabajo arriesgado se necesitaba un buen plan. Él siempre decía que no solo importaba el qué, también el cómo. El revoltijo de sentimientos era tan grande que no conseguía pensar con claridad, así que convocó a las chicas en su casa para darles la noticia con la suficiente intimidad y de paso pedirles ayuda.

—¿Ves? Ya te dijo Bego que lo mejor era preguntar directamente a la fuente —afirmó Amaia poniéndole la medalla.

—Pero antes de nada, hija, ¿tú cómo estás? —preguntó Bego preocupada.

En el rato en el que les contó la noticia había pasado de la exaltación desmedida al llanto, luego a la risa nerviosa y de ahí al ensimismamiento. Ella repetía una y otra vez que lo había digerido, pero no hacía falta ser muy perspicaz para darse cuenta de que aún lo tenía en la garganta.

—Si no sabes cómo estás también puedes decirlo —se apresuró a decir Vera con voz suave antes de que Cata repitiera su cantinela.

Se quedó pensativa.

—Pues... pues sí. Puede que no sepa cómo estoy. —Se levantó a por el enésimo cigarrillo de la tarde—. Me siento bien porque he conocido a mi padre biológico. Es como si hubiera encontrado por fin la pieza de un puzle que no se ha completado en treinta y cuatro años. Por otro lado siento mucha curiosidad. Si lo pienso bien, ahora tengo una nueva familia por descubrir. Quizá tenga un primo que me caiga increíble o una tía insoportable, quién sabe, pero fijo que son muy distintos a lo que siempre he conocido y puede también que me gusten más. También me siento mal porque mi padre... Quise mucho a mi padre, ¿sabéis? Y aunque siempre fue bastante estricto y distante conmigo, cada vez que pienso en Iñaki como «mi padre» siento que le estoy traicionando. Hizo cosas mal, supongo, pero me pregunto si en el fondo de su ser sospechaba que yo no era su hija, es que os juro que si le hubierais conocido... Nos parecíamos lo que un huevo a una castaña. Y, bueno..., no sé, puede que sea un poco kamikaze, pero... —hizo una pausa de aires dramáticos aliñada con un suspiro—, pero en el fondo me apetece mover el avispero, aunque hacerlo suponga un terremoto. Es probable que al principio provoque el caos, pero... digo yo que se acabará haciendo a la idea, ¿no? ¿Qué es lo peor que puede pasar?

Todas se quedaron pensativas.

—Pues yo siento ser la nota discordante, para variar, pero sigo pensando que no es buena idea que se lo digas —insistió Vera.

—Pero ¿por qué? —Cata se veía molesta.

—Pues porque bastante ha sufrido ya con la enfermedad de su mujer. Y ahora que empieza a ver la luz... vas a darle una noticia que vuelve a desestabilizarlo todo. Fíjate lo que ha supuesto para tu familia. Querías saber la verdad y la has encontrado, ¿no? Tú ya tienes lo que querías, pero él no ha pedido que le cuenten nada. No sé, creo que lo haces más por ti que por él.

—Yo siempre preferiría saber la verdad. Siempre —sentenció Amaia.

Entraron en un debate interesante en el que unas convencían a otras de lo contrario con relativa facilidad. Era un asunto tan personal y poco común que no era difícil empatizar con argumentos a favor y luego en contra. Todo era válido según el prisma con el que se mirara. Cata, mientras fingía escuchar con atención cada uno de los alegatos, construía un plan en su cabeza. Como sospechaba, las chicas despertaban su imaginación.

—Ya sé lo que voy a hacer —interrumpió—, pero probablemente necesite vuestra ayuda.

—¿Nuestra ayuda? —preguntó Amaia—. ¿Y qué pintamos nosotras aquí?

—Como sabéis, llevo meses haciendo pequeñas mejoras en el local. Decoración por aquí, luces por allá…, pero la realidad es que hay cosas que siguen siendo demasiado cutres y así es muy difícil competir con los petardos del barrio, que serán más caros, pero a *cool* no les gana nadie. Y esa zona se está llenando de gente joven y moderna que no quiere ir a un sitio con las paredes de gotelé en color verde menta y fluorescentes amarillos. No solo hay que ser moderno, también hay que parecerlo.

—A ver qué se te ha ocurrido ahora —dijo Vera con desdén.

—Iñaki me dijo que esta semana se cogería dos o tres días de vacaciones para ir a ver no sé qué de Ana. Como todavía no se fía de mí, la tienda cerrará esos días, así que yo también podía descansar. Yo creo que lo dice porque aún no estamos en temporada alta, pero bueno, al grano. Si no he contado mal y teniendo en cuenta los días que cerramos por descanso entre semana, tengo cinco días para pintar las paredes, cambiar las luces, poner un suelo flotante y comprar alguna estantería nueva. Y la web está en proceso, así que para entonces debería estar terminada con el nuevo logo. Amaia, necesitaría tu ayuda con los materiales y los colores. Podría ponerme a ver Pinterest, pero tardaría mucho más y no hay tiempo que perder. Ah, y si conoces un par de personas de mano de obra que puedan ayudarme esos días, genial también. Bego, si te apetece y quieres ayudarme a ver cómo y dónde colocar las plantas y las flores para que queden más bonitas, genial. Y Vera, a ti no te pido ayuda porque sé que estás hasta arriba, pero si quieres venir a echar una mano con cualquier cosa eres más que bienvenida.

—No hay nada que me guste más que una pequeña reforma, pero… una vez hecho todo eso, ¿qué? ¿Hablarás con él? —Amaia seguía viendo fugas en su idea.

—Sí. Cuando vuelva y vea los cambios se pondrá muy contento. Ese mismo día en lugar de volverme a mi hora me quedaré hasta el cierre y le contaré la historia desde el principio. Espero que después de ver la reforma y todo el esfuerzo que he hecho por el negocio esté más receptivo.

—Sigo pensando que es más probable que te dé una patada en el culo a un abrazo, pero, oye, es un plan. De todas formas ya te aviso que no va a ser fácil. Las probabilidades de que no esté terminado en tan pocos días son... casi todas. —Amaia, que sabía de lo que hablaba, no quería engañar a Cata—. Pero cuenta conmigo.

—Vamos a intentarlo. Yo también te ayudaré, hija —dijo Bego.

—Yo como mucho me paso a pintar el sábado, pero ya te confirmaré. ¿Y Jon? ¿No te vendría bien que te echara una mano? ¿O sigue sin saber nada de todo este culebrón?

—Aún no se lo he contado, pero tampoco sé qué hacer. Hace unos días pasó algo raro otra vez. Le estaba enseñando cosas de la tienda para que me ayudara con la web y de repente me dijo que se tenía que ir con su madre y se largó corriendo. Al día siguiente me dijo que tenía un problema familiar y que estaba tan rayado que necesitaba irse unos días fuera, que me llamaría cuando volviera. No sé, no hay quien le entienda, a veces pienso que le encanto y otras que es un puto bipolar que no sabe lo que quiere y que me va a amargar la existencia.

—Pues cuando el río suena... —sentenció Amaia.

—Bueno, para bien o para mal ahora mismo solo tengo una cosa en la cabeza, no tengo tiempo para preocuparme por temas amorosos. ¿Cuento con vosotras entonces?

Las tres asintieron a la vez.

—¡Os quiero! ¡Y fuerte! —gritó con alegría—. Amaia, ¿podemos empezar viendo materiales? Tengo algunos en mente, pero no sé si son tan fáciles de poner como dicen por ahí.

—Claro, esta noche nos ponemos con eso sin falta. Voy a ir llamando a un par de contactos.

Los días siguientes fueron una locura. Lo que en la cabeza de Cata era un plan sin fisuras, en la práctica se convirtió en una carrera de obstáculos que no le permitió dormir más de tres o cuatro horas diarias. Jon llevaba una semana desaparecido. Y por extraño que pudiera parecer, Cata no estaba preocupada. Se repitió varias veces a sí misma que hasta el más pintado tenía algún culebrón en casa y que debía dejarle espacio sin buscar más pies al gato. Además, tan absorta como estaba con su proyecto, hasta le venía bien evitar distracciones.

Y si los preparativos habían sido estresantes, los pocos días que duró la reforma lo fueron aún más. Por la mañana visitaba la floristería y se aseguraba de que los trabajos avanzaban sin contratiempos. Amaia le había conseguido a dos chicos jóvenes pero con experiencia que acababan de poner en marcha su propia empresa. Aceptaron la reforma exprés para poder presumir de su primer cliente. Sabían lo que hacían, pero eran bastante manazas con las plantas y los jarrones, así que a Cata no le quedó más remedio que hacer un pedido nuevo de plantas y renovar todos los floreros. Al final, no hay mal que por bien no venga: los nuevos tendrían un aire mucho más moderno y sofisticado. Por las tardes, Amaia se quedaba vigilando mientras ella visitaba a los proveedores que su amiga le había recomendado en busca de materiales y muebles de otras temporadas que pudieran encajar en el estilo que Cata tenía pensado para la floristería a un precio más económico. El abanico de posibilidades era tan amplio que, incapaz de decidirse, llamaba a Amaia por videollamada para que la asesorara. También compró nuevos papeles, cuerdas y tarjetas con las que envolver los ramos y las plantas, y un vinilo para el escaparate con el logo actualizado; le costó una fortuna por la urgencia del encargo.

—Es un milagro que vayas a conseguir esto en tan poco tiempo —le dijo Bego en una de sus visitas de apoyo moral—. ¿Puedo ayudarte con algo?

—Aún no, Bego. Si mis cálculos no fallan, el lunes todo estará casi terminado y ahí sí te necesitaré para dejar la tienda colocada. Amaia se ha ofrecido a colaborar, pero prefiero que no haga muchos esfuerzos.

—Estoy embarazada, no impedida —aclaró Amaia—, pero como quieras.

Los dos últimos días fueron una carrera contrarreloj. Vera, que había visto las ojeras de Cata, se acercó con comida y herramientas para acelerar el montaje de los muebles. Era una virtuosa del bricolaje y fue un desahogo para Cata, que gracias a eso pudo dedicarse a dejar terminada la web e incluso grabar varios vídeos del proceso de la reforma para Instagram.

Alrededor de las ocho de la noche del lunes La Verbena nueva estaba terminada. El ambiente era mucho más cálido y elegante gracias a los tonos blancos y topo que Amaia había escogido. Las estanterías y los expositores de flores eran de madera antigua y maciza a juego con el mostrador original, que Cata siempre había considerado una especie de reliquia. Los jarrones, de distintas formas y tamaños, aportaban un toque armónico y contemporáneo que resultaba maravilloso. Y por último la iluminación, colocada en puntos estratégicos, le daba a la floristería un aire chic y sofisticado. Además, los primeros días de febrero aún eran lo suficientemente cortos como para que desde la calle se contemplara en su máximo esplendor durante buena parte de la tarde. Todo estaba en perfecto equilibrio.

—Algún día os devolveré este favor —dijo Cata tras un suspiro mirando a su alrededor—. Venga, vámonos, que ya es tarde.

—Espera, aún queda una última sorpresa. —Amaia invitó a las chicas a salir del local—. Quedaos fuera, ahora mismo voy.

Se pusieron los abrigos y salieron a la calle. La noche era gélida y tan húmeda que el cristal del escaparate estaba completamente empañado. Amaia salió de la tienda con una sonrisa de oreja a oreja.

—¿Preparadas? —dijo justo antes de apretar el botón del mando que llevaba en la mano.

Unas luces iluminaron todo el escaparate de La Verbena. Varios focos apuntaban al nuevo letrero y otros más estratégicos enmarcaban la cristalera haciendo un efecto mágico en las ramas gigantes de buganvilla artificial que Cata había colocado en uno de sus momentos de inspiración de última hora. El resultado era tan espectacular que resultaba imposible no quedarse un rato a admirarlo. Cata estaba tan emocionada que sus ojos se llenaron de lágrimas.

—¿Las quito? ¿No te gustan? —preguntó Amaia en tono vacilón.

—Eres imbécil —contestó pasando del llanto a la risa—, pero ¿cómo lo has hecho? Me parece un milagro.

—En realidad son unos focos que se cargan con energía solar y que van atornillados sin más. No es la solución más profesional, pero hacer una instalación eléctrica en condiciones era imposible en tan poco tiempo. Con este apaño podéis ir tirando y cuando estéis listos lo cambiáis. ¿Qué te parece?

—No tengo palabras, de verdad. Iñaki y Ana van a alucinar.

Cata llegó a casa agotada pero ilusionada. Ni todo el cansancio del mundo podía con sus ganas de ver la cara de su padre al llegar a la nueva tienda. Solo pensaba en darse una larga ducha de agua caliente, ponerse una copa de vino tinto y fumarse un pitillo mientras pensaba cómo darle la noticia a Iñaki al final del día. Se aplicó la mascarilla reparadora semanal y se duchó despacio, frotando cada mancha de pintura de los brazos. De fondo, «Insurrección», de Manolo García, su himno de superación desde hacía muchos años. Pensaba en cómo elaborar un discurso adecuado para contarle la verdad:

su enfermedad, una hija que no conocía… Era información lo suficientemente impactante como para dejar que las palabras fluyeran a su antojo. Pintó varios escenarios en su cabeza y cerró el grifo de la ducha. Estaba inspirada y necesitaba ponerse a escribir lo antes posible. No había terminado de secarse cuando sonó el timbre de la puerta.

«Va a ser Jon y yo en albornoz —pensó sonriendo—. ¿Le puedo pedir más a la vida?».

Abrió la puerta y su sonrisa pícara se convirtió en un gesto mezcla de vergüenza, decepción y rabia.

—¿Mamá?

—Hola, hija. ¿Ahora abres la puerta en albornoz?

24

Construir una familia

Cata se quedó paralizada. Su madre no encajaba allí. No quería invitarla a pasar a su nuevo mundo, que con tanto mimo había creado, lejos de su vida de Madrid. Temía que lo contaminara, que volviera a llenarlo de inseguridades, de dudas, de miedos. Pero Ceci era mucha Ceci. Sin que Cata se diera cuenta ya había entrado hasta el salón, había dejado su pequeña maleta y el abrigo, y, por supuesto, había dado un repaso al estado general de la casa. Esto es: orden, limpieza, decoración, espacio disponible y aromas predominantes. En su vida pasada, Cata se habría rendido. Se habría arrodillado para pedirle perdón, le habría dicho que volvería inmediatamente a Madrid. Pero en su nuevo mundo todo era diferente. No se lo iba a poner fácil.

—¿Mamá? ¿Se puede saber qué haces aquí?

—No me has dejado otra opción. Llevo días llamándote y escribiéndote y no me has contestado a nada. Estaba muy preocupada y acabé convenciendo a tu hermano para que me diera tu dirección. Necesitaba hablar contigo.

—No hay mucho de que hablar. Quería averiguar quién es mi padre y ya lo sé. Ahora quiero conocerle. Después de treinta y cuatro años creo que es lo mínimo.

—Tú ya tienes un padre y se llama Alfonso.

Cata se quedó en silencio. Aquella afirmación llevaba implícito un tono de reproche que de nuevo la hizo sentir como una traidora desagradecida.

—¿Has venido hasta aquí solo para decirme eso? —contestó esquivando el tema.

—¿Se lo has dicho ya? ¿Le has dicho que es tu padre?

—No, aún no.

—¿Y lo vas a hacer?

—Claro que sí; de hecho, se lo voy a contar todo mañana.

—No lo hagas, por favor —le imploró.

Cata soltó una risa irónica.

—Le vas a hacer daño.

—Eso no lo sabes —contestó molesta.

—Vale, vamos a hacer una cosa. Tú me dejas explicarte lo que pasó y, con toda la información, decides si se lo quieres contar o no. Algo me dice que puede que cambies de opinión.

—¿Y cómo sé que no me vas a contar otra de tus mentiras con tal de salirte con la tuya?

—Hija, he hecho muchísimas cosas mal en la vida, pero de la que más me arrepiento con diferencia es de no haber sido valiente hace treinta y cuatro años. Desde entonces he ido enterrando mi error con una mentira tras otra. Y de aquellos barros, estos lodos. Necesito quitarme este peso con el que llevo cargando tanto tiempo. Déjame contarte lo que pasó, y si decides no volver a hablarme, al menos me habrás dado la oportunidad de explicarte por qué hice lo que hice. Te prometo que no te insistiré más.

Su primer instinto fue decirle que no quería escuchar. No quería saber nada que la hiciera dudar o incluso abandonar la idea de construir una nueva familia en Bilbao. Se había hecho demasiadas ilusiones como para tener que volver a cambiar de idea una vez más. Pero Cata conocía bien a su madre. Y aunque siempre había sido un poco mandona y manipuladora, en su cara se veía la expresión sincera de quien necesita confesar un secreto para lograr su particular redención.

—Bien, aquí me tienes. Cuéntame lo que quieras.

Su madre vino al mundo en una familia muy adinerada perteneciente a la clase alta de Santander, en la que lo único que se concebía para una mujer decente era casarse pronto con un hombre también de clase alta, tener hijos lo antes posible y dedicarse a criarlos y educarlos como es debido. Todo formaba parte de una endogamia perfecta a la que muchos querían entrar y de la que prácticamente nadie quería salir. Al cumplir los diecisiete años Ceci ya era novia de Alfonso, uno de los ricos herederos de Cantabria que cumplía con todos y cada uno de los requisitos que sus padres pedían a su futuro yerno: un poco mayor que su hija, de buena familia, con estudios y un buen porvenir. Eran la pareja de moda en una ciudad pequeña en la que conservar la reputación impoluta era lo más importante. En mayo de ese mismo año él le pidió matrimonio y acordaron que se casarían nada más alcanzar Ceci la mayoría de edad. El problema llegó aquel verano, justo antes de cumplir los dieciocho. Como cada año, la familia de Ceci pasaba el verano en su segunda residencia en Laredo. Por las mañanas su madre iba a la playa y por las tardes paseaba con sus amigas vestida de punta en blanco. Los días transcurrían aburridos y exentos de toda emoción, pero la adolescencia es rebelde e imprevisible para todos, también para la alta sociedad de aquella época. En uno de sus garbeos vespertinos, Ceci y sus amigas se toparon con un grupo de chicos muy distintos a los de su entorno. Salían de la playa sujetando unas tablas de madera en dirección a su furgoneta.

—¿Eran surfistas?

—Era un grupo de amigos de Bilbao que habían ido de camping en su propia furgoneta para hacer surf por las playas de Cantabria.

Verano, playa y adolescentes. No hizo falta mucho más para que los dos grupos entablaran conversación y quedaran para verse al día siguiente. Ceci rápidamente se fijó en el más tímido. Su pelo largo y aclarado por el sol hacía un contraste perfecto con su piel oscura y sus ojos azules. Tenía una sonrisa reservada pero arrebatadora y su voz era tan masculina como su bien definida espalda. Mientras sus amigas tonteaban despreocupadas con los más descarados del grupo, ella pasó varios días tratando de entablar conversación con el más huidizo de todos hasta que consiguió romper su caparazón. Descubrió a un chico inteligente, bondadoso, divertido y extremadamente sexy.

—Bueno, y si le ves tocar la guitarra te caes de espaldas.

Era extraño. Le costaba imaginarse a Iñaki como ese joven guapo, surfista y músico, pero a la vez estaba convencida de que ese chico seguía en su interior.

—¿Y qué pasó?

—Pues que después de dos semanas juntos día y noche me enamoré perdidamente de él, y él de mí, claro. Pasamos los dos meses de vacaciones pegados el uno al otro. Él decía que lo nuestro era imposible. Que mi familia nunca aceptaría a un chico de clase obrera, pero yo estaba dispuesta a todo por él.

—¿Incluso a decepcionar a los abuelos?

—Sí. Piensa que Iñaki me mostró un mundo que yo nunca había visto. El surf, las furgonetas, las noches de hogueras y canciones, la vida sin necesidad de ser perfecta y mucho menos de aparentarlo. Recuerdo que siempre que llegaba a la playa me quitaba la diadema, me despeinaba y me regalaba una flor silvestre. Cada día una distinta. Me decía el nombre, dónde la había encontrado y qué la hacía especial. A veces incluso me regalaba ramos.

—¿Y entonces?

—Entonces llegaste tú. Habíamos hecho planes para el otoño. Él vendría a Santander una vez al mes. Cuando cumpliera los dieciocho ya pensaríamos qué hacer. Pero nada más volver de Laredo mi madre se dio cuenta de que tenía un retraso y no tuve más remedio que contarles a mis padres toda la verdad. Enfurecieron.

—No me lo quiero ni imaginar —dijo Cata con cara de pánico.

—Fue horroroso. Si hubieras visto su cara de decepción... Al principio me gritaron mucho, luego recuerdo verles llorar. Mi madre no paraba de repetir que tendríamos que mudarnos a otra ciudad, que ella no iba a soportar la vergüenza de tener una hija embarazada fuera del matrimonio. Fueron los peores días de mi vida.

Tras muchas discusiones concluyeron que lo mejor sería ocultar el embarazo. La obligaron a casarse con Alfonso de inmediato para justificar un embarazo tan temprano. Le prohibieron volver a ver a Iñaki nunca más.

—Pero tú estabas enamorada, ¿no?

—Sí, hija, pero yo no podía hacerles eso a mis padres, ¿lo entiendes? Y Alfonso era un buen hombre. Era lo mejor para ti, tenía que ser responsable y hacer lo correcto.

Cata se quedó en silencio, triste. Su madre no había sido una adúltera egoísta. Su madre había sufrido, había renunciado y había sacrificado su felicidad por la de sus padres y por la de su hija. Logró entender también los motivos por los que le había ocultado la verdad. Se arrepintió mucho, muchísimo, de haberla juzgado tan duramente sin haber escuchado antes su versión.

—¿Y entonces Iñaki nunca más supo de ti?

—Sí, sí lo hizo. Aunque les dije a los abuelos que no hablaría más con él, le escribí una carta para zanjar la relación. Necesitaba una excusa tan fuerte que no tuviera otro remedio que odiarme.

—Pero ¿no te daba pena terminar así?

—Sí, pero era tan cabezota que si le decía simplemente que no quería seguir viéndole vendría a Santander a por mí. Le dije que me iba a casar con una persona digna de mi clase social y que lo nuestro había sido solo una diversión de verano.

—¿Y así se quedó?

—Él me estuvo escribiendo todas las semanas durante varios meses. Casi hasta que tú naciste. Me repetía una y otra vez que no se lo creía y me citaba en una playa a las afueras de Santander el último sábado de cada mes. Me decía que me esperaría ahí hasta que apareciera.

—Y nunca lo hiciste.

—Claro que sí. Fui todos los meses. Me escondía detrás de los árboles y le observaba mientras él esperaba sentado encima de su tabla, pero nunca reuní el valor necesario para acercarme a él y coger su mano. En marzo de aquel año fue la última vez que le vi. —Su madre tenía los ojos empañados y llenos de amor.

Cata se acercó y le dio un largo abrazo.

—Y ahora que ya sabes la historia eres libre de contárselo si quieres, hija.

—Crees que guarda un mal recuerdo tuyo, ¿verdad? Que se lo tomará mal.

—Sinceramente, no lo sé, pero si para él aquella ruptura fue tan dolorosa como lo fue para mí, probablemente no le resulte fácil aceptar que tiene una hija y que no solo le rompí el corazón, sino que no fui lo bastante valiente como para romper con mi vida de privilegios y construir una familia con él. No ha habido ni un solo día que no haya pensado en él en estos años. Y tampoco un solo día en el que no me haya sentido una persona horrible. Siento habértelo ocultado, hija.

—No eres una persona horrible, te sacrificaste por tu familia, aunque eso te obligara a renunciar al amor. Te quiero, mamá. —Se tumbó en su regazo—. Te prometo que me lo voy a pensar.

25

Bienvenido a mi vida

Vera parecía otra persona. Llegaba a casa agotada físicamente, pero con la fuerza mental de un corredor de maratones. La ilusión por volver al mundo de la danza era tan grande que podía con la falta de sueño, las discusiones con Leo e incluso el sentimiento de culpa. Tras tomar la decisión de cambiar de trabajo, avisó en la academia de inglés y negoció para dejar sus clases reducidas al mínimo durante un mes antes de dejarlo definitivamente. En paralelo, alternaba las visitas al Teatrín para supervisar la reforma. Sabía que tenía mucho trabajo por delante, pero lo que antes era un impedimento que la privaba de estar con sus hijos, ahora era un regalo por el que estaba sumamente agradecida. La mayoría de las tardes intentaba llegar a recoger a los niños del colegio, luego jugaban, les daba la cena y los acostaba. Y a eso de las diez abría su maltrecho portátil para seguir trabajando. Otros días —pocos— se quedaba con Matías revisando todos sus avances hasta las ocho, hora a la que salía corriendo cual Cenicienta para llegar a tiempo para leer un cuento a los niños. No estaba tan presente como antes, pero, cuando estaba, disfrutaba muchísimo más del tiempo con ellos. Es más, a veces hasta se sorprendía durante el día echándoles de menos.

Al llegar a casa aquel día estaban ya acostados escuchando atentos a su padre, que les estaba contando por enésima vez el cuento del pez arcoíris. Se asomó por la puerta y su corazón se enterneció al observar la escena. Al verla, Gala gritó de alegría.

—¡Ama! —Se levantó de un salto de la cama—. ¿Vienes a darnos un beso de buenas noches?

—Claro, pitufa. —La cogió en brazos—. Me quedo aquí escuchando al *aita* hasta que os durmáis.

Besó a los dos y se acurrucó al costado de Leo, que no hizo nada por facilitarle la maniobra. En pocos minutos los niños dormían profundamente. Vera le hizo una seña a Leo, que cerró el libro y se levantó en silencio para salir de la habitación.

—Tenemos que hablar —le susurró a Vera al oído mientras le hacía un gesto con la cabeza en dirección al salón.

Extrañada, le siguió hasta la mesa del comedor y se sentó en la silla. Esa frase nunca traía nada bueno.

—¿Qué pasa?

—Este mes tocaba vacunar a Gala.

—¡Ay! —Se llevó la mano a la cara—. Lo había olvidado por completo. Llamaré mañana para reservar cita.

—Y hoy Mateo tenía un taller para el que necesitaba materiales y ha sido el único que no los ha llevado, no sabes qué disgusto tenía el pobre.

Vera se quedó en silencio. Efectivamente, el cole les había mandado una circular para pedirles el material del mes. Algo debía estar haciendo cuando lo vio porque se le había pasado.

—Ah, y hoy han merendado gusanitos. No había fruta ni yogures ni nada medianamente sano en la nevera.

De pronto, el calor empezó a subir por las piernas de Vera hasta llegar a sus mejillas. Se sentía culpable, sí, pero también enfadada, y en la misma proporción.

—Y me dices todo esto ¿porque...? —preguntó en tono algo agresivo.

—Cariño, yo... —Leo dedicó unos segundos a buscar las palabras correctas—. Yo entiendo que hayas vuelto a la compañía y que estés tan contenta. De hecho, me alegro un montón. Pero no sé si te has dado cuenta de que últimamente nada funciona en esta casa. Hace unas semanas Gala fue sin disfraz a su fiesta de carnaval, el otro día casi se te olvida que tenías que ir a recogerles, ahora la vacuna, los materiales de Mateo, la nevera vacía..., no sé. ¿De verdad crees que es compatible con tu trabajo?

Vera contó hasta diez. Se había transformado en una bomba de relojería a punto de explotar.

—¿Que es compatible el qué?

—Hombre, pues... pues con atender a nuestros hijos en condiciones. No sé, había pensado que podrías volver a tus clases de inglés y ensayar de vez en cuando para quitarte el mono.

¡Pum! La bomba explotó.

—No me jodas, Leo, ¡no me jodas! Llevo seis años sacrificándome por nuestra familia. Trabajando en algo que odiaba y teniendo una vida anodina. Y todo para que tuvieran sus disfraces, sus vacunas y sus plátanos en la nevera. Bueno, y para que tú pudieras jugar a tu puto pádel siempre que quisieras. Y ahora que vuelvo a tener algo que me ilusiona, que estoy intentando tener un horario por el que muchos pagarían para poder estar con sus hijos, ahora, con tus dos cojones, ¿me dices que no puedo atender a mis hijos en condiciones?

—Yo no he dicho eso. Vera, no creo que...

—Vera no, ¡no! Qué pasa, ¿no puedes tú reservar cita para la vacuna?

—Bueno, es que de los médicos te encargabas tú...

—¿Y no puedes comprarle los materiales al niño? Porque el email lo recibiste igual que yo...

—Vera, es que de eso también solías encargarte tú.

—¡¿Y de hacer la puta compra?! —Vera estaba completamente fuera de sí.

—Es que ahora que tengo que estar más con ellos por la tarde, hacer algunos deberes, jugar... Acabo tan cansado que me parece ciencia ficción ir también a la compra.

—Aaah, claro. ¡Claro, amigo! Ahora que tienes que estar con ellos más de media hora al día estás cansado. Ahora que cuando sales de trabajar también les recoges y te encargas de todo, estás cansado. Y ahora que tengo un proyecto que me llena y que no estoy para hacerlo todo, estás cansado. ¿Pues sabes qué, Leo? Que esa ha sido mi vida los últimos años. Ir a recogerles, estar con ellos toda la tarde, jugando, discutiendo, educando. También yendo a hacer la compra con ellos, claro. Y teniendo en la cabeza cuándo tocaba médico, cuándo disfraz, cuándo regalo de cumpleaños y cuándo comprar los uniformes. Y tú mientras en el pádel y tomando unas cañas para llegar a casa justo para cenar y ducharte y levantarte al día siguiente para llevarles al cole. ¡Qué maravilla esto de la paternidad, oiga!

—Vera, de verdad, no quería decir eso.

En las películas, las explosiones dejan un silencio ensordecedor tras de sí. Los heridos se levantan aturdidos entre las cenizas y las llamas, dedican un tiempo a situarse después del shock y a buscar a sus compañeros. Todo transcurre como a cámara lenta. Y eso es exactamente lo que sucedió tras la explosión de Vera. La primera en toda una vida. Leo, que ya empezaba a asfixiarse con el silencio prolongado, se acercó y la abrazó por detrás.

—Hace unas semanas me lie con un tío.

Vera accionó la segunda bomba sin mover un solo músculo de su cuerpo. Ni siquiera para mirar a Leo a los ojos. Él se separó de ella y se dirigió al sofá pensativo. De nuevo, solo silencio.

—¿De la compañía?

—No, fue en mi fiesta de cumpleaños. Estaba bailando con Cata y un grupo de chicos jóvenes se empezó a acercar y...

—No necesito detalles —interrumpió Leo—. No me esperaba algo así de ti.

La verdad es que Vera tampoco se hubiera creído capaz de hacerlo. Aquel día empezó mal, ella no quería salir. Solo pensar en ir a una discoteca llena de niñatos borrachos a escuchar canciones que no conocía la hacía sentir aún más mayor, más madre y más fuera de lugar. Pero el vino, la cena sin sobresaltos cada dos minutos y el baile conectaron con la antigua Vera. La joven que despertaba aplausos de admiración cuando actuaba. La chica rubia, esbelta y estilosa que deslumbraba a los chicos allá por donde iba. Durante un rato dejó de ser madre para volver a ser mujer. Mientras bailaba con Cata, varios grupos de chicos empezaron a rondarla, pero con el paso de las canciones hubo uno que llamó su atención de verdad. No podía parar de mirarle. No recordaba ya lo divertido que era el juego de las miradas, el subidón de adrenalina con un furtivo contacto visual. De hecho, tampoco recordaba lo que era fijarse en alguien o que alguien se fijara en ella. Comenzaron a bailar juntos. Al principio de forma inocente, pero con el paso de las canciones los movimientos subieron de tono. Nunca habría imaginado que el ballet clásico fuera la clave para un buen *twerking*. Vera quiso cogerse un respiro y le dijo al oído que se iba al baño. No fue una invitación, en absoluto, pero él se lo tomó así. La siguió hasta el baño y cuando llegaron a la cola él le señaló la puerta del cuarto de limpieza con la cabeza. Vera sintió un terremoto en el estómago. Le parecía tan excitante liarse con un desconocido, un tío cañón, joven y sobre todo prohibido. Probar otra boca y otras manos. Volver a sentirse deseada. Como una adolescente, esperó a que las pocas chicas que hablaban distraídas entraran en la zona de los lavabos y se escurrió por la puerta del cuarto de limpieza. Él cerró de golpe y tiró de su mano para empujarla contra la pared y abalanzarse sobre su cuerpo. Se besaron apasionadamente mientras con las manos buscaban las caderas, la cintura, el pecho, el cuello. En un gesto rápido y habilidoso él llegó hasta las bragas de Vera y las bajó hasta los muslos. Vera estaba tan fuera de sí que por un instante pensó en arrancarle los pantalones y terminar lo que habían empezado, pero la imagen de su familia de pronto inundó su cabeza. Sus desayunos para cuatro los sábados, las cosquillas en la cama antes de ir al colegio, el último día de playa haciendo la croqueta por la orilla. No podía seguir adelante. Se separó del cañón desconocido.

—Lo siento, no puedo seguir.
—¿Estás bien?
—Sí, perdona, tengo que volver con mis amigas.

El chico debió de quedarse con un palmo de narices («Bueno, y de otra cosa», pensó Vera riéndose consigo misma), pero lo que para cualquiera hubiera sido un acto estúpido e irracional, para ella curiosamente había sido un punto de inflexión. El recordatorio de que la vieja Vera seguía ahí, de que no podía seguir viviendo su vida como un robot carente de emociones. Y no es que quisiera volver a ser una adolescente con rollos de una noche, nada más lejos de la realidad. Lo que necesitaba era convertirse en una nueva versión de sí misma en la que pudieran convivir la madre, la mujer y la bailarina. Entendió que al ser madre se había descompuesto en mil pedazos que había intentado volver a encajar una y otra vez para recomponer a la antigua Vera. Y ese era el problema, que las piezas ya no encajaban, porque recuperar a la antigua Vera ya no era posible. Necesitaba reconstruir a una nueva mujer. Bailarina, madre, compañera y amiga. Como los gusanos, que tras un periodo comiendo plantas se transforman en crisálida para después convertirse en unas preciosas mariposas. Ella aún no lo sabía, pero aquel acto impulsivo e irracional fue el inicio de su metamorfosis.

El silencio se alargó un buen rato. Era extraño: lo que había hecho estaba mal, muy mal, pero en el fondo de sus entrañas algo le decía a Vera que había sido un mal necesario para sacudir su vida, para sacarla de la cárcel en la que llevaba años metida y también para zarandear una relación estancada que llevaba tiempo sin hacerla feliz. No sabía si sería para bien o para mal, pero estaba segura de que al menos no se quedarían en el mismo punto. Por primera vez en mucho tiempo no se sentía culpable.

—Hoy dormiré en el sofá —dijo Leo sin mirarla a la cara— y mañana puede que me vaya a pasar unos días a casa de mis padres. Me encargaré de la compra y de la vacuna de Gala.

—Leo, por favor..., ¿no podemos hablarlo? Fue una tontería, de verdad. No creo que sea necesario que te vayas de casa.

—Ahora no, Vera. Quizá en unos días, o semanas. No sé. Necesito tiempo.

26

Sobre nosotros

Los días posteriores a la reforma de la floristería fueron una montaña rusa para Cata.

La historia de su madre dio un vuelco a sus sentimientos: pasó de un profundo rencor a la más absoluta empatía. Siempre la había visto como a una muñeca de cera. Tenía una sonrisa permanente, hierática, con la que pretendía ser siempre correcta: la esposa perfecta, la madre perfecta, la amiga perfecta. Nunca una palabra más alta que otra, nunca un día despeinada o con el ojo sin pintar. La historia de su amor frustrado la ayudó a conectar con la versión más sincera de la verdadera Cecilia. La mujer que una vez se había dejado llevar por sus sentimientos. La que Cata tantas veces había necesitado. Le pidió que se quedara unos días más para exprimir ese momento de conexión.

Tan reconfortante resultó pasar tiempo juntas que la semana pasó casi sin darse cuenta.

En las interminables conversaciones con su madre, Cata le habló del nuevo Iñaki: sus manías, su carácter gruñón pero adorable, el fallecimiento de su mujer y el cariño con el que trataba a su hija.

—¿Cómo es ella?

—Es encantadora. Es risueña, optimista y tiene mucha paciencia, o eso parece por cómo responde a su padre cada vez que le suelta una fresca.

—Pobre, debió de sufrir mucho con la enfermedad de su madre.

—Mucho. Iñaki no suele hablar del tema, pero por lo que pude averiguar decidieron cerrar la tienda un tiempo para estar con ella día y noche. Igual me equivoco, pero desde fuera parecían una familia muy unida.

—No me extrañaría nada. Él era así: dispuesto a darlo todo por las personas a las que ama. —La madre de Cata suspiró con nostalgia—. Además era muy generoso.

—Lo que siempre me ha llamado la atención es que, pese a ser un poco tosco, tiene una gran sensibilidad con las flores.

—Siempre la tuvo, al menos cuando estaba conmigo. Pero no era nada tosco, todo lo contrario. Imagino que la vida le habrá ido amargando el carácter. ¿Sabes? A veces pienso que mi obsesión por tener siempre plantas y flores frescas en casa fue para conservar algo de él conmigo. Muchas noches me quedaba horas limpiando hojas mientras recordaba los momentos que viví con él aquel verano.

—Eso es muy bonito, mamá. No me puedo imaginar lo que has sufrido todos estos años.

—Bueno, al principio fue durísimo. Sobre todo porque sabía que le estaba haciendo mucho daño y no se lo merecía. Luego llegasteis vosotros y, bueno, la vida sigue. Había nuevos motivos por los que luchar.

—Y a papá —carraspeó—. A papá..., ya sabes, ¿llegaste a quererle alguna vez?

—Claro que sí, Cata. Tu padre era una buena persona. Muy trabajador, algo distante a veces, pero os quería mucho y siempre se esforzó por darnos lo mejor.

Jon al fin dio señales de vida. Cata había estado tan centrada en su madre que no había reparado en que no había hablado con él en todo ese tiempo. Y casi lo agradeció una vez más: presentárselo a su madre no entraba aún en sus planes.

> Siento haber estado tanto tiempo desconectado. Ya estoy de vuelta.

> No te preocupes, yo también he tenido algo parecido a una crisis familiar.

> ¿Estás bien? Te iba a proponer bajar a tomar algo y así nos contamos.

> Estoy bien, sí. Está aquí mi madre y se irá en unos días, así que si no te importa lo dejamos para entonces, ¿vale? Me gustaría aprovechar el tiempo con ella.

> Faltaría más. Cuando te apetezca aquí estaré.

Cata había dejado de tener prisa.

Aquella misma semana, Iñaki descubrió la reforma de la floristería. No se le olvidaría nunca la cara de su padre al entrar en La Verbena. Se puso las gafas, que llevaba colgadas en el cuello sobre el abrigo, y se quedó un buen rato mirando en silencio con una alegría encubierta en los ojos. Cata incluso creyó ver que se le empañaban durante unos segundos.

—¿No te gusta? —preguntó Cata.

—Pues... no es mi estilo, la verdad. Y tampoco creo que sea el de mis parroquianos. Tú dirás que es más moderna, pero yo la veo más bien sosa. Además, ¿cuánto se supone que vamos a gastar en luz? ¿Piensas pagarlo tú? —contestó con su habitual tendencia a identificar las cosas negativas.

—¡¿Qué es esta maravilla?! —exclamó Ana, que acababa de entrar por la puerta.

—He aprovechado los días que habéis pasado fuera para darle otro aire a la tienda. Ah, y también he terminado la web. Os la enseño.

Cata se mostraba orgullosa del resultado. El diseño era limpio y elegante y el nuevo logo de la floristería lucía ahora mucho más actual.

—Para mí lo más importante es esta parte —dijo al tiempo que clicó en «Sobre nosotros»—. Creo que sería genial incluir una foto de Iñaki haciendo un ramo y un pequeño texto en el que expliquemos de dónde viene su pasión por las flores.

—De eso nada. A mí nada de moñadas, señorita. Lo siento, pero no es mi estilo. —Se dio la vuelta para dirigirse a la trastienda—. Yo ya he visto suficiente. Muchas gracias.

La reacción de Iñaki estremeció a Cata. Le pareció demasiado tajante incluso viniendo de él, pero bien pensado, ¿y si su pasión venía de su amor de verano con Ceci? ¿Y si no quería recordarlo?

—No te preocupes —dijo Ana poniendo los ojos en blanco ante la respuesta de su padre—, yo te ayudo con eso. Déjame que escriba algo y te lo mando para corregirlo entre las dos.

A partir de ese día la relación con Iñaki fue cada vez más fácil. Cata no podía evitar adivinar en él a aquel tímido surfista que regalaba flores a su madre. Él, por su parte, también se estaba forzando a confiar en ella: su empeño sincero por ayudar al negocio familiar y su humildad para aprender un oficio desde cero le habían conquistado. Y aunque nunca tenía un gesto de cariño ni palabras bonitas, la expresión de sus ojos tras aquellas gafas lo decía todo.

Aquel jueves Cata se despertó nerviosa. Era el último día de su madre en casa y quería aprovechar con ella todo el tiempo que le quedaba. Le había dicho que le pediría a Iñaki la tarde libre para comer con ella y pasar la tarde juntas hasta la hora de acompañarla a la estación. Tenía tantas horas extra acumuladas que pudo salir a la una. «No pasa nada si cerramos un día a la hora de comer, Cata, no estaremos boyantes, pero eso sí nos lo podemos permitir».

La mañana fue muy tranquila. Tanto que Cata aprovechó para grabar vídeos para Instagram y hacer un pedido de plantas nuevas por las que habían preguntado varios clientes. A eso de las once un email llegó al móvil de Cata.

—¡Iñaki! —gritó—. ¡Nuestro primer pedido online!

Iñaki apareció corriendo desde la trastienda con cara de susto.

—¿Eso es bueno o malo?

—¡Buenísimo! ¡Eso es que está funcionando! —Cata hacía aspavientos con los brazos mientras abría el portátil—. Voy a ver qué es y nos ponemos con ello. Hay que llamar al repartidor.

—Menuda trabajera, espero por tu bien que no estemos así todos los días.

—¡Ojalá estemos así todos los días! —corrigió con hastío—. Mira, nos han pedido el Maya, el que tiene flores amarillas con un poco de eucalipto y paniculata. Fácil, ¿no?

—Hasta con los ojos cerrados. ¿Para cuándo lo necesitan?

—Para esta tarde. Si quieres, déjalo hecho ya y le digo al repartidor que venga a por él a las cinco en punto.

—Mira que eres mandona —gruñó—. Vamos a por ese ramo.

Mientras Iñaki preparaba la mesa de trabajo, Cata llamó al repartidor y preparó el trípode para grabar. Quería hacer un vídeo que mostrara todo el proceso desde que se recibía el pedido hasta que llegaba al cliente. El mimo con el que Iñaki elegía las flores, el detalle con el que las ordenaba hasta formar un conjunto equilibrado y bello, y el cariño con el que la propia Cata lo envolvía para que pudiera llegar a su destino en las mejores condiciones.

Mientras colocaba el móvil en el trípode para buscar el mejor ángulo, algo le llamó la atención: Iñaki llevaba un rato parado frente a las dalias. Parecía que no tenía claro qué flores coger.

—¿Qué pasa, Iñaki? ¿No las ves en buen estado?

—Sí, sí —contestó con poca convicción—. ¿Qué ramo habías dicho que era? Con esos nombres raros que les has puesto no me entero de nada.

—El amariiillo —repitió con desdén mientras se acercaba a enseñarle la foto.

—Vaaale —contestó con sorna.

Pero Iñaki cogió las dalias azules. Cata lo entendió de inmediato: los síntomas de la retinosis seguían avanzando: empezaba a confundir los colores. Estuvo a punto de detenerle, pero tenía la esperanza de que fuera un mero despiste, así que le dejó seguir. Escogió bien el eucalipto y la paniculata blanca, pero al llegar a las hortensias se volvió a equivocar: de nuevo las de tonos azulados. «¿Cómo coño le digo que está haciendo un ramo azul?», se preguntó en silencio. Un torrente de tristeza la invadió. Lo malo de la enfermedad es que, cuando aparece un síntoma, no hay vuelta atrás. Pueden estancarse o empeorar, pero nunca desaparecer. Y tampoco es lineal, por lo que es muy difícil anticiparse a los problemas. Y más aún si no estás diagnosticado y no conoces tus antecedentes genéticos. ¿Cómo iba a poder seguir trabajando un florista que confunde los colores? Cata, dispuesta a cualquier cosa para arreglar el entuerto, cogió el móvil y escribió a su madre a toda velocidad.

> Mamá, lo siento, me voy a retrasar. En cuanto pueda salir te aviso.

> ¿Ha pasado algo?

> Ya está empezando a confundir colores. Lo siento mucho, pero creo que debo contárselo ya. No es solo por mí o porque sepa la verdad, es porque debería ir al médico lo antes posible.

Sin esperar a la respuesta de su madre, fingió ofenderse al leer un mensaje que supuestamente acababa de recibir.

—Vaya por Dios —exclamó en voz alta—, me han vuelto a dejar tirada.

—Van dos este mes, señorita, te lo tendrías que hacer mirar.

—Bueno, no hay mal que por bien no venga. Como tengo que hacer tiempo me quedo yo hasta que venga el repartidor y luego me voy.

Iñaki levantó la vista de su dislate floral y la miró perplejo.

—Hoy me quedaba yo, ¿recuerdas?

—No te preocupes, Iñaki, de verdad. Me han cancelado la comida, no me cuesta nada.

—Bueno, pues yo también me quedo. Cerramos juntos y te vas.

«Mierda, qué cabezota es, joder. Venga, Cata, piensa algo rápido». Lo más urgente era arreglar el tema del ramo. Necesitaba hacer otro —y esta vez amarillo— y buscarse la vida para darle el correcto al repartidor sin que Iñaki lo viera. Y tenía que encontrar la forma de contarle que tenía una enfermedad ocular degenerativa y también otra hija. O al revés. Es que no sabía ni por dónde empezar el noticiario. Demasiados retos para un solo día.

A eso de las dos la tienda se solía llenar. Siempre tenían dos o tres clientes esperando para ser atendidos y otros tantos curiosos mirando plantas. Cata, consciente de que Iñaki estaría ocupado, aprovechó el momento para fingir que recibían otro pedido del ramo Maya.

—¿Estás segura de que puedes hacerlo sola?

—Pan comido, Iñaki, tengo ahí el tuyo como modelo, no tiene pérdida.

A las cinco en punto apareció la furgoneta del repartidor. Aparcó distraído en el carga y descarga. Cata cogió los ramos corriendo y salió a la calle.

—¿Me das las direcciones?

—La dirección, aquí la tienes.

—¿Los dos al mismo sitio?

—Sí, dile que este es el suyo y que como estamos probando nuevas composiciones le mandamos uno de regalo.

—Joder, cómo os lo curráis, ¿no?

—Sí… —Cata recordó que el repartidor era un bocazas—. Esto es una estrategia nueva de ventas que estoy probando. Como no sé si va a funcionar te pediría que de momento se quede entre nosotros, ¿ok?

—Oído cocina. Me voy a repartir felicidad.

Cata, satisfecha de haber salvado el primer escollo, dio media vuelta para volver a la tienda, pero al levantar la mirada, un escalofrío le recorrió el cuerpo desde los talones hasta la coronilla. Se quedó tan helada que no podía poner un pie delante del otro. Iñaki estaba en la tienda, tras el mostrador, mirando en silencio a la persona que acababa de entrar: su madre. Cata estaba absolutamente bloqueada: no sabía si debía entrar para impedir aquella locura o dejar que aclararan las cosas, aunque fuera treinta y cuatro años tarde. Ceci hablaba. Él la miraba quieto como una estatua y con la expresión incrédula del que está ante una aparición mariana. Poco a poco comenzaron a gesticular cada vez con más vehemencia hasta que Iñaki se metió en la trastienda. Unos segundos después, su madre salía de la floristería con los ojos llorosos y la cara llena de vergüenza y arrepentimiento.

—Lo siento, hija. Sé que tú querías hacerlo de otra forma, pero después de mucho pensar he llegado a la conclusión de que debía ser valiente y dar la cara. Se lo debía a él, a ti y también a mí misma.

—¿Qué ha pasado?

—No se lo ha tomado muy bien, como era de esperar. Quiere hablar contigo, creo que es mejor que te espere aquí fuera.

Cata respiró hondo y cruzó la puerta de entrada con los mismos nervios de la primera vez. De nuevo escuchaba la dichosa campanilla. Llevaba tanto tiempo trabajando allí que había dejado de oírla.

—¿Desde cuándo lo sabes? —preguntó Iñaki sin salir de la trastienda.

—Desde hace unos días.

—¿Y por eso viniste aquí? —Se asomó con las tijeras de podar.

—Bueno, sabía que mi padre se llamaba Iñaki García, y eso fue lo que me trajo aquí la primera vez. A partir de ahí...

—Yo no soy tu padre —interrumpió— y, como ya me temía, no puedo confiar en ti. Vete, ya no trabajas en esta floristería.

—Iñaki...

—Que te vayas, he dicho. Le diré a Ana que te llame para pagarte lo que te debemos. No quiero verte más por aquí.

Cata aguantó la respiración para contener las lágrimas. En cuanto pisó la calle se dejó caer en los brazos de su madre. Lloraba desconsoladamente. Una extraña sensación de pérdida se había adueñado de sus entrañas. Entendía que para Iñaki todo aquello fuera doloroso y difícil de asimilar, pero ¿no reconocer a una hija? ¿Qué culpa tenía ella de su desamor? ¿O de su enfermedad?

—Me ha echado, mamá. No quiere saber nada de mí.

—Recapacitará, hija. Tienes que darle tiempo, no es una noticia fácil de encajar.

—¿Es posible perder dos padres en tan poco tiempo?

Ceci no supo qué contestar. Sí, su hija había perdido dos padres en muy poco tiempo. Y ella, su madre, la que se suponía que debía protegerla y cuidarle el corazón, había permitido que se lo rompieran una y otra vez.

—Se hace tarde, Cata. Deberíamos ir ya o perderé el tren.

Quería quedarse con ella y estar a su lado en estos momentos. Quería cocinarle todos los días, comprarle ropa bonita, abrazarla todas las mañanas y arroparla por las noches. Pero su conciencia necesitaba huir de allí, la culpa le impedía respirar.

—Sí, vamos —dijo secándose las lágrimas.

Quería pedirle que se quedara. Pero no lo hizo porque sabía que la culpa le estaba rompiendo el corazón. Dejar que se fuera era lo mejor para ella y probablemente también para esa nueva relación que habían construido en esos días. Había entendido que no era una madre fría e impostada, sino una mujer que seguía pagando —y muy caro— las consecuencias de un amor tan bonito y deslumbrante como inoportuno.

Acompañó a su madre hasta el control de equipajes de la estación y tomó un taxi de vuelta a casa. Necesitaba un abrazo. Necesitaba a Jon. Haciendo caso omiso a lo que su orgullo le susurraba al oído, cogió el móvil y se puso a escribir.

> Hola, vecino. Me han despedido y no me apetece nada pasar la noche sola. ¿Me harías el favor de subir a verme con provisiones?

27

El poder de las calatheas

Cuando llegó al patio, encontró a Cata, a Vera y a Bego limpiando las raíces de algunas plantas mientras daban vueltas a lo que parecía la recta final del divorcio de Nico. Estaban tan enfrascadas en la tarea que ni siquiera repararon en los ojos rojos e hinchados de Amaia. Le daba tanta paz escucharlas hablar despreocupadas que se quedó un rato tras la puerta observándolas en silencio.

—Por cierto, Cata, la planta que me regalaste está regular, ¿qué crees que debo hacer? —preguntó Vera concentrada en su helecho.

—Siendo una calathea lo raro sería que estuviera bien. ¿Qué le pasa?

—Yo creo que está más seca que la mojama. Me despisté un poco con el riego, y ahora está mustia incluso después de regar. Además tiene algunas hojas enrolladas.

—Córtala a ras del sustrato —propuso Bego.

—¿Cómo? ¿Entera? ¡Me voy a quedar sin planta!

—Ya verás que no —dijo Cata con una sonrisa condescendiente—. Las calatheas son como el ave fénix: renacen de sus cenizas. Córtala entera y cuídala como si tuviera hojas. Ya verás como vuelve a brotar.

—No entiendo cómo puede resucitar de la nada. Así, sin hojas siquiera —insistió Vera incrédula.

—Pues, hija, como lo hemos hecho todas alguna vez —respondió Bego con una mirada cómplice.

—Qué concentradas, ¿no? —Amaia aprovechó un instante de silencio.

—Esto es terapéutico, Amaia, deberías probarlo —contestó Vera sin apartar la vista de un cepellón—. Empiezo a entender por qué Bego y Cata se pasan el día con las uñas llenas de tierra.

—Mario me ha dejado.

Las tres pararon de golpe. Se giraron hacia Amaia, que por primera vez no ocultaba su dolor.

—Ven, siéntate aquí. —Bego señaló el banco que quedaba libre—. Te doy unos guantes y te pones a limpiar las raíces de esta cinta, ¿vale? Si te apetece nos cuentas qué ha pasado, y, si no, seguimos aquí las cuatro a lo nuestro. Todas tenemos mucho en que pensar. Además, queda una semana para que comience la primavera y aquí hay trasplantes para todas.

A Amaia le pareció un buen plan. Necesitaba desahogarse, pero ahora ansiaba más distraerse. Ya pondría sus sentimientos en orden.

Siguiendo las instrucciones de Bego y de Cata, trasplantaron los geranios, los helechos, las aspidistras y las cintas. Limpiaron las raíces con sumo cuidado, mezclaron los sustratos nuevos con mimo, recreándose en el tacto de la tierra, y plantaron cada ejemplar en macetas nuevas con la ayuda de palas y palos de madera. Al acabar, recogieron y guardaron todo el material en el armario viejo y desvencijado del conserje.

Se sentaron, ensimismadas. Guardaron silencio, mirando al infinito, como si se hallaran en trance.

—Mario no es el padre. —Amaia, valiente, empezó con la ronda de confesiones.

—Ostras. —Vera volvió de golpe a la realidad.

—Pero tú estabas segura de que sí lo era, ¿no? —preguntó Cata.

Aquella mañana Mario llegó a casa de Amaia con el desayuno: fruta, yogur y semillas. También le llevó su café favorito del Bogotá en versión descafeinada. Ella, que tenía la energía por los suelos, igual que su autoestima, le recibió con mala cara, pero a lo largo de la mañana, y gracias a la paciencia de Mario, su estado de ánimo fue mejorando.

—Vaya, ¿eso que veo por ahí es una sonrisa encubierta? —exclamó Mario con satisfacción.

—Ya sabes que tengo cambios de humor impredecibles. Si me da la ventolera soy capaz de tirarte un cojín a la cara, así que no te vengas muy arriba.

Desde que supo del embarazo, Mario había sido el compañero que tanto necesitaba. Se ofrecía a acompañarla a las pruebas médicas y a cargar con la compra, pero no presionaba para quedarse a comer o a dormir. De vez en cuando la sorprendía con detalles como un buen desayuno o un masaje en las piernas, para lo que llenaba la habitación de velas y música relajante. Y le repetía constantemente lo guapa y sexy que estaba. No lo decía como el que quiere hacer un cumplido sin más, su gesto era sincero y mostraba amor y deseo. Y para Amaia, que había pasado de saberse una diosa griega a sentirse un ser invisible, era realmente reconfortante.

—No me creo que estas hechuras te parezcan sexis. Y estas ojeras tampoco.

—Muchísimo, te lo juro. Si quieres te lo demuestro ahora mismo —susurró mientras le acariciaba el hombro.

Las hormonas del embarazo la habían convertido en una montaña rusa emocional. Podía pasar de la más absoluta desidia vital a encenderse como una cerilla con solo ver el codo de Mario. Y si eso lo provocaba la vista, una caricia originaba un incendio descontrolado. Pasaron el resto de la mañana entre la cama, la encimera de la cocina y el sofá. Ni sus primeras veces habían sido tan apasionadas. Amaia, pese a la pesadez de su ya hermosa tripa, estaba ágil y en forma como siempre. Tras la última cabalgada se dejaron caer boca arriba en la alfombra del salón con una sonrisa bobalicona en la cara.

—Pues va a ser que es verdad que te pongo, ¿eh? —Amaia le cogió la mano—. Ahora en serio, gracias por todo lo que estás haciendo por nosotras.

—No me des las gracias, poder vivirlo a tu lado está siendo un regalo.

—¿Sabes qué? La maratón de hoy me ha recordado a la que tuvimos en el Sonorama, ¿te acuerdas? La furgoneta, el camping, hasta ahí detrás de un matorral. Recuerdo que, cuanto más público era el sitio, más gritábamos. Además, yo creo que ese fue el día en que me quedé embarazada, no se me olvidará en la vida.

—¿Te quedaste embarazada en el Sonorama?

—Sí, hice cuentas con la primera falta y tuvo que ser ahí.

Mario no contestó. Amaia le miró extrañada; pensaba que se habría dormido, pero no, miraba al techo. Unas venas surcaban su frente con fuerza.

—¿Qué pasa? —Amaia se incorporó sobre un brazo.

—No te acuerdas, ¿no? —Mario seguía sin mirarla a la cara.

—Pues... no, no te estaría preguntando. ¿Me puedes decir por qué esos morros?

—Esa... maratón —se notaba que le dolía solo verbalizarlo— la debiste de hacer con otro tío, conmigo seguro que no.

—¿Qué dices? Pero ¡si fuimos juntos!

—Sí, fuimos juntos, pero te recuerdo que me llamaron porque mi madre se había caído y me tuve que ir. Tú te quedaste allí con tus amigos y con la gente del camping.

Amaia enmudeció. Le vinieron los recuerdos que conservaba de aquel festival; había momentos bastante confusos y mezclaba otros. Efectivamente, Mario se tuvo que ir, pero ella recordaba una noche salvaje y juraba que había sido con él. También que llevaba mucho tiempo sin salir y que la cogorza de aquella noche fue épica. La culpa la invadió.

—Y ahora que caigo ese mes no nos vimos más —añadió aún más enfadado—. Según me dijiste necesitabas vacaciones, entre otras cosas, de mí. Así que fuimos al Sonorama y hasta la vuelta a la oficina en septiembre no nos volvimos a ver.

—Mario, te juro que pensaba que era tuya...

—¿Sabes lo que más me revienta? Que te importo tan poco que te da igual si te acuestas conmigo o con el primero que pasa por un camping. A mí me da igual que esta niña no sea mía. Es más, me gustaría estar a tu lado tanto si soy el padre como si no. Pero lo que me deja destrozado es que ni siquiera seas capaz de recordar que esa noche estuviste con otro. Porque prefiero no pensar la otra opción: que supieras que yo no era el padre y que me hayas mentido.

Esa hipótesis ofendió a Amaia, que no dudó en sacar las uñas para defenderse.

—¿Cómo puedes pensar eso? Sabes de sobra que yo nunca me inventaría algo así. Es más, de no ser porque metiste las narices en mis cosas jamás te habrías enterado. Ah, y porque te empeñaste en estar aquí, pero nosotras no te necesitamos. No pienso mendigar tu compañía. De hecho, ¿sabes qué? Vete.

Esas palabras tan llenas de autosuficiencia y desprecio hirieron a Mario de gravedad. Incrédulo, miró a Amaia con la esperanza de descubrir en sus ojos un resquicio de arrepentimiento por lo que acababa de decir.

—¿No me has oído? Quiero estar sola.

Mario se levantó y recogió sus cosas. En ese momento Amaia se dio cuenta de que acababa de cometer un error aún más grave que el anterior: había echado definitivamente de su vida a uno de los pocos hombres que de verdad merecían la pena. Una vez más, su carácter y su orgullo la alejaban de la persona a la que amaba.

—¿Y qué piensas hacer pues? —preguntó Bego mientras se acercaba a coger su mano.
—Sinceramente… nada. Cuando decidí ser madre no estaba con él. En realidad nada ha cambiado. La vida sigue.

En el pasado las palabras de Amaia habrían sonado convincentes, hasta coherentes. Pero en aquella ocasión nadie se las creyó. Ni siquiera ella. Desde que Mario volvió a su vida había bajado la guardia, había dejado que el muro de piedra que había construido a su alrededor se desplomara para dejar entrar a un hombre sincero y valiente que la amaba de forma incondicional. Y joder, qué bien sentaba dejarse querer y cuidar de vez en cuando.

—¿Podemos hablar de otra cosa? Vera, ¿cómo estás?

Vera, que se disponía a trasplantar otro helecho, se quedó pensativa.

—Pues… —dijo dubitativa mientras lo sacaba de la maceta— todo es un poco raro. Debería estar mal, ¿no? No sé, Leo se ha ido de casa y me trata como si fuera una desconocida. Pero la verdad es que estoy simplemente expectante. El proyecto del teatro está avanzando mucho y algunos días incluso he sacado un rato para bailar. Eso es lo que hace que me levante con ilusión cada mañana. Bueno, y estar con los niños en el tiempo libre que tengo, también.

—¿Y Leo? —Cata seguía impactada con el magreo furtivo de Vera—. ¿Habéis hablado algo más desde la confesión?

—Hablamos todos los días para organizarnos con los niños. Sé que nos quedan conversaciones difíciles…, no sé, lo que tenga que ser será. Lo que más me preocupa ahora es que Gala y Mateo no lo noten mucho.

—Hombre, Vera, su padre se ha ido de casa. Son niños, pero no son imbéciles.

—Lo sé. Por ahora les hemos dicho que es una situación temporal por el trabajo de Leo y como no entienden mucho del tema se lo han creído. Lógicamente, si no conseguimos arreglarlo tendremos que hablarles de la nueva realidad.

—Pero... ¿no te da pena? —Amaia no reconocía a Vera. Hablaba de su familia casi como si no le importara, parecía que se priorizaba ella.

—No mucha. Suena raro, ¿verdad? A veces creo que lo vamos a solucionar, pero otras pienso que si no lo conseguimos es que no tenía que ser. Es como si hubiera despertado después de un mal sueño que ha durado muchos años. Ahora solo pienso en coger lo bueno que me ofrezca la vida, y si hay algo de la antigua que tiene que cambiar, me abriré a ello. No quiero aferrarme a nada si no me hace bien.

—¡Caray! —exclamó Cata, que se había propuesto días antes empezar a hablar mejor—. Quién te ha visto y quién te ve. Pues nada, si eso es lo que quieres aquí estaremos para apoyarte. Eso sí, la próxima vez que te líes con un desconocido, por favor, pídele el teléfono de algún amigo. Aquí sororidad ante todo.

Todas se echaron a reír.

—Hablando de amigos, ¿y Jon? —preguntó Vera, que quería dejar de ser el foco de la conversación.

—No sé si deciros que mejor. Y no sé si estar mejor es una mala noticia. Desde que le dije que me habían despedido está más pendiente y hemos vuelto a quedar, pero le sigo viendo raro. Como si ocultara algo. De hecho, sigo sin saber quién es la dueña del bolso de su cocina y qué hacía en su casa aquel día.

—¿Todavía no le has preguntado por ella? —insistió Amaia.

—No. Os recuerdo que estuve espiándole como una loca tras el visillo. Me conformé con pensar que era de la rubia de piernas infinitas que vi salir de su casa unos días después.

—Hija, eres una peliculera. Lo sabes, ¿no?

—De verdad, Bego. Piénsalo un momento: aparece y desaparece como el Guadiana. Entre Jon y la patada en el culo que me ha dado mi padre…, es como si mi vida se hubiera ido a la mierda. Con lo bien que iba, joder —dijo chasqueando los dedos.

—Esa boca, señorita —la reprendió Bego—. ¿Y con tu padre? ¿No has vuelto a hablar pues?

—No me atrevo. O sí me atrevo, pero me da pereza. No sé muy bien qué me pasa, pero he llegado a pensar en tirar la toalla. Con todo lo que me contó mi madre…, en el fondo entiendo que no quiera saber nada de mí. Yo ya le he conocido, sé quién es. Igual con eso debería darme por satisfecha.

—¿Y Ana? ¿No has pensado que a lo mejor puede ayudarte a destensar las cosas con Iñaki? —preguntó Vera.

—Pues tampoco he tenido el valor para escribirle. Me da miedo que esté igual de dolida que Iñaki o incluso más.

—¿Y qué piensas hacer ahora?

—Estoy barajando la posibilidad de regresar a Madrid. Sería lo más lógico, ¿no? Así también podría compensar a mi madre por lo mal que la he tratado estos últimos meses. Años, diría.

—Tú en Madrid no eras feliz, Cata. ¿Y si construyes una nueva vida aquí? Con tu padre y con Jon, o sin ellos. No les necesitas para nada.

Se notaba que Amaia pasaba por un mal momento. Siempre había sido sincera y directa, si bien en los últimos tiempos había perdido los pocos filtros que le quedaban y sentenciaba con más crudeza de la habitual. En mayor o menor medida, todas necesitaban escuchar algunas verdades, pero sus formas a veces resultaban demasiado duras.

—¿Y tú, Bego? ¿Cómo estás? Porque siempre estamos con nuestros dramas, pero tú no nos cuentas nada. —Vera quiso destensar el ambiente.

—Cierto —dijeron Amaia y Cata al unísono.

—Yo estoy estupendamente, hijas, gracias. Mi nieta ya está recuperada y como al divorcio de Nico parece que solo le quedan un par de meses, si Dios quiere pronto estaremos todos más tranquilos.

—Y entonces a Vitoria… ¿cuándo te irás? Porque tienes ese viaje pendiente —preguntó Cata.

—Y el crucero —apuntó Amaia.

—Bueno, paciencia —contestó Bego con una sonrisa cariñosa—, dentro de poco cumplen años mi nieta Mónica y Tomás, y después Gabi y Vicente, que habría hecho setenta y tres en mayo. Y luego los niños se quedan sin cole y necesitarán que me quede con ellos durante el día. Yo creo que para septiembre quizá ya me pueda ir a Vitoria y estoy convenciendo a mis amigas para ir a Nueva York, que ya sabéis que es mi cuenta pendiente.

Las tres pusieron los ojos en blanco.

—Lo siento, Bego, pero no lo entiendo —espetó Amaia con tono serio—. Si esto es tener hijos, menudo coñazo. Me parecen unos egoístas del carajo.

—Amaia, tampoco hay que pasarse —dijo Cata.

—Pues yo estoy de acuerdo con ella. El día que tenga nietos pienso decirles a mis hijos que se apañen, que yo ya cuidé de ellos —sentenció Vera.

—Que digas tú eso también manda narices, querida. —Amaia cada vez estaba más indignada—. Si ya eres una pringada no sé qué te hace pensar que va a ir a mejor.

—Amaia…

—No, ¿sabéis qué? Mejor me voy. Estoy cansada y no quiero discutir.

Amaia se levantó decidida en dirección a su escalera. Dejó un silencio incómodo en el patio.

—Lo siento, Bego… —dijo Vera cabizbaja—, es que me parece injusto que sigas sin tener ni un fin de semana libre.

—No te preocupes, hija. Entiendo lo que queréis decir y probablemente tengáis razón, pero yo lo único que sé hacer es cuidar. Es lo que he hecho toda mi vida. Y cuando se trata de mis hijos y ahora de mis nietos, más. Ojalá vuestra generación tenga el ímpetu y el valor para saber encontrar el equilibrio entre cuidar de vuestras necesidades y de las de los demás, pero mi realidad ahora mismo es esta y no tengo intención de cambiarla.

Vera se quedó pensativa.

—¿Y nunca te cansas de sentir que hagas lo que hagas estás renunciando a algo? —preguntó.

—Con esa sensación vas a convivir siempre, hija —contestó Bego sonriente—. Por eso es importante que elijas aquello que te haga feliz. Así, cuando tengas ese sentimiento, al menos te quedará la satisfacción de pensar que lo estás haciendo por algo que realmente merece la pena.

—No puedo estar más de acuerdo contigo —dijo Cata, que aunque parecía ausente, estaba más atenta que nunca—. Siempre me inspiráis, ¡sois las mejores! Os escribo luego.

28

Volver

Subió los escalones de dos en dos. Se preparó un café para disfrutar de un ratito de tranquilidad en el balcón. Las palabras de Bego resonaban en su cabeza una y otra vez: «Hazlo por algo que merezca la pena». Tenía toda la razón, pero ¿qué le merecía la pena a ella? La idea de volver a Madrid tomaba más cuerpo en su cabeza y el corazón, y cada vez le costaba más ignorarla. Desde que su madre se abriera a ella con tanta honestidad, había descubierto a una nueva Ceci y ansiaba seguir descubriéndola. Tampoco quería perder el contacto con sus sobrinas, que dentro de poco ya no la reconocerían como la tía guay a la que parecerse y con la que siempre querían estar. Al final, el roce hace el cariño, o eso dicen. Además, Iñaki había dejado claro que no quería saber nada de ella, y con lo cabezota que era, cada día que pasaba Cata tenía menos esperanzas de que cambiara de opinión. El problema era que había convivido durante meses con la ilusión de encontrar a su padre, conocer a su príncipe azul y formar una nueva familia rodeada de sus amigas y sus plantas. De hecho, ahora pensaba que buscar a Iñaki había sido una excusa y una vía de escape magnífica para huir de una vida absolutamente gris y anodina que la desmotivaba. Y ahora, renunciar al cuento de hadas que se había contado a sí misma se le hacía muy cuesta arriba. Sobre todo porque implicaría regresar a Madrid con la cabeza gacha y reconocer abiertamente que su aventura había sido un rotundo fracaso. No, volver no era una opción.

Se fijó en el helecho que colgaba del techo del salón. El tiempo no pasaba por él. Cata no recordaba la última vez que lo había regado, y sin embargo seguía verde, firme y majestuoso. «Y mi madre sufriendo en Madrid por ellos cada dos días», pensó. Volvió la vista al ficus de la terraza. El pobre había sufrido el azote de varias tormentas y tenía las hojas llenas de restos de tierra. Se acercó a por un trapo húmedo a la cocina y las comenzó a limpiar una a una. Aquella tarea tan sencilla y repetitiva la ayudaba a despejar la mente y, sobre todo, a acallar los pensamientos intrusivos que la amenazaban.

Sus padres siempre le habían dicho que era poco constante, que a la mínima dificultad se rendía y cambiaba de planes. Aún recordaba el día en el que les dijo a sus padres que dejaba el despacho. Su hermano apenas llevaba un año trabajando y ya le habían subido el sueldo. Los había invitado a todos a cenar para celebrarlo y de paso presentar a su novia. Cenaron en un restaurante de pitiminí, de esos que le gustaban a su padre. Belén, la novia de Nacho, era simpática, educada y de habla refinada, que agradó mucho a sus padres.

Cuando llegaron los postres, se desató la tormenta.

—Oye, Cata, me ha dicho Nacho que eres abogada laboralista, ¿no?

—Sí, en eso no te ha mentido —contestó en un intento absurdo de ser graciosa.

—¿Y en qué despacho trabajas?

—Pues ya en ninguno.

«Hasta luego, trufa», pensó Cata, riéndose por dentro al ver cómo se le caía a su padre de la cuchara.

—¿Cómo?

—Sí, esta mañana he presentado mi carta de renuncia.

El silencio que siguió fue atronador.

—¿Y se puede saber por qué? Era un buen puesto, en un buen sitio y muy bien pagado —preguntó su madre.

—Me estaba amargando la vida, mamá. No me gusta la abogacía y no me gusta ese tipo de vida. Cuando veo a mis compañeros renunciando a sus fines de semana para llegar a ser socios me pregunto... ¿y yo para qué lo hago? No tengo ninguna intención de serlo en un futuro, no quiero esa vida para mí en absoluto.

—¿Y entonces por qué estudiaste Derecho? —insistió su padre—. Los años de carrera, el máster que te pagamos...

—Había que estudiar algo de provecho, papá. Eso me dijiste. Elegí mal, supongo.

—Ya. Pues yo lo que creo es que te has aburrido, como siempre. Y ahora irás a por la siguiente chorrada que se te ocurra, y en seis meses o un año como mucho también te habrá cansado porque verás que es difícil y lo dejarás para ir a por otra. Vaya, la historia de tu vida: empezar muchas cosas y no terminar ninguna.

Cata se debatía entre levantarse de la mesa para no empeorar las cosas o quedarse y aguantar estoicamente el chorreo que al fin y al cabo ya tenía previsto. Deshojó la margarita entre susto o muerte, y le tocó quedarse.

—La vida no es fácil, hija —intervino su madre intentando suavizar—. En los trabajos a veces hay que hacer cosas que no nos gustan, pero eso no significa que debamos tirar todo por la borda.

—Eso lo dices tú que no has trabajado en tu vida, ¿verdad?

La mirada de reproche de Nacho fue épica.

—Oye, Cata, tu madre ha trabajado y mucho cuidando de vosotros, deberías tener más respeto y estar agradecida. —Su padre estaba cada vez más enfadado—. Y tiene mucha razón en lo que dice, a ver si te crees que a mí me ha gustado pasar tanto tiempo fuera de casa.

—¿Y qué vas a hacer ahora? —Belén intentaba arreglar el lío que ella solita había montado.

—Me he apuntado a un curso de páginas web. Con eso y todo lo que sé de fotografía creo que me puede salir mucho trabajo. Ahora todo el mundo necesita una.

Otro puñetero silencio incómodo.

—Un año te doy. —Su padre cada vez subía más el tono—. ¡Un año!, para que nos vengas con la cantinela de lo difícil que es, que has descubierto que no te gusta o que quieres montar una marca de envío de gambas de Huelva a domicilio. Y si no, al tiempo. Nada te gusta porque en el fondo eres una vaga.

«Vale, pues hasta aquí». Se mordió la lengua, se levantó de la mesa y salió por la puerta del restaurante. Llegó a casa hecha polvo. Ya es difícil luchar contra los fantasmas de una misma como para que además te los pongan encima de la mesa. A ella le habría encantado ser esa abogada agresiva y exitosa que ellos esperaban. Trabajar hasta las nueve de la noche todos los días, estar casada y tener ya tres hijos. Saber cocinar y tener siempre una casa impoluta, la piel de porcelana y una sonrisa en la cara. Pero Cata no era así, ese era Nacho. Y eso la hacía sentir aún más pequeña, menos válida y, sobre todo, siempre insuficiente. Como si hubiera sido una hija fallida.

Sin darse cuenta había terminado de limpiar los ficus, la monstera y el resto de las plantas de hoja grande, que no eran pocas. En ese instante justo lo vio claro: de todo lo que había probado hasta la fecha lo único que la había motivado y llenado había sido trabajar con flores y plantas. Le gustaba cuidarlas, le apasionaba buscar especies raras con las que sorprender a los clientes, cambiar la decoración de la tienda en cada estación para crear ambientes únicos y acogedores, asesorar a los compradores para que se llevaran la mejor opción para ellos y sus hogares. Es más, no le importaba fregar los jarrones, barrer el suelo, tampoco las heridas que tenía en las manos de tanto podar.

«Joder…, era tan perfecto». En el imaginario novelesco de Cata, que ella terminara trabajando con su padre en la floristería habría sido el final soñado. Justicia poética. Pero había que ser realistas: tal y como estaban las cosas ese desenlace estaba muy lejos de hacerse realidad. También podía buscar empleo en otra tienda de la ciudad o incluso abrir ella una. Su estómago se llenó de mariposas solo de imaginarlo, pero enseguida se cayó del guindo. «No tengo tantos ahorros, aunque quizá podría…». Una llamada interrumpió su maquinación.

—¿Nacho?
—Mamá me lo ha contado todo. ¿Cómo estás?
—Pues justo has interrumpido mis planes de futuro laboral. Puede que monte algo. Y esta vez va en serio.
—¿De verdad? Si necesitas apoyo económico ya sabes que puedes contar conmigo. Eso sí, si lo haces en Madrid. Quiero tener mis inversiones controladas de cerca.
—Tú siempre tan cariñoso —contestó Cata, consciente de los motivos ocultos tras aquella frase.
—Entonces ¿ya has pasado página?

Cata dudó unos segundos. No la había pasado, pero ganas no le faltaban. Por un momento y aunque no fuera una pregunta vinculante, pensó que sería buena idea saber qué haría su hermano en su lugar. Al fin y al cabo, él siempre lo hacía todo bien, ¿no?

—¿Tú que harías si estuvieras en mis zapatos?

La pregunta pilló a Nacho por sorpresa.

—Ostras, Cata, pues… no sé. Mamá ya me ha contado que se lo tomó fatal, pero es que… era de esperar. Te lo dije. Puede que le diera espacio y tiempo, no lo sé. Y probablemente intentaría hablar con su hija para el tema de la retinosis. Si ya está mezclando colores es que la tiene muy avanzada, ¿no? Si no quieren volver a verte tendrás que aceptarlo, pero al menos que vaya al médico.

«¡Claro, coño!». Cata no había caído en que seguían ignorando la enfermedad. «Es el caballo de Troya perfecto».

—¡Gracias, Nacho! Si es que por algo siempre has sido el listo de la familia. Te llamo en unos días. ¡Un beso para todos!

Sin dar opción a turno de réplica colgó, abrió las notas del móvil y se puso a escribir como una loca. Redactó un sinfín de mensajes, pero ninguno terminaba de ser de su agrado. O eran muy largos y podían malinterpretarse, o demasiado cortos y secos. Desesperada y después de varias vueltas alrededor del salón, optó por llamar directamente. «Si me tiene que mandar a la mierda, que lo haga de viva voz», pensó.

—¿Cata?
—Hola, Ana. ¿Cómo estás?
—¿Qué quieres?
—Oye… Había pensado que podríamos sentarnos a tomar un café y hablar como personas adultas. Bueno, no quiero decir que tu padre, bueno, y el mío, no lo sea, pero…
—Dime sitio y hora —interrumpió Ana anticipándose al charco infinito en el que se estaba metiendo Cata.
—¿En mi casa hoy a las seis de la tarde?
—Mándame la dirección por WhatsApp, allí estaré.

Ana llegó seria y distante. Tenía mala cara: pálida y ojerosa como si no hubiera dormido en varios días. Su habitual abrazo intenso y espontáneo fue sustituido por dos besos fríos y sin apenas mirarla a la cara.

—¿Quieres un café?
—Prefiero una cerveza, gracias. —Miró a su alrededor—. ¿Dónde me siento?
—En el sofá o en estos taburetes. Donde más cómoda estés.
—Taburete entonces. En el sofá corro el riesgo de quedarme dormida.

Cata no sabía cómo romper el hielo. El ambiente era tan tenso que podía cortarse con un cuchillo.

—¿Por dónde prefieres empezar? —preguntó Ana.

—Por donde tú quieras.

—Vale. Pues quiero saber la versión de tu madre, cómo lo supiste, cómo diste con mi padre y qué pretendes con todo esto.

Cata respiró hondo mientras acercaba las cervezas a la mesa.

—Vale, pues vamos allá.

Le contó la historia de sus padres con todo lujo de detalles: el contexto familiar de su madre, el flechazo, el amor de verano, los planes de futuro de Ceci e Iñaki. Del miedo de su madre cuando se enteró de que estaba embarazada, la reacción de sus abuelos y el dolor que sintió al ver a Iñaki en aquella playa cada mes. De su infancia y de cómo su enfermedad había sacudido su vida.

—Debió de ser muy duro para ti. —Ana empezaba a empatizar con su hermanastra.

—Mucho. Supongo que la búsqueda de Iñaki fue una huida hacia delante para no enfrentarme al dolor de descubrir que tengo una enfermedad degenerativa que puede dejarme ciega y que para colmo mi vida ha sido una farsa.

—Bueno, una farsa tampoco. Escuchando la versión de tu madre siento lástima también por ella. La rigidez de la alta sociedad en la que creció no ayudó. Tuvo que sufrir muchísimo.

—Iñaki aún le guarda mucho rencor, ¿no? ¿Puedo saber qué te ha contado él?

—Ya sabes cómo es mi *aita*. Bueno, el nuestro —corrigió mirando al suelo—. Es bastante parco en palabras y lleva treinta y tantos años pensando que tu madre le dejó tirado por otro más rico. Supongo que si hubiera sabido la historia real no tendría tanto odio acumulado.

—¿Está muy enfadado?

—Al principio sí, pero ahora le veo triste. Supongo que no es fácil enterarte de que tienes una hija con tu primer amor. Ese que te destrozó hace tanto tiempo, pero que lo hizo por una causa, entre comillas, justificada. ¿Tu plan siempre fue contárselo?

—Mi plan fue encontrar a mi padre, que ya de por sí era todo un reto. No sabía qué pasaría después. En este caso lo vi claro, porque os he cogido cariño y porque Iñaki tiene una enfermedad que debería tratarse. Cada vez le veo peor.

Ana se quedó pensativa.

—¿De verdad nos has cogido cariño pues?

—Sí. Ya sé que puede parecer imposible coger cariño a Iñaki —dijo sonriendo—, pero tú siempre has sido muy buena conmigo y él, a su manera, también. Creo que es una persona maravillosa encerrada en un gruñón algo listillo y desconfiado.

—Has bordado la descripción.

Las dos rieron.

—Ahora en serio, Ana, lo que más me preocupa es la retinosis. Tienes que llevarle al oftalmólogo. Por eso te he llamado entre otras cosas. Supongo que no lo sabes, pero en esta enfermedad los síntomas van apareciendo con el paso del tiempo y no lo hacen de forma lineal pero sí progresiva. Al principio pierdes visión nocturna, luego la periférica...

—Eso me deja loca. ¿Mi padre siempre sabe quién está alrededor y no ve un pimiento? —interrumpió Ana riéndose—. Yo creo que es una habilidad que ha desarrollado sin darse cuenta.

—No tengas ninguna duda. Yo he perdido ya bastante visión nocturna y, aunque me sigue dando algo de inseguridad, estoy convencida de que me ha ayudado a agudizar mi percepción espacial. No estaría de más que te hicieras pruebas tú también por si lo hubieras heredado.

—¿De verdad te puedes quedar ciega?

—Sí, por eso es importante que le vea un médico cuanto antes: está empezando a confundir colores. El otro día tenía que hacer un ramo amarillo muy sencillo y no veas el pastiche que montó. Lo vi claro cuando empezó a coger dalias de un jarrón y de otro como si fueran idénticas. Fue entonces cuando decidí que tenía que hablar con él, aunque eso fuera a suponer un shock importante.
—Pero se adelantó tu madre.
—Eso es.
—Y mi *aita* se enfadó y te echó.
—Exacto.
—Vale, tengo que irme, pero déjame unos días. Voy a pensar qué podemos hacer para arreglar este culebrón —dijo levantándose del taburete mientras miraba la hora en el móvil—. La realidad es que a mi *aita* le está costando llevar la tienda solo, pero, como ya te imaginarás, no lo va a reconocer nunca.
—Claro, lo que necesites.
El plan de Cata estaba funcionando; su yo interior empezó a dar saltos de alegría.
—Y gracias por todo. Me alegra haber descubierto que tengo una hermana.
Tras decir esto, Ana se acercó a abrazarla antes de dirigirse hacia la puerta.
El timbre interrumpió el tierno momento. Cata, tras recomponerse, fue a abrir sin pensar.
—Hola, Jon, ¿qué haces aquí?
—¿Jon? —preguntó Ana.
—¿Ana? ¿Qué haces tú aquí?

29

Flechazo instantáneo

El encuentro fue tan inesperado como incómodo. Cata nunca había visto a Jon con la cara tan desencajada. La idea de que Ana fuera *la otra* se le pasó por la cabeza, pero viendo la reacción de ella enseguida la desechó: más bien tenía cara de avergonzada. Como nadie daba un paso al frente, Cata decidió intervenir.

—¿Os conocéis?

—Sí —contestó Jon escueto.

—Me tengo que ir —dijo Ana sin saber adónde mirar—. Cata, en cuanto pueda te digo algo.

Cata y Jon se quedaron en silencio en el hall. Ambos sabían que tenían bastantes cosas que contarse, la cuestión era por cuál empezar.

—Llevo tiempo queriendo contarte lo que me ha pasado —dijo Jon—. ¿Nos sentamos?

—Yo también necesito hablarte de algo. Vamos, te escucho.

Penélope, la madre de Jon, era una chica inteligente y muy guapa que soñaba con ser enfermera. Como su familia no tenía muchos recursos para pagar sus estudios, trabajó y ahorró durante dos años para la matrícula en Enfermería. El destino, sin embargo, tenía otros planes para ella.

El verano anterior a empezar sus estudios, como todos los años, acudió a la verbena de su pueblo con sus amigas. Ese año amenizaba las fiestas un grupo que se presentaba como «la versión mejorada de los Hombres G». El atractivo guitarrista se fijó en la chica rubia de ojos azules y larga melena lisa que le miraba fijamente desde el público. El flechazo fue inmediato. Charlaron, rieron y tomaron unos cuantos vinos. Él era el típico chico que huele a conflicto nada más aparecer en escena: alto, guapo, descarado, con un punto canalla y hasta peligroso. No paraba de pedir botellas y ella, encantada de ser *la elegida*, bebió y bebió hasta necesitar descansar en la furgoneta con la que el grupo se trasladaba de pueblo en pueblo.

—No me lo puedo creer, ¿abusó de ella?

—No, no hizo nada, pero mi madre se enamoró perdidamente de él. Cuando eres joven te piensas que el primero que te hace un poco de caso es el hombre de tu vida. Y más cuando él es el tío al que todas miran.

Ella los siguió al siguiente pueblo y luego al de después. Se enganchó tanto a él que decidió posponer un año el comienzo de sus estudios para acompañar al grupo en una gira por España que no terminaba hasta octubre. Sus padres no recibieron nada bien el cambio de planes, pero ella hizo caso omiso: la idea de pasar el verano con él en una caravana era infinitamente más atractiva que estudiar. Además, estando presente sería mucho más fácil controlar a la legión de «pelandruscas» que, según ella, le acosaban cada noche.

Poco antes de terminar la gira Penélope tuvo una falta. Lo mantuvo en secreto para no desconcentrarle. Tras el último concierto, ella le esperaba ansiosa para darle la noticia. Pero él tardaba. Demasiado. Preguntó a sus compañeros del grupo, a los organizadores de las fiestas. Nadie le había visto. «Estará descansando», le decían unos. «Le sonó mal una cuerda durante la actuación, la estará arreglando», le decían otros. Con un mal presentimiento, se dirigió hacia la caravana. Ahí estaba su amado con otras dos chicas en el asiento de atrás. Furiosa, aporreó el cristal.

—Venga, va, no te pongas así, que no es para tanto —le dijo mientras se subía los pantalones.

—¿Que no es para tanto? ¿Te estás liando con dos tías en mi cara y no es para tanto?

—A ver... Penélope, pero ¿qué pensabas que era esto? Creía que había quedado claro que no quiero nada serio. Como verás no me faltan candidatas. —Señaló el coche con la cabeza.

—¿Entonces qué he sido para ti? ¿Un polvo de verano?

—Para nada, Pe, has sido una chica muy especial con la que me he divertido mucho. Por eso has venido con nosotros toda la gira.

Penélope estaba avergonzada. Se sintió como una estúpida por haberse enamorado, por haber creído que era un amor correspondido; por posponer su sueño y haberse enfrentado a su familia por alguien que nunca la había tomado en serio. Solo le quedaba un intento para convencerle de que se quedara a su lado.

—Estoy embarazada.

Él, que ya se marchaba en dirección al resto de la banda, se paró en seco.

—Pues haz lo que quieras —habló sin darse la vuelta—, pero no cuentes conmigo.

«Y yo que flipaba con la historia de mi madre —pensó Cata—. La primera cena de suegras puede ser divertidísima».

Penélope decidió seguir adelante con su embarazo. Dejó sus estudios de Enfermería para más adelante, cuando había logrado ahorrar lo suficiente y Jon ya tenía unos años.

—Madre mía, qué fuerza de voluntad —exclamó Cata impresionada—. Si ya es difícil tener un hijo sola, encima estudiando...

—Bueno, tuvo ayuda.

Cuando Jon tenía un año su madre se enamoró de nuevo. Era un chico sensible, deportista, un hombre de principios. Él tenía el corazón completamente roto y entre los dos consiguieron darse el apoyo y el cariño que necesitaban para recuperar la confianza en el amor. En poco tiempo, él se convirtió en un verdadero padre para Jon. Cuidaba de él en las guardias de Penélope, le ayudaba con los deberes y le llevaba a hacer surf y a jugar al fútbol todos los fines de semana. Incluso ayudó económicamente a su madre cuando lo necesitó.

—Y hablas de él en pasado porque... —Cata estaba tan intrigada con la historia que necesitaba que Jon avanzara más rápido—. No me digas que falleció.

—No, también nos abandonó. Un buen día volví a casa y su ropa ya no estaba. Se había ido. Fue un cobarde de mierda. —Jon tenía rabia en los ojos.

—¿No se despidió de ti?

—No, por lo visto le dijo a mi madre que no quería saber nada más de nosotros. Que se había enamorado de otra y se iba a empezar una nueva vida. No se lo he perdonado nunca. Era como un padre para mí y no solo me abandonó, sino que dejó a mi madre aún más tocada de lo que ya estaba.

—¿Más tocada? ¿Qué le pasó?

—Si te soy sincero, creo que mi madre nunca estuvo del todo bien. Me ha querido muchísimo y ha tratado de ser la mejor madre, de eso no tengo dudas, pero desde bien pequeño recuerdo ver comportamientos extraños. Al principio los ansiolíticos maquillaban bastante los problemas, pero cuando él se marchó empeoró a pasos agigantados. Por suerte, al trabajar como sanitaria estaba en contacto diario con médicos, que no tardaron en darse cuenta de que algo pasaba. Le diagnosticaron un trastorno y le dieron medicación. Y así nos hemos defendido hasta hace un par de años, cuando le detectaron demencia. No me quedó más remedio que llevarla a una residencia porque necesita atención profesional las veinticuatro horas del día. Me costó muchísimo tomar la decisión, pero yo ya no podía cuidarla en condiciones.

—¿Y nunca volviste a hablar con ella de lo que pasó con él?

—No. Los primeros meses sin él fueron muy duros. Ninguno de los dos queríamos hablar del elefante rosa de la habitación, era demasiado doloroso. Cuando pasé el duelo y acepté que no volvería, sí estuve tentado de volverle a preguntar. Quería pensar que había un motivo que justificara su marcha y creo que también necesitaba desahogarme, verbalizar mis sentimientos y de algún modo incluso perdonarle. El problema es que con el diagnóstico de su trastorno y la terapia… no me vi con fuerzas de obligarla a revivir aquello. Me daba miedo desatar otra crisis o simplemente hacerle daño. Y así pasaron los años. Ahora, con la demencia, está perdiendo la memoria, así que me temo que ya es tarde.

—¿Y de él? ¿Nunca volviste a saber?

—Nunca quise buscarle. Por un lado tenía un millón de preguntas para él, pero por otro no estaba seguro de querer saber las respuestas. Hace unos meses, justo después de conocerte, su hija se puso en contacto conmigo. Ana.

Cata se levantó de golpe del sofá.

—¿Me estás diciendo que ese hombre es Iñaki?

—Tu exjefe, sí.

Su cabeza empezó a maquinar a toda velocidad. Había recibido tanta información de golpe que necesitaba unos segundos para encajar todas las piezas de una historia que explicaba muchos comportamientos de Jon y puede que también de Iñaki. Ahora sabía que Jon no tenía una vida paralela. También que su padre había sufrido muchísimo tras el abandono de Ceci y en algún momento había hecho las cosas mal, muy mal. Pero lo había conocido, y algo no le cuadraba. ¿Y si había algo más detrás de aquel abandono? ¿Y si Jon le había juzgado sin conocer su versión?

—Pues resulta que... Iñaki es mi padre.

La expresión de Jon cambió de la tristeza a la incredulidad en un instante.

—Vale, esto sí que no me lo esperaba. Supongo que ahora te toca hablar a ti. Vete empezando mientras voy a la cocina, necesito otra botella de vino.

—Así que tu madre fue la mujer que destrozó a Iñaki —concluyó Jon tras escuchar el relato de Cata.

—Bueno, no sé si ese es el titular más acertado. —El comentario ofendió a Cata.

—No sabes cómo estaba cuando conoció a mi madre. Yo creo que nunca dejó de pensar en ella. Y saber tantos años después que tienes otra hija..., no me lo puedo imaginar. Y ahora que te ha echado, ¿qué piensas hacer? No me dirás que te vuelves a Madrid.

—Lo he pensado, no te miento. Llevas semanas distante, así que asumía que me ibas a dar puerta. Mi padre no quiere saber nada de mí... Si lo miro de forma objetiva, ya nada me ata aquí. Y, sin embargo, y por extraño que parezca, me quiero quedar. Las chicas, mi casa, mis plantas... Reconozco que me encantaría seguir trabajando en La Verbena, pero, si no es posible, buscaré otras opciones. Incluso he llegado a barajar montar una tienda.

Jon se sirvió otra copa de vino y se puso a pasear por el salón.

—¿Y tú? ¿En qué punto estás con Iñaki? —preguntó Cata curiosa.

—Ana sigue empeñada en que tengamos un encuentro. Dice que si le dejo explicarse seguro que le perdono. Por lo visto me quiere muchísimo, aunque no lo demostrara en su momento. Ana dice que habla tanto de mí que ella casi me ve como un hermano. Me desquicia que diga eso. Parece que después de todo tengo que ablandarme con dos palabras bonitas y perdonarle sin más.

El primer instinto de Cata fue regañarle. Le parecía que estaba siendo demasiado duro con una persona que al fin y al cabo le había querido y cuidado durante muchos años. Pero pensándolo bien, ella había hecho exactamente lo mismo con su madre. Por absurdo que parezca, a veces necesitamos instalarnos en el rencor y el odio para regodearnos en nuestra desgracia. Como si quisiéramos grabarnos a fuego lo que nos han hecho para que no nos vuelva a suceder. Después, en algún momento, estamos preparados para salir del agujero y solo entonces nos abrimos a escuchar.

—Pues a mí me parece bonito. No sé, ¿y si le das una oportunidad? Yo tampoco quería escuchar a mi madre y, mira, hacerlo me ha hecho cambiar de opinión. Aunque suene a topicazo, es una verdad como un templo: a veces las cosas no son lo que parecen. De hecho, ahora que caigo, en la trastienda hay una foto de Iñaki de joven con un niño en brazos. Es vieja y no se ve bien, pero estoy segura de que eres tú.

Jon se quedó pensativo. Era evidente que el tema de Iñaki le seguía haciendo demasiado daño.

—Mira, Cata. Me gustas, me gustas muchísimo. Si he estado un poco ausente es porque no sabía si contarte toda esta mierda o si tragármela y esperar a que dejaras el trabajo en algún momento. Pero veo que eso no solo no va a pasar, sino que encima podrías acabar teniendo una relación estrecha con Iñaki.

—Y eso no podrías soportarlo.

—No. O al menos no por ahora. No estoy preparado.

Cata se levantó y rodeó el cuerpo de Jon con los brazos. Intuía cómo iba a acabar aquella conversación.

—No quiero elegir —dijo Cata con tristeza.

—No tienes que hacerlo todavía. Si quieres, espera a ver qué te dice Ana. Si Iñaki te abre las puertas de su vida, lo siento, pero creo que no tenemos nada que hacer. Si finalmente cada uno sigue su camino y quieres una relación conmigo, llámame. Estaré en el segundo matando plantas —dijo con tono gamberro.

Cata esbozó una sonrisa mientras sus ojos se llenaban de lágrimas.

—Vamos a darnos un tiempo, ¿vale? No nos precipitemos. Quizá Iñaki no quiera volver a saber nada de mí, o, quién sabe, puede que termines dándole una oportunidad y veas que no es una persona tan terrible.

—Te esperaré —contestó Jon mientras le daba un largo y sentido abrazo.

Qué sensación tan extraña. Cata no quería elegir entre Jon y su padre. Y aunque deseaba con todo su corazón que Iñaki le diera una oportunidad, si no lo hacía, al menos tendría un motivo por el que alegrarse, por raro y contradictorio que pudiera sonar.

Jon, ya en casa, se planteó seriamente y por primera vez si debía escuchar la versión de Iñaki. ¿Y si aquella era la única posibilidad que tenía para salvar su relación con Cata?

30

Todo va a ir bien

La primavera ya se respiraba en el ambiente. Las últimas lluvias y un insólito invierno templado habían acelerado la aparición de algunas yemas verdes que brotaban tímidamente en las ramas de los árboles.

Como cada mañana, Amaia se levantó y se fue directa a mirarse en el espejo.

—Qué penita das, querida. Con lo que tú has sido —le dijo a su reflejo.

Sus tobillos estaban tan hinchados que parecían una prolongación perfecta de las pantorrillas. La tripa había pasado de lucir redonda y sexy a una especie de globo de agua gordo y pesado que le oprimía la pelvis. La espalda le dolía mucho a la altura de las lumbares, y el pecho, lejos de ser grande y turgente, caía sobre la tripa como dos ubres grandes de octogenaria. Un cuadro, vaya.

Se acercó al armario con apatía: otra vez las mismas prendas. Ya solo le cabían dos vestidos y un pantalón. La sola idea de llevar la misma ropa un día tras otro durante el resto del embarazo le provocaba náuseas. Las chicas le decían siempre que se fuera de compras, que buscara cosas monas, aunque no se las volviera a poner nunca más, pero es que ni para eso tenía motivación. Estaba segura de que ni un conjunto de lencería fina la iba a hacer sentir mejor. Una patada de su hija la sacó de su pesimismo.

—Toda la razón, pitufa. Tú estás bien, eso es lo importante —dijo acariciándose la barriga—. Mis tetas no volverán a ser las mismas, pero serás una niña sana y preciosa. De eso no tengo duda.

Se asomó al balcón para respirar el aire fresco de la mañana y decidir el número de capas que necesitaría enfundarse para no pasar frío. Sobre la mesita, el rosal de Cata cubierto de rocío parecía estar mejor. Las hojas estaban verdes, y los tallos, tersos y erguidos. Además, un par de bultitos anticipaban la llegada de futuros capullos.

—Venga, nosotras podemos. —Animó a la planta mientras la regaba.

Se puso sus *leggings* premamá, las zapatillas de deporte y una gorra, y salió a la calle a pasear. Últimamente no tenía ganas de hacer sus ejercicios de pilates para embarazadas. Prefería andar y despejarse a estar en una esterilla en el salón haciendo esfuerzos para levantar aquel culo enorme y pesado. Además, dejaba el móvil en casa y se obligaba a desconectar. Desde que Mario se fue, lo miraba de forma compulsiva: sus *stories*, si estaba conectado en WhatsApp, si lo estaba en Instagram. Y siempre con la esperanza de que le escribiera un «qué tal estás» o un «hola» al menos. También volvía siempre a casa con la esperanza de encontrárselo sentado en las escaleras esperándole con un ramo de flores, pero eso era culpa de la maratón de series románticas que había hecho en el último mes. Lo bueno de pasar dos o tres horas fuera de casa sin el teléfono es que le daba tiempo a ordenar sus ideas, a aburrirse y sobre todo a observar de verdad. En los años que llevaba viviendo en ese barrio jamás había reparado en el precioso quiosco de estilo *art nouveau* que vendía prensa, cafés para llevar e incluso bisutería, en que el pincho de tortilla del bar de la esquina era de largo el mejor de la ciudad o en que el edificio institucional de dos calles más abajo tenía unos rosales dignos de exposición y unos bancos maravillosos para contemplarlos durante horas.

Para no pensar en *quien no debía ser nombrado* dirigió sus energías hacia el nuevo cuarto de la niña. Amaia, que antes habría dicho que a ella eso no le iba a pasar porque era una chorrada inventada por El Corte Inglés, sufría el síndrome del nido. Se lo tomó con tanto ahínco que hasta estuvo tentada de contratar a una interiorista especializada en ambientes Montessori para preparar la casa para la llegada de su bebé, pero decidió que podía hacerlo sola. Puso manos a la tarea y vació y limpió una habitación (que hasta ese momento había hecho las veces de vestidor); pintó tres paredes y revistió con un papel pintado de animales la cuarta; compró la cuna y el cambiador en una tienda danesa carísima que hacía muebles de mimbre a medida; lavó y planchó toda la ropa para dejarla preparada en sus cajones; pasó semanas buscando la mejor alfombra de juegos para los primeros meses.

Las nubes habían dejado paso a un sol tímido pero brillante. Tras un paseo de más de dos horas se sentó en la terraza del Bogotá para tomar un descafeinado con leche en vaso grande. Hubiera preferido una cerveza. O un vino. O un café con doble de cafeína. Pero como las embarazadas tenían prohibido prácticamente todo lo que merecía la pena en la vida se limitó a pedir lo poco que podía beber además de agua, claro. Tanta limitación empezaba a pesar. Giró la silla hacia el sol y cerró los ojos. Bebió el café despacio, dejando que el calor arropara su cuerpo. Imaginó cómo sería el parto. Había leído que visualizarlo de forma positiva era muy beneficioso, así que buscaba momentos placenteros del día para hacerlo. Se veía en el paritorio acompañada de alguien que sujetara su mano. Al principio pensó en Bego; luego en Mario; cuando él se marchó pensó en Vera, cuyos partos eran muy recientes y los tendría más frescos. La atendían una matrona y su ginecóloga. Eran cariñosas y respetuosas y la informaban de cómo avanzaba el proceso hasta llegar el expulsivo, el momento más temido pero deseado por Amaia. Tan absorta estaba que casi no notó que su cara se contraía de dolor. Como con la regla, notó un líquido que se le escapaba hacia las bragas. Pensó que era parte de su ensoñación, pero un pinchazo fuerte la devolvió de golpe a la realidad. Se levantó lo más rápido que pudo y se dirigió al baño de la cafetería.

—¡Mierda! —exclamó al bajarse los pantalones—, ¿esto qué coño es?

Lo primero que pensó es que estaba perdiendo a su hija. Unas lágrimas de pánico empezaron a rodar por sus mejillas. No había pasado tanto miedo en su vida. Respiró profundo varias veces para calmarse y pensar con claridad: no quería ir sola al hospital, pero no tenía móvil. Podía pedírselo al dueño del Bogotá para hacer una llamada, pero ¿a quién? No se sabía de memoria el teléfono de Cata, ni el de Vera ni el de Bego. Solo el de su madre, que ni siquiera vivía allí; el de su ex, que tampoco. «Ni de coña, no puedo llamar a Mario». Se acercó despacio a la barra a pagar el café.

—¿Estás bien? No tienes buena cara —preguntó el camarero preocupado.

—Bueno, más o menos —mintió Amaia consciente de lo pálida que estaba—. ¿Podrías pedirme un taxi, por favor? No tengo móvil y la parada más cercana está a cinco manzanas.

—Claro. En cuanto llegue te aviso.

El camino hacia el hospital se hizo eterno. Amaia fue hasta el primer mostrador que vio sin esperar siquiera a la cola.

—Estoy en el tercer trimestre y creo que estoy teniendo un aborto.

En cuestión de segundos apareció un ángel en forma de enfermera con una silla de ruedas y una sonrisa de esas que dicen «todo va a ir bien» sin necesidad de usar palabras.

—Amaia, ¿verdad? Siéntate aquí. Espera, que te ayudo.
—Era dulce pero eficaz, nada de contemplaciones, como a ella le gustaba—. ¿Desde cuándo estás sangrando?
—Calculo que una hora. Bueno, no sé, quizá media hora. Se me ha hecho eterno.
—Es normal. —La cogió de la mano al tiempo que se agachaba para quedar a su altura—. Lo importante ahora es estar tranquila, ¿vale? Aún no hay que ponerse en lo peor.
«Cómo que "aún", joder, que me habías caído bien, no lo estropees ahora».
—¿Has llamado al padre ya o prefieres que lo haga yo?
El silencio de Amaia lo dijo todo.
—Puede ser quien tú quieras —dijo aparentando total normalidad—, pero mi consejo es que llames a alguien de confianza. Es bueno estar acompañada de seres queridos, sobre todo cuando estamos asustadas.
Si a Amaia le dicen unos meses antes lo que iba a contestar, se cae de la silla.
—Se llama Mario, si quieres te apunto el teléfono y le llamas cuando puedas. No tengo mi móvil aquí.
Pasó el resto de la mañana tumbada en una camilla entre tubos, agujas, termómetros y otros tantos aparatos desconocidos para ella.
Una pantalla monitorizaba el corazón de su bebé, que latía acelerado como si estuviera en el momento álgido de una película de terror. Ginecólogas y enfermeras entraban y salían de su habitación cada poco tiempo con una sonrisa que parecía pintada para no tener que forzarla con cada paciente. Su ángel particular solo apareció para decirle que había conseguido hablar con Mario.
—Dice que vendrá lo antes posible. Estaba en la montaña.
«Maldito *boy scout* —pensó Amaia—. Típico lo de ir a la montaña en el peor momento posible».
—Parecía preocupado, por si te sirve de algo.

Sí servía, sí. Amaia había dado su teléfono en un momento de desesperación, y diez minutos después ya se había arrepentido. En el fondo le estaba forzando a ir a verla y de algún modo a cuidar de ella, y él había dejado claro que nunca lo haría. Para colmo, probablemente lo hiciera por lástima. «Qué penita doy», se dijo a sí misma mientras lloraba. En el fondo estaba muerta de miedo.

El latido de la niña y el cansancio que arrastraba en las últimas semanas sumieron a Amaia en un profundo sueño. Se despertó al notar una mano que cogía suavemente la suya mientras una voz susurraba su nombre.

—Hola —dijo Mario en voz baja al ver que abría los ojos—, ¿cómo estás?

—Bien —Amaia trataba de incorporarse con dificultad—, o eso espero.

Alguien llamó a la puerta y entró sin esperar respuesta: era la doctora que había supervisado las pruebas. Llegaba con el rostro serio y una carpeta en la mano. Parecía la teniente O'Neil.

—Aparentemente no ha sido más que un susto, pero no conviene lanzar las campanas al vuelo. Por lo pronto vas a quedarte ingresada como mínimo un día más para monitorizar a la niña. En función de cómo evolucione veremos cuándo te damos el alta.

—Pero ¿está fuera de peligro? —preguntó Amaia sin poder contener las lágrimas.

—Por ahora sí, pero vas a necesitar reposo absoluto hasta el parto. No podemos arriesgarnos a tener otro susto.

—¿Qué significa reposo absoluto?

—No hacer nada. Nada de estrés ni de esfuerzos físicos. ¿Trabajas?

—Sí.

—Pues te daré la baja desde ya. Necesitas estar en casa. Lo más tranquila posible y dejando que te cuiden en todo —dijo mirando a Mario—. Por ahora ponte cómoda y cancela los planes que tuvieras para hoy y para mañana. Y no es una sugerencia.

Amaia pasó tres días más en el hospital. Aunque le habían dicho que la situación estaba más o menos controlada, prefirió estirar su ingreso lo máximo posible. Le daba pánico volver a tener otro susto en casa. Además, escuchar continuamente el latido del corazón de su pequeña le daba tranquilidad.

Consciente del momento tan vulnerable que estaba viviendo, Mario no quiso separarse de ella ni un minuto. Amaia solo consiguió convencerle de que fuera a su casa para coger su móvil y avisar a las chicas.

—Vete, de verdad. Había quedado con ellas y, si no les aviso, se van a preocupar —le suplicó—. Es más, seguro que quieren venir a verme, así también puedes aprovechar para ducharte y coger algo de ropa.

Unas horas más tarde, Bego, Cata y Vera se presentaron con un ramo de flores y unas palmeras de chocolate. Llevaban el rostro serio y miraban al suelo, como si estuvieran en un funeral.

—Señoras, que aquí no ha muerto nadie. Solo ha sido un susto.

—Un susto dice... —contestó Vera con tono molesto—. A quién se le ocurre salir sin móvil en tu estado. Te juro que a veces te mataría.

—Nos ha dicho Mario que vas a tener que hacer reposo absoluto. A mí me pasó con Tomás, y conociéndote como te conozco, vamos a tener que atarte de pies y manos a la cama —dijo Bego mientras le daba un beso en la frente—. Yo me encargaré de que comas como es debido, y Cata, de que tengas compañía siempre que lo necesites.

—Que espero que no sea mucho. —La aludida le guiñó un ojo.

—Para. Que ya sé por dónde vas y no vas bien —espetó Amaia—. Mario ha estado aquí porque su número era el único que me sabía.

—Eso también es para matarte. ¿Cómo puede ser que te sepas el suyo y no los nuestros?

—Siempre me aprendo los de mis ligues más serios, Vera. Cuando eres tendente a borrarlos sin motivo una vez a la semana es la única forma de recuperarlos. Y pásame esas palmeritas, a ver a qué saben. Ya que os habéis propuesto que termine este embarazo como una ballena varada, os voy a dar el gusto.

Todas rieron.

La estancia en el hospital transcurrió bastante amena. Entre todos se organizaron para visitar a Amaia por turnos y llevarle comida de verdad. La del hospital la ponía de mal humor. El día en el que iba a recibir el alta, Vera apareció con una caja con un lazo. Era un vestido precioso en color mostaza con flores lilas bordadas y escote balconette.

—Vera, es maravilloso, pero ¿dónde se supone que debo meterme esto? ¿En un brazo?

—Aunque no lo parezca es de premamá. Pero no de esos anchotes que siempre llevas: este va a realzar tu tripa y tu pecho precioso.

—Yo no puedo llevar eso, has calculado mal.

—Lo que no deberías hacer es ocultar unas curvas que están creando vida en su interior. Hay que lucirlas y gritarle al mundo entero la fuerza que tienen. No te avergüences de tu cuerpo ni por un segundo.

Amaia sintió una especie de pudor. Un sentimiento hasta ese momento desconocido para ella.

—Venga, que te lo he traído para que salgas del hospital como una guerrera. También tienes maquillaje, por si necesitas.

—¿Ahora? Pero si viene Mario en coche, ¿quieres que me muera de vergüenza?

—Quiero que le dé un infarto al verte. Venga, al baño a cambiarte he dicho.

Si la intención era causar un impacto en Mario, podría decirse que fue un objetivo conseguido. Pero no por el vestido ni por el maquillaje, sino por la sonrisa de Amaia al verle llegar en coche a la puerta del hospital. Estaba relajada y entregada. Quería dejarse cuidar y, sobre todo, quería disfrutar en la medida de lo posible de lo que quedaba de embarazo. Al llegar a casa, Mario le quitó los zapatos y la ayudó a tumbarse en el sofá. Había aprovechado bien los ratos libres que tenía entre visitas al hospital: la nevera y la despensa estaban repletas de comida fresca y saludable; en el salón lucían dos jarrones con flores frescas y velas recién compradas, y todo estaba perfectamente limpio y ordenado. Incluso el arenero de Chavela.

—Ven, voy a darte un masaje en esos pies. Que cualquiera diría que llevas botas de esquiar —dijo con tono socarrón.

—Mario..., no tienes por qué hacerlo —dijo escondiendo los pies bajo la manta—. Estas semanas he estado pensando mucho. Sé que te he hecho mucho daño y sé también que no te lo merecías. Puedo apañarme con las chicas, de verdad. Creo que es mejor que te vayas antes de que...

—Antes de que... —insistió Mario, que quería saber cómo acababa aquella frase.

—Antes de que tenga que suplicarte que te quedes con nosotras.

Un largo silencio sucedió a aquella frase. Amaia jamás había pensado que llegaría a mostrarse tan vulnerable. Y Mario tampoco.

—Amaia, si quieres que me quede solo tienes que decirlo. Llevo esperándolo meses.

—No, no quiero que lo hagas por pena.

—Eres muy pesada. Sabes de sobra que no lo hago por pena. ¿Tengo que volver a decirte una vez más que estoy enamorado de ti? Hago esto porque quiero estar a tu lado. Querría hacerlo con bebé y sin él. Aquí y en China. Solo quiero estar contigo, Amaia.

—¿Aunque Manuela no sea tuya?

—¿Manuela? —preguntó Mario con los ojos llenos de ilusión—. Me encanta Manuela. Y sí, aunque no sea mía.

Entre una mezcla de amor, alivio y felicidad se dieron el beso más tierno y sincero que nunca se habían dado. Ambos sonrieron mirándose a los ojos.

—Pero nada de bodas ni de formalismos de esos, que dan pereza, ¿eh? —dijo Amaia imitando los gestos de una jefa.

Mario sonrió con cara de resignación.

—Nada de formalismos. Solo vendré a cuidar de ti cuando lo necesites.

—Y cuando nazca Manuela ¿qué piensas hacer?

—Eso es una pregunta trampa, ¿verdad? —Le guiñó un ojo—. Ya cruzaremos ese río, no quieras controlarlo todo. Aunque sea por una vez.

31

Siempre a mi lado

Mientras Gala y Mateo jugaban entretenidos en el salón, Vera se sentó en la mesa de la cocina, cerró los ojos y respiró hondo durante unos segundos. Entre el trabajo, los niños y ayudar a Amaia llevaba unos días demasiado ajetreados. Afortunadamente, Leo le había propuesto llevárselos el fin de semana a la casa del pueblo de sus padres. Así él podría pasar más tiempo con ellos y Vera se dedicaría a lo que quisiera, que no era ni más ni menos que meterse en una bañera con una botella —o varias— de vino y no salir de allí hasta el domingo.

Recogió los restos de la merienda y puso el lavaplatos. Abrió la nevera: una bola de paja podría recorrer todas las baldas sin encontrar un solo obstáculo en el camino. Si la antigua Vera la hubiera visto tan vacía un viernes habría entrado en pánico, pero esta vez hasta le hizo gracia: no tenía ni la más mínima intención de cocinar en todo el fin de semana.

Con las maletas preparadas y la casa recogida se dirigió al salón para esperar a que llegara Leo, tirada en el sofá. Miró el reloj. «Me dijo que vendría sobre las seis, así que llegará a las siete, voy a aprovechar para trabajar un poco». Se acercó a coger el portátil, que descansaba encima de la mesa del comedor. A su lado estaba su calathea, o más bien los restos de la que había sido su calathea. «Ya sabía yo que no estaba para cuidar a más seres vivos». La cogió decidida para tirarla a la basura. Abrió la gaveta y dejó caer la planta.

—¿Por qué la tiras, *ama*? —preguntó Gala, que acababa de aparecer por detrás.

—Porque está muerta —contestó Vera cerrando el cajón.

—No lo está —afirmó indignada.

—Lleva semanas muerta, ¿no has visto que ya no tiene hojitas?

—Le han vuelto a salir, mira —dijo abriendo de nuevo la gaveta—. Cuando tú no estás a veces la riego y creo que he hecho magia, porque ahora tiene dos.

Vera se quedó petrificada. Recuperó la maceta del cubo de la basura, y efectivamente, dos hojas estaban emergiendo de la tierra. Eran pequeñas, verdes y brillantes, enrolladas sobre sí mismas. Sintió un escalofrío. Su pequeña había estado cuidando la planta en su ausencia y, como bien habían anticipado Bego y Cata, había resucitado. «Igual no soy tan necesaria», pensó aliviada.

—Pues tienes razón, señorita. Voy a devolverla a su macetero. ¿Quieres regarla antes con tu magia?

Gala sonrió con esa cara de resabiada que ponía cuando le daban la razón. Se asomó a la planta para tocar el sustrato.

—No, mami, todavía no hay que regar. Cuando vuelva del fin de semana con el *aita* la regamos juntas, ¿vale?

—Eso está hecho. Regamos cuando tú digas. Ahora vuelve a jugar con tu hermano.

La Vera madre sonrió orgullosa. Algo habrían hecho bien para tener dos hijos tan buenos, cariñosos y divertidos. Por ahora tampoco parecía haberles afectado mucho la nueva situación, probablemente porque seguían pensando que era temporal.

El timbre de la puerta sorprendió a Vera. «Las seis y cuarto —miró el reloj—, esto sí que es nuevo».

Leo apareció con su look habitual de fin de semana: vaqueros desgastados, sudadera azul y gorra. Estaba guapísimo con su barba de varios días, pero tenía cara de cansado y la mirada triste. Vera nunca le había visto tan apagado. Los niños llegaron corriendo y se agarraron de un salto al cuello de su padre.

—Hola —saludó Vera con una sonrisa cariñosa—, ya están las maletas preparadas. Solo tienen que hacer pis y ponerse las zapatillas.

—Gracias, gorda. Peques, ¿podéis ir a jugar un rato más a vuestro cuarto? Tengo que hablar con la *ama*.

—¡Vale! —Gala cogió de la mano a su hermano—. Vamos a ponernos las zapatillas.

—¿Estás bien? —preguntó Vera cerrando la puerta.

—No, la verdad es que no. Estos días he pensado muchísimo, Vera. Yo...

No le salían las palabras y Vera empezaba a sospechar por qué.

—Necesito pedirte perdón.

«Vaya, esto también es nuevo».

—Lo que te dije sobre tu trabajo, que estabas ausente como madre..., fue totalmente injusto. Creo que vivía muy cómodo con mi trabajo y con todo hecho en casa y no me di cuenta de la carga que estabas llevando tú.

—Leo...

—No, déjame terminar. Sigo enfadado. Y dolido. Y decepcionado también por lo que hiciste. Pero es que no puedo vivir sin vosotros. Quiero luchar por esta familia. Quiero perdonarte, que me perdones y seguir adelante juntos. ¿Qué me dices?

Él la miró con la seguridad de quien piensa que está haciendo lo correcto, lo que la otra persona anhela. Al ver el cuerpo rígido de Vera y su mirada perdida, se acercó para abrazarla y besarla en la frente.

—Lo siento, Leo, pero por ahora no quiero volver.

Él soltó su cuerpo de golpe.

—¿Cómo?

La verdad es que ni siquiera Vera sabía que iba a decir eso. Las palabras habían salido de su boca como si un marionetista la estuviera controlando, pero lo cierto es que era el fiel reflejo de sus sentimientos. Sin filtros, sin matices, sin pensar primero en la otra persona.

—Te quiero, Leo. Te quiero muchísimo. Has sido el hombre más importante de mi vida. El que me devolvió la familia que había perdido y el padre de mis hijos. Y te he querido tanto que en el camino me he olvidado de quererme a mí misma. Hace unos meses empecé a colocar las cosas de otra forma y curiosamente ahora estoy muchísimo mejor. No es que no quiera estar contigo, es que prefiero estar conmigo.

—No entiendo nada, Vera. Encima de que me pusiste los cuernos, ¿ahora vas y me dejas? Qué pasa, ¿hay otro? ¿El chaval ese de la discoteca?

—Por Dios, ¿en serio me crees capaz de eso?

—Yo ya no te reconozco, no sé de qué eres capaz.

La pena de Vera se empezó a transformar en cabreo.

—No hay absolutamente nadie, Leo. De hecho, ahí está la clave —cuantas más cosas verbalizaba Vera, más entendía lo que le estaba pasando—, que por primera vez no hay nadie más. Solo están los niños, mi proyecto y yo. Ya no dependo de nadie para sentirme plena. Necesito aprender a mantener este equilibrio antes de pensar en volver.

—Quizá cuando lo aprendas ya sea tarde —sentenció Leo con dolor en los ojos.

—Me tendré que arriesgar pues.

Se quedaron en silencio. Vera estaba rota de dolor, pero a la vez el sentimiento de alivio era tan grande que estaba segura de que hacía lo correcto.

—Sé que te he hecho mucho daño, Leo, y créeme que lo siento en el alma.

—¡Niños! Nos vamos ya.

Recogió las maletas y abrió la puerta mientras Gala y Mateo se ponían sus mochilas. Ni siquiera miró a Vera a la cara para despedirse.

—Volveremos el domingo sobre las siete para los baños.

Vera se tumbó sobre el suelo del salón y se quedó mirando al techo. Tenía tal empacho de emociones que no sabía por dónde empezar a digerir. ¿De verdad acababa de rechazar a Leo? ¿Y si se arrepentía y ya no había vuelta atrás? ¿Y si era la decisión más dura pero más acertada de su vida? ¿Y sus hijos? ¿Qué les iban a decir? ¿Les pasaría factura en el futuro?

Era el mayor salto que había dado en la vida y lo había hecho al vacío y sin red. Estaba muerta de miedo, pero a la vez llena de esperanza. Su vida siempre había girado en torno al cuidado de los demás, su hermano, su madre enferma, Leo, sus hijos. ¿Y si le pasaba lo mismo que a Bego? ¿Y si era lo único que sabía hacer? ¿Cómo se cuida de una misma? El recuerdo de la única discusión que tuvo con su madre en la adolescencia llegó a ella como si lo hubiera tenido metido en una caja negra durante quince años.

Su madre quería enviarla a aprender inglés en verano, y su amiga Eva tenía ya cogida una estancia en un campamento en Irlanda. Eva era mucho más que una amiga: era su alma gemela, su zona de confort. Vera se informó, rellenó todos los papeles y le presentó a su madre el trabajo hecho para irse con ella. Iba a ser el mejor verano de su vida.

—Olvídate, no irás a Irlanda, irás a Inglaterra.

—¿Cómo? Mamá, pero si es perfecto. Es muy económico y estaré con Eva, así te quedas más tranquila —Vera se había preparado los argumentos.

—Vera, me preocupa que siempre necesites hacer todo con Eva. Y si no es con ella es conmigo. Y si no con tu hermano. No puedes estar toda la vida haciendo las cosas solo si es de la manita de alguien. Necesitas irte sola y aprender a apañártelas por tu cuenta; si no, no vas a crecer en la vida. Ya te he reservado plaza con una agencia que os busca familia en el sur de Inglaterra. Te irás dos meses.

—¡¿Cómo?! —Su templanza habitual dejó los mandos a la ira y se abrió la caja de los truenos—. Mamá, ¿por qué me haces esto? Claro que me las sé apañar sola, lo he demostrado mil veces. ¿En serio me castigas sin ir a Irlanda con Eva para que lo demuestre una vez más?

Tuvieron la discusión más fuerte de su vida. En aquel momento, Vera pensó que lo que más le dolía era quedarse sin su campamento con Eva, pero lo que más daño le hizo fueron los argumentos de su madre. Se sentía humillada, como si fuera una niña a la que siempre le hubieran hecho todo, como si no hubiera demostrado suficiente madurez desde bien pequeña. Y encima su madre lo había organizado todo a sus espaldas, sin tan siquiera hacerle partícipe de sus planes.

Se fue a Inglaterra de muy mala gana. La idea de subirse sola a un avión, llegar a un sitio nuevo, rodeada de personas desconocidas que en su mayoría hablaban otro idioma, le parecía una pesadilla. Pero como suele pasar, nada es tan malo como lo pintamos en nuestra cabeza. Aunque al principio lloraba a escondidas cada media hora, a los pocos días llegó a su casa de acogida una chica italiana que por problemas de organización se había quedado sin familia local. Dado que Vera era española y su casa de acogida tenía habitaciones de sobra, le asignaron a la italiana. Y ahí empezó el verdadero campamento para ella: se hicieron inseparables. Chiara, que así se llamaba la chica, era segura de sí misma, inteligente y muy divertida. Una líder nata. Como las tardes en casa eran eternas, organizaban actividades a las que acudían los compañeros de clase. Vera disfrutaba de su cómodo papel coprotagonista junto a la jefa del grupo. Además, Chiara hablaba inglés con todo el mundo, y ella no tenía que esforzarse por no hacer el ridículo. Y por las noches, se metían en la misma habitación para enseñarse la música de moda en sus respectivos países e intercambiar ropa. Vera no aprendió mucho inglés aquel verano, pero volvió con una nueva amiga del alma y todas las letras de Laura Pausini en italiano en la memoria.

Cuánta razón tenía su madre, como siempre. Claro que había cuidado de su hermano. Claro que estuvo siempre pendiente de su madre. Y claro que siempre quería hacer todo con Eva, la primera a la que invitaban a los cumpleaños y después a las fiestas. Estar bajo su sombra hacía que todo fuera mucho más fácil. Y claro que se enamoró de Leo, el apuesto chico que se fijó en ella cuando más lo necesitaba y que tardó poco en decirle: «Siempre voy a estar a tu lado». ¿Acaso hay una frase más adictiva que esa?

No tenía ni idea de cómo se hacía, pero tendría que aprender a amar su propia compañía y a lidiar con sus pensamientos e incluso sus demonios. A los treinta y tres años había llegado el momento de aprender a estar sola y a no rechazarse por eso.

Un wasap devolvió a Vera de golpe a la realidad. Era Cata en Patatas y bravas.

> **Cata**
> Chicas, quizá hoy no pueda quedar. Iñaki está en el hospital.

> **Bego**
> No me digas, hija. Espero que no sea nada grave. ¿Qué ha pasado?

> **Amaia**
> ¿Qué ha pasado?

Eso, ¿qué ha pasado?

Cata
Cuando tenga más info os cuento. No me esperéis.

32

Siempre nos quedará Copenhague

La llamada de Ana sorprendió a Cata en plena búsqueda de locales en internet. Estaba tan concentrada en su investigación que por un segundo barajó la posibilidad de devolverle la llamada después. «A lo mejor son buenas noticias», pensó ilusionada.

—Hola, Ana —dijo mientras se quitaba las gafas para dejar descansar la nariz.

—Cata, ha pasado algo. Tienes que venir.

—¿Adónde? —preguntó bajándose del taburete.

—Al hospital. Mi *aita* ha tenido un accidente de tráfico.

—¿Cómo? ¿Qué ha pasado?

—Al cambiar de carril no ha visto que una furgoneta le estaba adelantando y ha tenido un choque muy fuerte con ella y con varios coches más.

—Pero ¿está bien?

—Ahora ya está fuera de peligro, pero ha sido un susto muy gordo. Eso, por no mencionar que podía haber matado a alguien... Cata, creo que es el momento de que hables con él. No podemos seguir así.

—¿Y querrá verme después de lo que ha pasado?

—Pues no lo sé. De hecho diría que no, pero tenemos que intentarlo. Yo estaré contigo. Ven, por favor.

—Mándame dirección y número de habitación. Me visto y voy pitando.

Al llegar a la puerta de la habitación Cata se paró unos segundos para mentalizarse de lo que se iba a encontrar. Estaba muerta de miedo. Al otro lado estaba su padre, probablemente malherido. Un padre al que había tardado más de treinta años en conocer, una bellísima persona, pero también un señor gruñón y avinagrado. ¿Cómo podía ser que le despertara ternura y rechazo a la vez?

Respiró hondo y llamó.

—No necesito más medicación —gruñó Iñaki desde dentro.

La puerta se abrió unos centímetros. Ana se asomó y nada más ver a Cata se relajó.

—Gracias por venir tan rápido —susurró—. Entra y déjame hablar a mí.

Cata se deslizó por la rendija que había dejado Ana y entró.

—¿Qué hace esta aquí?

Iñaki estaba tumbado en la cama. Llevaba un collarín y tenía la cara llena de rasguños. Le habían vendado el torso y en las manos, llenas de cortes, unas vías llevaban a sendos goteros que, supuso, le administraban suero y analgésicos. «A la furgoneta no la habrá visto, pero a mí me reconoce hasta sin gafas el muy cabrito», pensó.

—*Aita*, tengo algo que decirte y es importante. Por favor, déjame hablar sin interrupciones y abre tu mente mientras me escuchas. —Ana le cogió con suavidad la mano mientras se sentaba a su lado—. Sé que no has tenido una vida fácil, has sufrido mucho y te han decepcionado mucho. Y por eso te resulta tan difícil confiar en las personas, aunque a veces eso signifique renunciar a las que sí merecen la pena. Pero necesito que entiendas que a mí también me ha costado mucho aceptar la muerte de la *ama* y que ahora tengo una hermana que ni siquiera sabía que existía. Sabes que nunca te he pedido nada. Jamás. He procurado ser una buena hija que no os diera problemas y con la que pudierais contar.

—Y así ha sido, hija —interrumpió Iñaki, cuyas defensas bajaban poco a poco.

—Y por eso mismo ahora necesito pedirte que hables con Cata. Para mí es importante que os contéis la verdad, que os escuchéis, que os deis al menos esa oportunidad. Creo que también debes dejar que te hable sobre la enfermedad que tienes, la que la trajo hasta ti. No podemos seguir ignorándola después de lo que ha pasado.

Iñaki le devolvió una mirada de resignación.

—Gracias a los dos. Me voy a casa a ducharme y a por algo de ropa, así que calculo que tardaré unas dos o tres horas. Espero que cuando llegue Cata aún siga aquí.

Ana besó a su padre, cogió su bolso y su gabardina, y salió de la habitación sin mirar atrás. Padre e hija se quedaron en silencio mirando a sitios opuestos. Iñaki a la televisión apagada y Cata por la ventana. No sabía ni qué hacer, ¿se quedaba de pie? ¿Se sentaba en el ridículo sofá desde el que no alcanzaría ni a verle la cara?

—Puedes sentarte ahí si quieres —dijo Iñaki mirando a los pies de su cama—. Bueno, ya que no nos queda más remedio, ¿por dónde quieres que empiece pues?

—Desde que conociste a mi madre, supongo.

—Vale, y quieres que sea sincero, ¿no?

—Por favor.

—Pues allá vamos.

El romance con su madre fue tal y como ella se lo había descrito. Fue un amor intenso y joven pero también auténtico. Iñaki reconoció que estuvo casi un año recorriendo cientos de kilómetros para esperar a Ceci en la misma playa, el mismo día.

—Tenía claro que algo pasaba. No podía creer que todo lo que habíamos vivido y todo lo que nos habíamos prometido hubiera sido una farsa, que se pudiera borrar de un día para otro por un chico de buena familia. Por eso insistí tanto.

—¿Y por qué dejaste de ir?

—Me enteré de que se había casado y de que estaba embarazada. En ese momento no tuve más remedio que pensar que su carta decía la verdad, que en el fondo nunca me había querido. Tiré la toalla.

—Mi madre lo hizo porque…

—Ya me lo contó. Sabiendo cómo era su familia ya no la culpo, pero en aquel momento me rompió el corazón.

—¿Y después? —Cata sentía mucha curiosidad por su relación con la madre de Jon.

—Después me enamoré una vez más de la mujer equivocada.

Iñaki conoció a Penélope en la cafetería en la que ella trabajaba. Tenía turno de mañana y siempre salía corriendo para recoger a tiempo a su bebé. Un día, una compañera se puso mala y el jefe de Penélope le pidió que se quedara hasta las ocho. Iñaki, que después de muchos cafés ya sabía lo suficiente de su complicada vida, se ofreció para ir a recoger al niño y encargarse de él hasta que ella terminara. Ella no podía permitirse perder el empleo y a él le encantaban los niños. Aquel gesto fue el primero de muchos. Jon era un niño especial: tierno, inteligente y muy tranquilo. Iñaki enseguida le cogió cariño y a su madre también.

—Por cómo lo explicas casi parece que tu relación con Penélope empezó gracias a él.

—Podría decirse que sí. Creo que primero me enamoré del hijo y luego de la madre.

Todo marchaba bien. Jon estaba encantado con la compañía de Iñaki y a Penélope la aliviaba poder compaginar trabajo y estudios sin descuidar a su hijo. Eran la viva imagen de una familia feliz. Conforme la relación avanzaba, su madre empezó a ver fantasmas donde no los había. Si él llegaba media hora tarde le recibía gritando y haciéndole un interrogatorio para saber con quién había estado. Al volver de trabajar, se acercaba al cuello de su camisa con cualquier excusa para ver si olía a perfume de mujer o si había marcas de pintalabios. Incluso le hacía preguntas a Jon para confirmar que Iñaki no le mentía. Al principio eran hechos aislados, pero cuando Penélope empezó a hacer guardias en el hospital y a pasar noches fuera de casa, la desconfianza creció aún más. Cada dos por tres volvía a casa enfadada y le amenazaba con echarle si encontraba algún indicio de infidelidad. El clima se hizo insoportable y aunque Iñaki barajó romper la relación en más de una ocasión acababa descartando la idea porque no podía separarse de Jon. Sospechaba que su madre no estaba bien y no quería abandonarle a su suerte. Un día llegó a casa más tarde de lo habitual, y encontró a Penélope borracha y fuera de sí. Gritó y pegó a Iñaki acusándole de traidor y mentiroso.

—Pero no habías hecho nada, ¿no?

—Por supuesto que no. Yo la quería y por encima de cualquier otra mujer siempre hubiera estado Jon.

Iñaki trató de calmarla y de meterla en la cama. Sabía que el alcohol no le dejaba pensar con claridad, así que como tantas otras veces prefirió aguantar el chaparrón. Ella, sin embargo, ya tenía otros planes: a la mañana siguiente le puso las maletas en la puerta y le dijo que no quería volver a verle en la vida, que se alejara de ella y de Jon o le arruinaría la vida.

—Creo que en el fondo sabía que no tenía forma de hacerlo, pero estaba tan cansado y había sufrido tanto que no me quedé a comprobarlo. Nunca volví.

—Tuvo que ser durísimo.

—No te lo imaginas. Me dolió incluso más que la carta de tu madre. Durante meses estuve yendo al colegio de Jon para verle a escondidas en los recreos. Yo le conocía bien, ¿sabes?

Me destrozó que estuviera tan triste y aislado. Hasta dejó de jugar al fútbol, lo que más le gustaba en el mundo. Tenía unas ganas tremendas de entrar, abrazarle y decirle que siempre estaría con él, pero ella era su madre y yo al fin y al cabo un simple exnovio. ¿Qué podía hacer? Con el tiempo y todo lo que se sabe ahora de salud mental, entendí que a lo mejor padecía algún tipo de trastorno, pero no me quedé el tiempo suficiente para averiguarlo. Nunca me lo perdonaré.

—¿Y cómo puede ser que él no sepa nada de esto? ¿Nunca pensaste en contarle la verdad?

—¿Cómo le dices a alguien que su madre no está bien de la cabeza, Cata? Y lo peor, ¿cómo le justificas el abandono? Él era un niño, solo tenía siete años. No tuve el valor para volver y pedirle perdón, pero siempre le seguí la pista a escondidas. Hace unos meses Ana me contó que había contactado con él. Después de la muerte de mi mujer pensó que sería buena idea tener un acercamiento. El problema es que ya no quiere saber nada de mí. Y no le culpo, la verdad. Lo que ha debido de pasar ese crío..., no me lo quiero imaginar.

Las piezas del puzle empezaban a encajar en la mente de Cata. Iñaki era un buen hombre que se había enamorado de las personas equivocadas. Primero Ceci, luego la madre de Jon..., y muchos años después y tras lograr formar una familia unida y feliz, una enfermedad se lleva a su mujer antes de lo previsto.

—Y sobre la enfermedad esa que dices que tengo..., ¿podrías contarme más? ¿Fue la enfermedad lo que te trajo hasta mí?

Había llegado el turno de Cata. Era curioso, nunca le había gustado hablar de la retinosis. Es más, siempre había pensado que contárselo a Iñaki sería lo más difícil de todo, al fin y al cabo no eran buenas noticias. Y, sin embargo, compartirlo con una persona que también la padecía y que, además, era su padre le resultaba incluso reconfortante. Le explicó su pérdida de visión nocturna y cómo, tras las pruebas, todo apuntaba a una enfermedad degenerativa de origen genético. El diagnóstico había sido retinosis pigmentaria, y para pautar un mejor tratamiento convenía analizar el patrón de transmisión.

—Es un poco de lío, pero quédate con que tras hacer las pruebas oportunas concluyeron que no la tenía nadie en mi familia. Mi madre insistía en que sería un gen que había mutado de forma espontánea, pero yo, que soy bastante cabezota...

—Me pregunto a quién habrás salido. —La sonrisa gamberra de Iñaki derritió a Cata.

—Y que lo digas. Acorralé tanto a mi madre con mis dudas y mis preguntas que no le quedó más remedio que confesar la verdad.

—Pero ella no sabía que yo padecía esta enfermedad, ¿no? Porque yo en aquella época no llevaba gafas.

—No, pero supongo que el simple hecho de saber que no era hija de mi... otro padre ya era un motivo suficiente para asumir que me la habías transmitido tú.

—¿Y cogiste el petate y te plantaste aquí sin más?

—Pues... sí. Reconozco que fue una ventolera. Años atrás creo que jamás hubiera reunido el valor para hacerlo. Y ahora no puedo estar más contenta de haber dado el paso. Esta aventura ha sido lo mejor que me ha pasado en la vida.

Iñaki se quedó mirando por la ventana en silencio. Cata sospechaba que le costaba asimilar la información y probablemente estuviera dolorido y cansado.

—Si quieres me voy un rato y te dejo descan...

—Fuiste muy valiente. Lo sabes, ¿no? —Levantó el brazo en dirección a Cata.

El corazón le empezó a latir tan fuerte que podía oírse en la habitación, pero sin dudar ni un segundo se acercó para corresponder su gesto y cogerle la mano.

—Más bien una loca, que es lo que hubieran dicho mis padres —contestó riéndose.

—No sé muy bien qué quieres de mí, Cata. Ya has visto que soy un viejo que se está quedando ciego y que no anda muy sobrado de humor. ¿No deberías volver a casa con tu madre?

—No quiero nada, Iñaki. Solo me gustaría seguir presente en tu vida y en la de Ana de la forma en la que ambos estéis cómodos. Supongo que a estas edades construir una relación de padre e hija de la nada suena a ciencia ficción, pero solo con seguir trabajando contigo en la tienda ya me daría por satisfecha. Además de enseñarme mucho, me has descubierto la pasión que realmente me despierta por las mañanas: las plantas y las flores.

Iñaki le apretó la mano con fuerza.

—Según el médico voy a tener que estar bastante tiempo de baja. Y una vez recuperado, tendré que ver el dichoso tema de la retinosis. Si te apetece, puedes seguir llevando la tienda a tu manera por ahora. Como no voy a estar para ponerte palos en las ruedas, seguro que la sigues modernizando y haces que los chavales esos de la esquina muerdan el polvo. Y cuando termine de recuperarme y en función de cómo evolucionen mis ojos, volvemos a hablar.

Unas lágrimas mezcla de tristeza, ternura y felicidad llenaron los ojos de Cata hasta desbordarlos.

—Aupa, pensaba que te gustaría la idea —dijo Iñaki con tono socarrón.

Cata cambió las lágrimas por una carcajada.

—Será un honor para mí.

—Pues no se hable más: el martes empiezas. Ana puede darte las llaves y las claves que no tienes. Ah, y te he dado carta blanca para todo menos para fastidiarla con los ramos, ¿eh? Que el verano es una época crítica para las flores. Te quiero todos los domingos por la tarde en mi casa para contarte cuáles son de temporada y cómo mantenerlas para que duren más.

—Oído cocina. —Cata hizo el gesto del saludo militar—. Una última pregunta: ¿cuándo empezó tu pasión por las flores?

Iñaki sonrió con ternura.

—Comenzó con tu madre, supongo. Ella me gustaba, pero yo era el más tímido de la cuadrilla y normalmente ninguna me hacía caso. Un día, de camino a nuestra fiesta en la playa, vi unas flores preciosas creciendo silvestres alrededor de un árbol. Me recordaron a ella, eran sencillas y delicadas. Estaban llenas de alegría. Las cogí, formé un ramito y se lo llevé. Pensé que sería la mejor forma de llamar su atención sin tener que hablar más alto que mis amigos.

—¿Y fue así?

—Y tanto que sí. Su mirada se iluminó al verlas. Y lo mejor de todo, fueron la excusa para pasar un buen rato en la arena hablando sin parar. Desde entonces, cada día salía al campo para buscar flores silvestres y sorprenderla con un ramo diferente. Sin darme cuenta, cogí muchísima soltura y, sobre todo, descubrí cuánto me gustaba y me relajaba.

—¿Y cómo sabías tanto? Mi madre me contó que te sabías todos los nombres.

Iñaki comenzó a reírse a carcajadas. Cata nunca le había visto así.

—Veo que sigue siendo tan inocente como antes, ¡no tenía ni idea! Me lo inventaba todo sobre la marcha. Sé que no está bien, pero si hubieras visto la mirada que ponía cuando le hablaba de las flores… justificaba cualquier mentirijilla piadosa. Con ella descubrí que tenía un don y con el tiempo aprendí los nombres y el resto de los tecnicismos.

—Y entonces ¿cuándo llegó La Verbena?

—Con tu madre empezó mi pasión por las flores, pero yo venía de una familia humilde y muy tradicional. No podía permitirme no tener ingresos y menos aún invertir en un negocio. Por eso empecé a trabajar de cualquier cosa que encontrara. Traté de trabajar en floristerías, pero nadie me contrataba sin experiencia. Fui camarero, chófer, conserje y finalmente, comercial. No era el empleo de mi vida, pero había que reconocer que no se me daba mal y lo mejor de todo: las comisiones eran muy altas. Cuando conocí a mi mujer, la madre de Ana, todo cambió. Lo primero, porque sanó mi corazón y me ayudó a recuperar la confianza en el ser humano. Por supuesto, me dio lo más bonito de mi vida: Ana. Y también fue ella la que me empujó a montar la floristería. Sabía que siempre había sido mi sueño y creo que los dos estábamos cansados de tanto viaje. Había meses en los que no estaba en casa más de dos o tres días. Los dos nos volcamos en el negocio: ella se encargaba de la parte contable, y yo, de los ramos y las plantas. Y todo iba viento en popa hasta que... —hizo una pausa para respirar— hasta que enfermó.

—Conociendo a Ana estoy segura de que era una mujer extraordinaria. —Cata quería saberlo todo sobre la mujer que había rescatado a su padre, pero no era el momento de seguir profundizando en un tema tan doloroso para él.

—No imaginas cuánto —dijo con los ojos empañados.

Cuando llegó Ana, los sorprendió riéndose de las anécdotas que Iñaki le había pedido a Cata que le contara sobre Ceci.

—Sigue siendo la de siempre, no ha cambiado con la edad.

—Supongo que no —dijo Cata apenada—, aunque a mí me ha costado más de treinta años conocer la verdadera cara de mi madre.

—Veo que hay fumata blanca —interrumpió Ana mientras metía una mochila en el armario.

—Cata ya se va, que tiene mucho que preparar —dijo Iñaki intentando disimular su alegría.

—¿Eso significa que vas a llevar la tienda? ¿De verdad? —preguntó Ana aliviada.

—Por ahora, sí. Ya veremos lo que tardo en hacer que cierre.

Los tres rieron.

—Iñaki —dijo cogiendo de nuevo su mano—, intenta descansar y recuperarte.

—Dame un beso, hija —pidió con sus tiernos ojos cansados.

Cata le dio su primer beso. El corazón latía con fuerza. Se quedó allí unos segundos en silencio. Se sintió acogida, sintió que había encontrado un hogar.

—Gracias, papá —le susurró al oído.

Abrazó a Ana mientras aguantaba las ganas locas de gritar y salió de la habitación.

La mañana de nubes grises y pesadas dejó paso a una tarde soleada y primaveral de abril que sorprendía a propios y extraños. El resultado eran parques llenos de gente de todas las edades, gaviotas graznando sobre las terrazas de la ría y el primer desfile callejero de gafas de sol del año. Para Cata la llegada de la primavera era una bendición: días más largos equivalían a noches más cortas y eso a más horas sin necesidad de fruncir el ceño para agudizar la vista.

Emprendió el camino a casa andando para disfrutar de la tarde y envió un mensaje a las chicas para generar un poco de expectación.

> Señoras, tengo novedades.

> Vera
> ¡Cuéntanos!

> De eso nada, ¡tiene que ser en persona! Amaia, ¿estás disponible? ¿Podemos ir a tu casa?

> Amaia
> ¡Por supuesto! ¿Cuánto tardáis?

> Calcula una hora, antes de ir tengo que hacer algo.

Bego
Pero, hija, ¿Iñaki está bien?

> Sí. Ha sido un susto, pero se recuperará. En una hora os cuento.

Amaia
Me alegro un montón. Aquí os espero.

Al llegar a casa, apretó el timbre del 2.º A. Jon tardó unos segundos en abrir. No tenía buena cara, pero el look casero de pantalón y camiseta de algodón gris y su pelo despeinado le seguían dando ese toque de película romántica que tanto le gustaba a Cata. Se sorprendió al verla.

—Hombre, hola.

—Hola, ¿puedo pasar?

—Claro, entra. Pero no mires mucho las plantas, por favor, las he tenido descuidadas últimamente.

—Tranquilo, me concentraré en ti. —Cata no podía evitar tontear con él ni en esos momentos—. He venido a hablar contigo. Seré breve.

Titubeó. Había tenido todo el camino de vuelta a casa para pensar qué le diría, pero por más vueltas que le había dado seguía sin tener claro el plan. El cuerpo le pedía contarle toda la verdad. Explicarle que Iñaki no era ningún ogro y que detrás de su abandono había una explicación. Pero si su padre no había dado el paso, ¿quién era ella para hacerlo? ¿Y si le hacía más daño aún contándole lo que hizo su madre?

—Iñaki ha tenido un accidente.

Una leve y fugaz expresión de preocupación apareció en la mirada de Jon.

—Está fuera de peligro, pero su enfermedad está avanzando y está perdiendo muchas capacidades.

—¿Para qué me cuentas todo esto?

—Me ha ofrecido quedarme con su tienda una temporada y, en función de cómo y cuándo se recupere, veremos qué hacer.

Ambos se quedaron en silencio. Jon empezaba a entender hacia dónde iba la conversación.

—Le he dicho que sí. Sé que esto implica un adiós entre nosotros y créeme que me duele en el alma, pero no puedo renunciar al motor que me despierta cada mañana. Ni a conocer un poco mejor a mi padre y a mi hermana. Si alguna vez cambias de opinión…

—Me lo esperaba. —Jon sonó tajante—. Ese hombre me dejó solo hace años y ahora vuelve a hacerlo.

—No seas así, Jon… —contestó apenada—. Si hablaras con él…, te prometo que entenderías muchas cosas. Quizá hasta cambiarías de opinión.

—Te lo agradezco, Cata, pero ya es tarde. Nada de lo que me cuente va a hacer que le perdone —dijo levantándose del sofá dando la conversación por finalizada—. Y ahora, si no te importa, estaba a punto de salir a ver un piso.

—¿Un piso? ¡¿Te mudas?!

Ahora sí, Cata entró en pánico. Aún guardaba una mínima esperanza de retomar la relación con Jon en un futuro. Un futuro paralelo en el que él se daría cuenta de que Iñaki había sido un buen padre que no le abandonó por voluntad propia. Como en las películas malas de sobremesa, llamaría a su puerta y le pediría perdón para después echar el mejor polvo de reconciliación que se recuerda.

—Sí. Empecé a buscar piso hace unos días porque sabía lo que iba a pasar. Me gustas muchísimo, Cata, pero todo esto me ha removido demasiado y seguir viéndote por aquí solo va a hacer que la herida se abra una y otra vez. Quiero intentar pasar página y cerrar este libro de una maldita vez —dijo dirigiéndose al hall.

—Lo entiendo y lo siento. Si algún día decides hablar con Iñaki para conocer la verdad, ya sabes dónde estoy.

Jon se quedó pensativo. Por un momento pareció que de su boca saldría un «tal vez» o un «lo pensaré», pero en lugar de eso permaneció en silencio.

Cata se puso de puntillas para besar sus labios por última vez. Lo hizo despacio, consciente, como si quisiera grabar en su mente lo que le decían cada uno de sus sentidos.

—Te echaré de menos —dijo él con tristeza en los ojos.

—Siempre nos quedará Copenhague —contestó ella con una sonrisa cómplice.

33

Cuestión de tiempo

Tres meses después

Eran las siete de la tarde del 5 de julio. Al contrario que en Madrid, allí los días estivales solían dejar temperaturas agradables y las noches incluso pedían una chaqueta abrigada. Sin embargo, esa semana estaban en plena ola de calor y los treinta y cinco grados que habían alcanzado, sumados a una humedad del ochenta por ciento, provocaban un ambiente demasiado sofocante. Especialmente para Cata, que no estaba acostumbrada. Por suerte, para esa hora el sol ya solo pegaba con fuerza en los últimos pisos de los edificios que conformaban la estrecha y pedregosa calle, regalando su luz a las plantas que asomaban a través de los huecos de las balaustradas. En el bajo, la floristería La Verbena se había engalanado para su gran fiesta de reinauguración. Después de digitalizar el negocio, Cata había decidido volver a los orígenes y hacer un evento al que invitar a todo el barrio para estrechar lazos con otros comerciantes. Con la excusa, podría ampliar negocio decorando cafeterías, farmacias y panaderías y darse a conocer entre los vecinos. Y para darle un toque tradicional, la temática escogida fue la reina del verano: la verbena. Aprovechando que la calle era muy estrecha, tejió una red de luces y de banderines entre su fachada y la de la pastelería de enfrente, que de buen gusto aceptó la petición y se ofreció para servir la comida. Decoró el exterior del escaparate con macetas de terracota; plantas veraniegas como geranios, hortensias, petunias y buganvillas y mesas y sillas de hierro forjado de la tienda de antigüedades de al lado, que también estaban a la venta. Escondidos tras las plantas, unos altavoces inalámbricos nuevos emitían una lista de reproducción popular minuciosamente elaborada.

Atraídos por la farándula, los vecinos empezaron a acercarse a la tienda. Cata les contaba los nuevos servicios y qué podían encontrar en la floristería.

Una voz familiar le llegó pese a la música y el gentío.

—Madre mía, menudo éxito. ¡Espero que te hayas acordado de tu amiga y hayas comprado cerveza 00!

Las chicas se abrieron paso gracias al carrito de Amaia.

—Gracias por venir. ¡Necesitaba una cara amiga! —exclamó Cata visiblemente sobrepasada.

—¿No te está ayudando nadie?

—Iñaki y Ana están dentro, pero les he pedido que vengan a disfrutar, no a trabajar. Ahí hay bebida y comida, poneos cómodas y coged lo que queráis. En un ratito estoy con vosotras.

Manuela tenía algo más de dos meses. Era una niña preciosa de pelo negro brillante y ojos felinos y fuertes, como los de su madre. El parto fue bastante rápido según las entendidas y, aunque al principio Amaia tuvo problemas con la lactancia, ya estaba recuperando las ganas de hacer vida normal y de disfrutar de su maternidad. Se había relajado tanto que incluso había permitido que Mario se mudara con ellas.

—¿Las flores se comen? Ahí veo poca comida para el hambre que traigo. —Amaia miraba los canapés—. Mario, ¿puedes ir a ver si hay algo para mí?

—Eso, tú come, que necesitas mucha energía para alimentar a la niña —dijo Vera, que se había tomado muy en serio su papel de amiga experimentada—. Yo me encargo de acabarme el vino.

Vera estaba en pleno mes de vacaciones familiares. Leo y ella se habían puesto de acuerdo para turnarse a los niños en periodos de una semana, salvo en vacaciones, en los que estarían un mes con cada uno. Ella estaba aprovechando esas semanas para perfilar los últimos detalles del curso siguiente y disfrutar de su tiempo libre. También había organizado un certamen de danza para promocionar el Teatrín.

—Chicas, reservaos el 20 de julio a las ocho, es importante.

—Uy, ¿y eso?

—Vamos a hacer un acto para dar a conocer el nuevo local y… por fin voy a volver a actuar —dijo con tono tímido.

—¿Quééé? —Amaia se puso como loca de contenta—. ¡Ven aquí, que esto se merece un brindis!

—No os hagáis muchas ilusiones. Matías y yo hemos preparado unas piezas con el resto de la compañía y me ha pedido que las protagonice yo. La verdad es que estoy muerta de miedo. Llevo tanto tiempo sin subirme a un escenario que me temo que me voy a quedar petrificada nada más salir.

—No digas eso, mujer. Será como andar en bicicleta, ¡ya verás!

—¿Vendrás, Bego? —preguntó Cata.

Bego, que llevaba todo el año escuchando los sermones de las demás, les sorprendió unas semanas antes con la noticia de que se volvía a vivir a Vitoria. La realidad es que echaba mucho de menos a sus amigas y la vida en su ciudad. Ahora que el proceso de divorcio de Nico había terminado, la idea era mantener su casa allí para poder visitar a sus nietos de vez en cuando y cómo no, a las chicas. Salvo Tomás, sus otros dos hijos no habían recibido bien la noticia, pero eso mismo provocó que Bego afianzara aún más su decisión.

—Mira que sois. Con la murga que me habéis dado últimamente para que haga mi vida y ahora entre unas y otras no me dejáis irme. Primero el nacimiento de Manuela, luego la inauguración y ahora el certamen, ¿os habéis puesto de acuerdo o qué?

—El 21 de julio te quedas libre, te lo prometo. Además, ¿quién va a cuidar el patio si te vas tanto tiempo? —preguntó Vera, que siempre trataba de ocultar sin éxito la gran pena que le daba la marcha de Bego.

—No te preocupes por eso, hija. Entre nuestras alegrías, nuestros sueños y nuestros disgustos, este año lo hemos dejado perfecto. Y para el que viene, ellas encontrarán nuevas personas a las que cuidar.

La respuesta les pilló por sorpresa.

—No entiendo —dijo Amaia.

—Pues que en realidad han sido las plantas las que nos han sanado a nosotras mientras las cuidábamos —aclaró Cata, que había entendido perfectamente a Bego—. Aparecen cuando las necesitas. Ni antes ni después.

—Mira que sois intensas —espetó Amaia—. De todas formas hasta que encuentren a esa persona, Cata, creo que tendrás que encargarte tú. Yo por ahora no las quiero necesitar más.

—Lo haré —afirmó Cata con orgullo—, pero, Bego, tú prométenos que volverás a vernos una vez al trimestre y por Navidad.

—Una vez al mes diría yo —corrigió Vera.

—Prometido. A ver si os pensáis que mis hijos me van a dejar venir menos —contestó Bego provocando la risa de todos.

—Por cierto, ¿sabéis qué? —interrumpió Amaia—. ¡Mi rosal ha florecido!

Cata sonrió con satisfacción.

—No tenía ninguna duda. Qué pensabas, ¿que se iba a quedar solo con espinas para siempre?

—Mi calathea también está viva, sorprendentemente. Como tengo más tiempo libre me resulta más fácil darme cuenta de que está mustia. Me parece increíble que haya brotado tan bonita después de estar casi muerta.

—¿Y tu verbena, Bego?

—Está fantástica. Como se cuida casi sola la dejaré aquí y así tendré que venir a regarla de vez en cuando —dijo en tono cómplice mientras guiñaba un ojo.

—¡Así me gusta! —exclamó Vera—. Oye, Cata, ¿y la tuya? ¿Estabas en lo cierto?

Cata suspiró antes de contestar.

—Sí. Está claro que Madrid no es lugar para los helechos. Su sitio está aquí —dijo buscando a Iñaki a través del escaparate con ojos tiernos.

Las cuatro amigas se dedicaron una sonrisa cómplice en silencio.

En poco tiempo la tienda se había llenado tanto que los vecinos empezaron a apelotonarse en la calle, haciendo una especie de cola para entrar a por comida y bebida. Cata se disculpó con sus amigas y se fue a regalar unas flores que había preparado envueltas con papel kraft y una tarjeta de descuento con su página web y su Instagram.

En plena vorágine de felicitaciones, unas caras conocidas emergieron entre la muchedumbre. A Cata se le escapó una sonrisa de felicidad.

—¡Mamá! ¡Nacho! ¿Qué hacéis aquí?

—¿Pensabas que nos lo íbamos a perder? —contestó su hermano abalanzándose sobre ella para darle un abrazo—. Vi en Instagram que ibas a dar una fiesta y avisé a mamá para coger los billetes de tren de inmediato.

—¿Y Belén? ¿Las niñas?

—Se han quedado en Madrid haciendo las maletas, en dos días nos vamos a Laredo de vacaciones. Y por cierto, nos encantaría que vinieras a pasar un par de días con nosotros. Desde aquí no se tarda nada.

Cata contó hasta diez antes de contestar. Su primer instinto fue decir que sí, pero inmediatamente recordó que tenía un negocio que sacar adelante.

—Bueno, déjame que vea cómo encajarlo con la tienda. Dos días no creo que pueda cerrar, pero quizá ir a pasar el día sí sea viable.

La invitación de Nacho la había pillado por sorpresa. Y la ilusión que le había hecho, también. Lo que hace unos años hubiera sido un fin de semana de pesadilla ahora le parecía una escapada bonita e ilusionante. Su madre, que aún no había abierto la boca, se acercó a ella y la agarró del brazo. Tenía una sonrisa sincera en la cara, pero se podía percibir que estaba inquieta. Miraba a su alrededor con frecuencia, como si estuviera esperando a alguien.

—¿Estás buscando a Iñaki?

—¿Tanto se nota? No sé si estoy preparada para otro encuentro.

—No te preocupes, ahora mismo está sentado dentro de la tienda y no creo que se mueva mucho. Podéis quedaros aquí fuera de momento y, si al final te decides, te acompaño a saludarlo.

—Vale, pues por ahora me quedo aquí. No me gustaría incomodarle.

—No hay prisa. Ya habrá momento de enseñaros la tienda. Venid, quiero presentaros a mis amigas.

Como buena anfitriona, Cata se preocupó por dejar a su madre y a su hermano bien rodeados y por reponer comida, bebida e incluso flores de regalo. Las más de trescientas que había preparado habían volado ya. Ana, pese a su intención de disfrutar de la verbena, insistió en ayudar a Cata, que ya no tenía manos suficientes para abastecer a tanto vecino.

A eso de las nueve, y pese a que aún era de día, la gente poco a poco empezó a desaparecer. Iñaki, cansado de saludar uno a uno a sus clientes de toda la vida, se levantó para despedirse de Cata.

—Al final me vas a obligar a darte la enhorabuena. Montar esta feria ha sido muy buena idea.
—Verbena, *aita*…, tiene todo el sentido —apuntó Ana.
Cata sonrió agradecida.
—Viniendo de ti me lo tomaré como un cumplido —contestó consciente del esfuerzo que estaba haciendo Iñaki por decir algo bonito.
—Nosotros nos vamos ya, que me duele el trasero de estar sentado. Si necesitas cualquier cosa estos días, llámame. Y por amor de Dios, antes de irte acuérdate de cambiar el agua a los jarrones y de regar esos pothos. Y no olvides el ramo de la señora…

En pleno recordatorio de tareas, algo llamó la atención de Iñaki. O mejor dicho, alguien. Ana y Cata miraron hacia el escaparate: a través de él podía verse a Ceci hablando distraída con Bego.

—Me ha pedido que no te dijera nada, no quería incomodarte.

Iñaki se llevó el dedo a la boca pidiendo silencio mientras echaba a andar. Sus dos hijas se quedaron dentro observando la escena. Cualquiera pensaría que su intención era darles privacidad, pero la realidad es que ninguna sabía cómo actuar.

—¿Deberíamos ir? —preguntó Cata preocupada.

—¡Qué dices! Esto es mucho más divertido. Como cuando ves una peli en silencio y tienes que adivinar lo que dicen.

En cuanto cruzó el umbral, Ceci reparó en él. Se quedaron parados a pocos metros de distancia. Uno frente al otro. Probablemente preguntándose quién debía dar el primer paso. Finalmente fue Ceci quien relajó los músculos y esbozó una sonrisa. Entonces Iñaki echó a andar hacia ella hasta que se fundieron en un sentido y largo abrazo. Se dijeron algo al oído. Ceci, pendiente de todo, dirigió su mirada al interior de la tienda a través del cristal y sorprendió a Cata y Ana, con los ojos muy abiertos observando cada paso que daban. Sonriente, les tiró un beso y les dijo adiós con la mano. Lo mismo hizo con Nacho, que hablaba con Vera al otro lado de la calle. Y sin más, los dos jóvenes enamorados de Laredo comenzaron a caminar juntos en dirección a la ría treinta y cuatro años después.

—Me parece que hoy vuelvo sola a casa —dijo Ana con los ojos empañados—. Ojalá lo arreglen. Gracias por todo, Cata. Cuando te conocí sabía que nos ibas a ayudar. Lo que nunca imaginé es que lo harías en todos los aspectos de nuestra vida. Bueno, y ahora que lo pienso, tampoco que serías mi hermana, eso sí que fue un golpe de efecto.

Ambas se echaron a reír.

—Gracias a ti por tu voto de confianza. Si te hubieras rendido con tu padre a la primera yo ya estaría de vuelta en Madrid con cara de acelga.

—Nueeestro *aita* —dijo arrastrando las letras—, cuando estés preparada puedes llamarle así siempre que quieras, seguro que le hace mucha ilusión. Aunque también te digo que probablemente te mande un par de veces a la mierda, ya sabes. Por cierto, ¿qué tal con Jon? ¿Lo habéis arreglado ya?

Cata se quedó en silencio. Tres meses después de su última conversación con Jon, no solo no había remitido el dolor, sino que estaba más presente que nunca.

Dos semanas después de despedirse, le vio haciendo cajas a través de la ventana. Cata, en un intento más de hablarle a través de la música, puso «Lucha de gigantes» de Nacha Pop. Otro de esos himnos capaz de remover sus sentimientos mediante una letra profunda que interpretaba a su voluntad. Quería decirle que le entendía. Que sabía que había sufrido mucho y que estaba librando su propia batalla. Ella ya había pasado por eso y sabía que necesitaba tiempo, aunque eso supusiera la eternidad. Jon, como siempre, comprendió el gesto a la perfección y respondió con «The Scientist» de Coldplay. Le estaba diciendo que no sabía que fuera a ser tan difícil la despedida.

Que quería volver al principio. Le estaba pidiendo que le insistiera, que le persiguiera, que no le abandonara. Y así se sucedieron los mensajes, ocultos entre canciones a través del patio. La última en sonar fue «Time After Time». Cata la escuchó llorando desconsoladamente. Por un momento pensó que le estaba pidiendo tiempo, solo eso, pero después recordó su habilidad innata para hacerse ilusiones. Su don para ver esperanza donde no la había. Exhausta de tantas emociones y de tanto interpretar, decidió que sería la última canción en sonar. Esperó a los últimos acordes y apagó la luz de la cocina en señal de despedida. Aquel fue su último contacto con Jon.

—No. Me temo que lo nuestro no tiene arreglo.

—Si mi padre ha dejado la tienda en tus manos… quiere decir que no hay nada imposible en este mundo —le dijo guiñando un ojo—. A veces solo es cuestión de tiempo.

Cata despidió a los últimos vecinos. Las chicas la esperaban con Nacho para acompañarla a casa.

—Gracias por venir y también por esperar, pero me temo que voy a tener que quedarme a recoger.

—No te preocupes, solo he tenido que sacarme la teta en público siete veces en lo que va de tarde —dijo Amaia, quejándose una vez más de lo difícil que era amamantar fuera de casa.

—¿De verdad no quieres que te ayudemos? —preguntó Vera, que desde que estaba ociosa era la primera en presentarse voluntaria para todo.

—Os lo agradezco mucho, pero no. De hecho, hasta me apetece quedarme sola en la tienda y dejar todo organizado con calma para mañana.

—Ya estamos con tu idea de hippy de que las plantas te dan paz —dijo Amaia en tono jocoso—. Pues nada, para el próximo día mira a ver si tienes alguna capaz de devolver mis tetas a su sitio. Sería todo un detalle.

Todas rieron y se despidieron hasta la próxima quedada conjunta: el 20 de julio para la actuación estelar de Vera.

Nacho esperó a que se alejaran para quedarse un rato a solas con Cata.

—¿Cómo estás, hermanita?

—Bien, ahora mucho mejor. No sabes cuánto te agradezco la paciencia que has tenido. También el tiempo que has pasado ayudando a mamá en mi ausencia. Supongo que no habrá sido fácil.

—Tampoco habrá sido fácil para ti. Viendo todo lo que has construido aquí entiendo que ahora mismo no quieras volver a Madrid, pero te vamos a echar mucho de menos. Ven a visitarnos de vez en cuando y si alguna vez quieres abrir otra Verbena allí, ya sabes, puedes contar conmigo.

Las palabras de su hermano conmovieron a Cata. Por primera vez en mucho tiempo apreció su perfección desde el cariño y no desde la envidia. Se notaba que aquellas palabras le habían salido del corazón.

—Lo haré, te lo prometo. Oye, ¿dónde dormís? Me da mucha pena no poder quedarme contigo ahora.

—Tranquila, hemos cogido un hotel cerca de la estación. Llamaré a mi amigo Víctor, el de la universidad, que se casó con una chica de aquí, ¿te acuerdas? Seguro que puede quedar para tomar algo.

—Como quieras. Si termino pronto te llamo.

—Hecho. Ven aquí, hermanita.

Nacho volvió a coger su diminuto cuerpo para abrazarlo hasta levantar sus pies del suelo. Le dio un beso cariñoso y se fue con el móvil en la mano.

Cata cerró la puerta. Entre los restos de comida, bebida y flores rotas la tienda estaba hecha una pocilga. La pocilga más bella del mundo, eso sí. Respiró hondo mientras recordaba todo lo vivido ese año. Si el primer día que pisó esa tienda le dicen que acabaría llevándola ella en nombre de su verdadero padre, se habría dado media vuelta y habría regresado a Madrid.

Se puso las gafas, encendió los altavoces y se quitó los tacones. Empezó metiendo todos los deshechos en bolsas de basura y barrió el suelo con esmero. A continuación, colocó todos los muebles auxiliares en su sitio y, tal y como le había pedido Iñaki, rellenó los jarrones con agua fresca y regó los pothos. Por último, se dirigió a la trastienda a por el cubo y la fregona: ya solo le quedaba fregar. «I Want to Break Free» de Queen empezaba a sonar. «Qué oportuno», pensó alegrándose de la casualidad. Y justo cuando se disponía a poner el mocho en el suelo, se hizo el silencio. Cata miró hacia los altavoces contrariada. «Mierda de cacharros, la batería no ha durado nada», se lamentó. Siguió fregando en silencio cuando, de pronto, unos acordes que le resultaron familiares sonaron.

Let's dance in style, let's dance for a while
Heaven can wait, we're only watching the skies
Hoping for the best but expecting the worst
Are you gonna drop the bomb or not?

Unos golpes suaves en la puerta sorprendieron tanto a Cata que del susto dejó caer el palo de la fregona al suelo. Al otro lado, un chico alto y moreno con una planta en la mano. Cata, con su visión nocturna mermada, se acercó desconfiada a la puerta y gritó:

—¡Estamos cerrados!
—¡Te dije que mi ave del paraíso te iba a necesitar!

Cata se quedó muda. Petrificada. Notaba el estómago a la altura de la garganta. Había sido fácil para un informático colarse en sus altavoces para poner otra canción.

Se dirigió hacia la puerta mirándole a los ojos y abrió lentamente para disfrutar de cada segundo de la canción y de aquel momento tan cinematográfico. En sus manos él llevaba una pequeña maceta con una strelitzia de una sola hoja.

Se miraron en silencio.

—¿Puedo pasar?

—Claro —contestó echándose a un lado.

Jon entró sin decir nada y se sentó en el suelo, apoyándose en la única pared libre de bolsas de basura. Cata le siguió y se acomodó a su lado. Él tardó un buen rato en hablar. Parecía estar eligiendo las palabras correctas. O más bien pensando por dónde empezar. Ella, pese a estar ansiosa por escuchar lo que tenía que decir, se dejó llevar por la canción. Tenía los pelos de punta.

—Lo siento, Cata. —Jon se giró hacia ella para mirarla a los ojos—. He sido un cobarde.

—No te preocu...

—Estos meses han sido una pesadilla. Pensé que poniendo tiempo y distancia entre nosotros, lo superaría, pero no ha sido así. Ayer escribí a Ana, voy a hablar con él. Voy a escuchar su versión. No sé si conseguiré perdonarle. Tampoco si querré tenerle cerca. Pero si es la única forma de estar contigo, al menos tengo que intentarlo.

Cata no daba crédito a lo que estaba escuchando. ¿Se trataba de otra ensoñación o era real?

—No sé ni qué decirte, Jon. Me alegra muchísimo que hayas decidido hablar con él, pero... no sé si deberías hacerlo por mí. Creo que en todo caso tendría que ser por ti, porque realmente quisieras escuchar lo que tiene que decirte.

—Claro que lo hago también por mí, no creas que ha sido fácil tomar esta decisión. En el fondo creo que me has ayudado más de lo que crees. No es solo que esté enamorado de ti, es que llevo echando de menos a Iñaki demasiado tiempo, pero estaba instalado en el rencor. Creo que necesitaba una excusa para dejar mi orgullo de lado.

«Enamorado de mí», pensó estremecida.

—Pero eso ya te lo dije yo cuando me contaste lo que había pasado, ¿qué te ha hecho cambiar de opinión?

Jon se empezó a desmoronar.

—Mi madre —dijo intentando frenar el torrente de lágrimas—. Hace unas semanas, en una de mis visitas, me habló de él por primera vez en mucho tiempo. A veces no recuerda mi nombre, ¿sabes? Y aquel día lo mencionó como si siguiera formando parte de nuestras vidas. Como sabía que al día siguiente no se acordaría de nuestra conversación, le hablé de ti, de Ana, de que me había negado a hablar con él.

Cogió su mano con el corazón encogido. La vulnerabilidad de Jon le estaba tocando en lo más profundo.

—No sé si estaba en un momento lúcido o si por el contrario era la demencia la que hablaba por ella, pero me dijo que, si realmente te quería, tenía que intentarlo. Que muchas veces había pensado que el rencor y el miedo a sufrir habían sido los culpables de su trastorno. Que no dejara que me pasara lo mismo. Antes de irme, me pidió perdón. Me dijo que ya lo entendería y que, después de hablar con Iñaki, si quería, que volviera a verla.

Cata entendió perfectamente a qué se refería Penélope.

—Y después de mucho pensar en sus palabras, en ti, en la insistencia de Ana, en lo mucho que Iñaki me ayudó…, aquí estoy.

—¿Y ya sabes cuándo le vas a ver?

—Sí, mañana a las ocho. ¿Te importaría acompañarme?

—Allí estaré —dijo Cata aún emocionada.

—Y ahora, ¿me cuentas qué has hecho estos tres meses sin mí?

Cata se disponía a hablar cuando comenzó a sonar «Copenhague». Conmovida y exhausta después del día tan intenso que había tenido, apoyó la cabeza sobre el hombro de Jon y cerró los ojos. La imagen de Alfred sonriendo a Bruce Wayne en el final de *El caballero oscuro* invadió su cabeza.

Ella le devolvió el gesto. Había cumplido sus sueños y lo había hecho por sí misma. Lo había hecho bien. Todo estaba bien.

—Te lo cuento. Pero primero vamos a escuchar esta canción un rato, ¿vale?

—Claro que sí. —Jon acomodó su cabeza sobre la de Cata—. Esta y las que quieras. Tenemos toda la vida por delante.

Agradecimientos

Escribir esta novela ha sido, sin lugar a dudas, el mayor reto profesional al que me he enfrentado nunca. Y una vez escrita me siento a escribir los agradecimientos y me bloqueo. Y el problema en esta ocasión no es esa parte de la trama que no me encaja, o ese personaje al que no termino de moldear; es que tengo tantas personas a las que dar las gracias que escribir este apartado sin extenderme demasiado se me antoja un reto aún mayor.

Le agradezco a mi Abueli el regalo que me hizo al marcharse. Fue lo más bonito e importante que nadie me ha regalado nunca. Lo que me cambiaría la vida. Su don para las plantas. Su pasión por ellas. Su mirada hacia ellas. Y me lo regaló justo cuando lo necesitaba. Cuando personal y profesionalmente estaba preparada. Ahí nació todo y gracias a eso estoy aquí, escribiendo estas líneas. No pudiste dejarme un mejor legado, Abueli. Gracias.

A mis padres les debo todo, las gracias se me quedan cortas. Una familia perfectamente imperfecta, unida, estable. Una infancia feliz. Contarme cuentos desde bien pequeña para luego insistirme en que leyera, y mucho. Sois inspiración, apoyo y amor incondicional, esa mano que te agarra cuando más lo necesitas. Sin vosotros tampoco estaría escribiendo estas líneas.

A mis hermanos y a sus familias, que ahora también son la mía.

Sin mi hermana Marta no habría música en este libro. Para ella es Vetusta Morla y muchas otras canciones. Y probablemente tampoco estaría escribiendo estas líneas, porque sin su apoyo jamás habría dado los pasos necesarios para llegar hasta aquí. Eres inspiración, faro y guía y, sí, nos quedan muchos más regalos por abrir.

Sin mi hermano Yago no habría conocido el piano, quizá tampoco sería arquitecta y probablemente no habría aprendido tantas lecciones de vida en momentos que, aunque él no lo supiera, me estaba dando. Para muestra —de las muchas que podría contar—, aquel día de Semana Santa que salimos a hacer surf con las niñas (con un frío infernal; gracias, mamá, por obligarme a ir). Después de pasar horas embutidos en un neopreno y peleándonos con las olas, salí del agua con ganas de volver a casa a comer. Pero él tenía otros planes. Se sentó en la arena y nos pidió que hiciéramos lo mismo. Les dijo a sus hijas que observaran el agua y que se tomaran un momento para respirar y pensar en lo que habíamos disfrutado. Qué importante es pararse a veces a agradecer a la vida lo que tienes. Yo agradezco tenerte como hermano.

A mi marido, Diego. Gracias por apoyarme siempre en este camino de sueños imposibles que llevo recorriendo desde hace tantos años. Por repetirme siempre que puedo, que no me rinda, que lo conseguiré. Qué suerte encontrar a una persona en la vida que te apoya sin importar lo que quieras hacer. Que tira de ti cuando crees que ya no puedes más. Y, sobre todo, que te inspira como nadie para seguir trabajando duro cuando más cansado estás. Gracias por ser el mejor compañero de viaje y el mejor padre para nuestro hijo.

Gracias a mi hijo, mi bollito. Por enseñarme a ser madre, por mostrarme el lado más dulce de la maternidad. Porque desde que llegaste mi vida es mucho más bonita gracias a tu cariño, tu carácter, tu bondad y tu sonrisa. Nunca olvidaré las noches en las que te daba el biberón y te cantaba «El barquito chiquitito» una y otra vez mientras daba forma a esta novela en mi cabeza. Tú no lo sabes aún, pero esos momentos de silencio, ternura y tranquilidad fueron fundamentales para hacerla realidad.

A mis amigas, a todas mis amigas. Las de toda la vida, las que llegaron después, las que en ocasiones han estado más presentes y otras menos, las que empezaron siendo jefas o compañeras y terminaron siendo también amigas. Habéis sido inspiración, apoyo, consuelo y aprendizaje, y sin vosotras yo no sería la misma. Hay un poquito de todas vosotras en este libro.

A Ana Lozano, mi editora. Esa persona que me escribió un 6 de junio para cambiar mi vida. Confieso que pensé que se trataba de un error o una broma pesada. Pero no, había visto algo. Algo que ni siquiera yo sabía qué era. Tiró de mi mano, me llenó de confianza y de ilusiones y me puso a escribir este libro. El camino con ella ha sido mucho más fácil y, como me prometió, no ha soltado mi mano en ningún momento. Todas mis conversaciones con ella, del libro o de la vida, han sido reconfortantes, cercanas, sanadoras. Y también me ha enseñado algo que no sabía: me encanta escribir. Gracias, Ana, por repetirme tantas veces: «Confía en ti». Has sido un ángel en el camino.

A Carlos del Hoyo, una de las personas que más marcó mi infancia y mi adolescencia y que, por suerte, he recuperado en los últimos años. Gracias por regalarme tu infinito y precioso imaginario. Por hacer la banda sonora de mi adolescencia, por recordarme a los mejores momentos de Ally McBeal, las tardes de fotomatón en El Corte Inglés, las notitas en el pupitre, los primeros audios en casete y por subirme en hombros en el concierto de Bon Jovi. También por ayudarme en los inicios de este libro que espero que no te decepcione y por haber vuelto a mi vida. Espero que no volvamos a separarnos.

Y por último, y no menos importante, a mis Maris. Mi comunidad. No estaría aquí si no fuera por todo vuestro apoyo y vuestro cariño. Siempre me escribís para agradecerme mis consejos y mis contenidos. En esta ocasión me toca a mí. También hay un poquito de todas vosotras en este libro.

Me encantaría nombrar uno a uno a toda mi familia y amigos, porque de cada persona me llevo algo. Gracias también a vosotros. Espero y deseo de corazón que os guste el libro y que vengan más detrás. También espero ver a Oasis en directo. ¿Lo conseguiré?

«Para viajar lejos no hay mejor nave que un libro».
EMILY DICKINSON

Gracias por tu lectura de este libro.

En **penguinlibros.club** encontrarás las mejores recomendaciones de lectura.

Únete a nuestra comunidad y viaja con nosotros.

penguinlibros.club

Penguin Random House Grupo Editorial